苏
州
人

苏州人　范小青

南京大学出版社

目　录

巷陌寻常

二十七年前的开篇

1987年年初，我为自己的第一部长篇小说《裤裆巷风流记》写了一个后记，最近在写作散文集《苏州人》的过程中，我忽然想起了它。

我重新读了这篇文章，惊奇的是，我的第一个念头就是，拿它来做《苏州人》的开篇。

二十七年前的一篇小小的、肤浅的文章，经过了时光的冲洗，岁月的磨砺，应该早已褪色，早已沉没，早已没"脸"见人了。

可我却仍然愿意把它重新展现出来。

理由似乎是说不清的，或者是不想说清的；原因可能是复杂的，也或者是简单的。

全文如下：

当我睁开眼睛，学着看世界有时候，我认识了苏州，认识了苏州人。

小时候，苏州很大，怎么也走不到边，八个城门，就像八个遥远的童话。

长大了，苏州很小，早已不复存在的城墙封闭了一个精致美丽的古城。

许多人不知道苏州,这不奇怪,全国至少有几百个这样的城市。

许多人仰慕苏州,大概因为听说过"上有天堂,下有苏杭"的民谚。

可是我却描述不出苏州,尽管我是苏州人。

大家说苏州是个过小日子的地方,不是个干大事业的地方;大家说在苏州的小巷里住久了,浑身自会散发出一股小家子气。

而我,恰恰正是在苏州过小日子,又在苏州写作,又住在苏州的小巷子里,便有一股也许令人讨厌的小家子气。

物以类聚,于是,我开始写苏州人。

我不想夸耀或者诋毁苏州,可我喜欢苏州,喜欢苏州的小巷,也许因为我身临其境。我的窗前,一片低矮的年代久远的苏州民房,青砖黛瓦龙脊,开着豆腐干天窗,或老虎窗;我的屋后,被污染了的水巷小河,古老而破陋的石桥,残缺不齐的石阶……

我无意吹捧或贬低苏州人,可我喜欢他们,尤其是苏州的低层人民。他们很俗,他们很土,他们卑贱,却从来不掩饰自己。

所以,我写他们,也总是实实在在地写,写的是真实的他们。

我不大信命,可我却知道,我写小说,很难让人"冷不防",不大可能使天下震惊,也许是命中注定。苏州人从来都是小家小气的,我也是小家子气的。

应该培养自己的大气,却不能伪装自己。当我还没有练就三味真气,还缺乏大家风范的时候,我就是我,小家子气的,不时露出些小市民的本相,乡下人兮兮的,并且不以为羞耻,不知道这是不是苏州人的特点。

似乎,苏州人津津乐道于小康,而我则沾沾自喜于小家子气,人们难免担忧,如此,社会怎么发展?人类怎么进步?其实,这是一种错觉。是的，苏州人没有梁山好汉的气魄，可苏州人有精卫填海，愚公移山的精神，苏州人从来就没有停止过他们的追求，他们的奋斗。

自三国时期佛教传入苏州，对苏州民风影响颇大，有人认为苏州人佛性笃甚，这话自然是褒贬兼之。我以为，佛性与"韧"，似乎是有联系的。

苏州人是很韧的。

苏州人不会一夜之间富起来，苏州也不会一夜之间变成天堂。苏州人的精神和物质正在一天一天地富起来，苏州人民正在一天一天地把苏州建成人间天堂。

苏州的每一根血管里，都渗透了时代的新鲜血液，苏州的每一个角落里，都感受着变革的猛烈激荡。苏州人的喜怒哀乐，他们细碎的、烦琐的、杂乱的日常生活，始终紧系在全社会的总命脉上。

在我的第一部长篇里，他们拥挤到我的笔下，我无法抗拒。我试着把他们平淡的却又是充满活力的生活写出来。

二十七年中，我写了许多的苏州人的小说和散文，今天回首才发现，原来基本的腔调早已在那个时候就已经确立了。

苏州人和苏州园

　　在平常的日子里，约三两好友，在小城的街上转转，踩一路洁净光滑的鹅卵石而去，随便走走，就到了园林，苏州的园林真多，"人道我居城市里，我疑身在万山中"。叠石环水，莳花栽木，亭台楼阁精心布置得如同信手拈来，看几片太湖石随意堆砌得玲珑剔透，欣赏清灵的山水，体味平静的人生，走累了吗，好吧，我们到依街傍水的清幽茶社里，用制作精细的小茶壶泡着清香的、绿雪般的茶，品尝美味清爽的点心，清风轻轻拂面，清淡的日子轻轻飘过，好一个清静悠闲的去处，好一块清心自然的地方。

　　说的是苏州。

　　说的是苏州人在苏州过日子。

　　功成名就，寻一处僻静，做一个微醺的晚年，就足够，别的什么也不想要了。那许多从苏州走出去的人，每日每夜的故乡梦，做得悠悠长长，也是可想而知。或者梦见科举登第的功成名就，年老归家；或者做了御史的官场失意，隐退回来；或者踏遍山河，又回到出发点；都如昨天的一场梦，今天回来了，干什么呢，重造一块山清水秀的地方修身养性以娱晚境，再辟一个自然清幽的角落远离尘世静坐参妙，多半的有代表性的苏州园林就这样造出来了。

"今日归来如昨梦，自锄明月种梅花"，这是苏州园林里的楹联。锄月，有归隐之意，所以那个亭子，叫作锄月轩。 坐锄月轩赏月，清茶一壶，三杯两盏薄酒，再一二知己，别无他求。 苏州园林里楹联很多，"静坐参众妙，清淡适我情"，"灯影照无睡，心清闻妙香"，"虚窗留月坐清宵"等等。 说得多是心如止水，与世无争，大彻大悟，回归自然。 回到了自然状态，再没有什么尔虞我诈你争我夺了，所以苏州的园林，多清静淡雅，少雍容华贵。 在城市里，没有自然吗，就"造"一个自然吧；在人世间，没有清闲吗，就创造一个清闲的世界。

　　所以你看园主的选址，多么的幽僻静雅，离闹市多么遥远，在小巷多么深的深处，车马抵达不到的角落里，"远往来之通衢"。就说拙政园，从前的旧园门，就是开在一个小街最狭窄的一端，从旧园门进拙政园，要弯弯绕绕走上很长很深不见尽头的一段夹道，方能真正进入。 再如耦园，在苏州城一角，三面环水，至今车子都开不到它的门口，"轩车不容巷"，名副其实。 你官场很热闹吗，我不稀罕，我避得你远远的；你官场很凶险吗，我也不害怕，我躲起来，你也找不着我了。 如陶渊明般，"白日掩荆扉，对酒绝尘想"，你官场再热闹、再凶险，又奈我何？

　　真正是满载清闲了。 离这个世界远远的，过平平静静的日子，大家知道苏州人性格温和，于是苏州人造了许多苏州园林，有了许多享受清闲的好去处。

　　那苏州人真的就是这么一辈子、几辈子地享受着清闲吗？ 他们真的就不要求进取、不喜欢功名吗？ 如果真是这样，苏州那么多的状元又是从哪里来的呢？

　　苏州人考状元是全国有名的，从前苏州出的状元之多，考试成绩之好，是最令苏州人骄傲的。清代苏州出的状元，占全国状元人数近四分之一，占全省一半以上，苏州人曾经自豪地将状元当成了苏州的"土产"，说："夸耀于京都词馆，令他乡人惊讶结舌。"果然了得。

那么多的状元，从哪里来？天下掉下来？不可能，自己长出来？长出来也得有条件。在苏州，读书考状元的条件是好的，鱼米之乡，经济富裕，环境安逸，又是重视文化、崇尚教育的难得的好地方。苏州人早先是尚武的，后来经过教化，风气转变了，变得文质彬彬了，所谓的"孔子之道渐于吴，吴俗乃大变，千载之下，学者益众，空诗书而户礼乐"，就是这意思吧。苏州人又重视办学，比如范仲淹买了一块地，本来是打算造自家住房的，后来听风水先生说，这块风水宝地如用来修造家宅，将来必定子孙兴旺，卿相不断。范仲淹听了风水先生的话，说，既然这块地这么好，如果在这里办教育，那么得益将是更大的事情了，于是他也不造自己的住宅了，把地献出来建造学堂，还捐了办学经费。苏州人呢，还比较尊敬老师，还重视家庭教育和读书的风气，总之说来，苏州是块读书的好地方，苏州不出这么多的状元，难道叫别的地方出？

条件是不错的，但是如果没有读书人的刻苦用功，有好的条件也等于没有，苏州人也不见得天生就比别地方的人更聪明，更会考状元，他们是苦读书苦出来的，他们是十年寒窗熬出来的。是什么东西，什么力量支持着苏州人苦读书，支持他们十年寒窗，甚至更长，那就是苏州人的进取心。

一方面，许多出去做了官的苏州人，看透了官场的黑暗，不干了，回家来了，"三绝诗书画，一官归去来"；另一方面，更多的苏州人，苦守寒窗，日日夜夜读书，为了什么呢，为了考试考得好，

考试考得好，又为了什么呢，为了做官，为了把官做得大一点，更大一点，到京城去，到皇帝身边去。继往开来，源源不断的苏州人读书、考试，考得好，走出去，又回来；又有许许多多苏州人读书，考试，考得好，走出去，又回来。循环往复，无穷无尽，流水般永远不堵，不腐，苏州人就是在这种往往复复的过程中进步。

苏州人是想进步的，是要好好读书想走仕途的，是想当官，当大官，到皇帝身边去的。苏州人说，这才是我的本意，才是我的理想，只是现在，种种原因使我的理想离我而去，眼看着她越走越远，我追不上她了，怎么办呢，我就不追了，让她走罢，但是她走了，我又怎么办呢？我干什么呢？我从小到大，下了那么多工夫，吃了那么多苦头，读了那么多书，我吃了一肚子的墨水，我有一肚子的知识呀，我文章写得又好，画也画得不错，通古博今的就是我呀，我是有水平的，只是可惜了当今的皇帝看不中我，我怀才不遇，怎么办呢，我这等的才华，我这等的水平，都让它随着岁月的流逝而消失而飘逝？

我于心不甘，虽然在仕途上我进取无望了，但并不等于在所有的方面我都无所建树了，我的才能还是要发挥出来的，还是可以发挥出来的，比如，我就好好地写文章，本来我的文章是想为皇帝写的，但是皇帝不要我写文章，他不要看我写的文章，他看了我写的文章就来气，就要贬我的官，甚至要杀我的头，那我就不替他写了，我写了文章也不给他看了，干什么呢，自己看看，给和我志趣相投的朋友看看罢了。或者，我就专心地画画，把我的画，画出点名堂来，如果许许多多人家里都把我的画挂在那里，大家因为能得到我的画而高兴，而骄傲，为得不到我的画而沮丧，而难过，我的自尊心也就大大地得到满足了呀。我想干事业的一番苦心也没有泡汤，虽然在官场我没有干成什么惊天动地的大事业，但是我转换了我的方式方法，转换了我的志趣，在另外的领域，我成功了呀，说明什么呢，说明我是来事的，我是能干事情的，难道不是吗？

用过去的话说，叫作"隐于艺"。

我除了写诗、作文、画画，我还能做别的许多的了不起的事情。比如，你看，我在老家为自己造的住宅，怎么样？让我们这些主人公感觉到骄傲的，就是这苏州园林了。

从前苏州士大夫家多庭园，既有城市山林之野趣，又具可行、可望、可游、可居的功用，于是就有了一直保存到今天的，让全体苏州人都自豪的闻名世界的苏州园林。园林是苏州人宝贵的遗产，是中国的宝贵遗产，也是世界历史文化的宝贵遗产。

在这里苏州园林的特点也已经凸显出来了，她更多的是私家花园，有别于其他园林，比如不同于皇家宫宛，不追求雍容华贵，苏州园林讲究的是清静雅洁，或者，换句话说，苏州园林的清雅是"讲究"出来的。这个"讲究"，是一个目的，也是一个过程，这个过程，当然也就是造园的过程了。

是谁造了苏州园林呢，当然是苏州人。比如中国四大名园之一的拙政园，就是苏州人造的，这个人叫王献臣，在明朝，也是做了官的。在皇帝身边，也就免不了争争斗斗，王御史原先在朝中也是想有一番作为的，只是争来斗去，倾轧不过朝中权贵，又有人说他是为官古直，敢于抵抗权贵，甚至有"奇士"之称。那恐怕就更容你不得了，你有多大胆子，几个脑袋，敢得罪东厂特务？到底被诬陷贬职，官场失意，怎么办呢，有办法，此处不留爷，自有爷去处。或者是愤然辞职，老子不干了；或者是潇洒而去，拜拜啦您，总之是回老家了。还是老家好呀，金窝银窝，不如自家的狗窝，何况老家哪里就是狗窝呢，好得很呢，虽是失意回来，钱多少还是有一些的，拿些出来，造它一座园林，做什么呢，不做什么，种种花儿，钓钓鱼儿，消消停停，养养老罢，至于这园林，该怎么个造法，造成个什么样子呢，王献臣和他的好朋友文徵明一同设计探讨。

文徵明亦苏州人氏，诗、书、画三绝，巨匠，且与为人疏朗峻杰、博学能文的王献臣志趣相投，两人凑到一起商量怎么造园，刚刚选定了园址，王献臣心中已经大喜，拿了潘安的一篇文章，说："庶浮云之志，筑室种林，逍遥自得，池沼足以渔钓，春税足以代耕，灌园鬻蔬，经供朝夕之膳，牧羊酤酪，以俟伏腊之费，孝乎唯孝，友于兄弟，此亦拙者之为政也。"这大概是说，算了罢，既然官场待不下去，不待也罢，既然从政从不下去，不从也罢，回老家来，辟一块地方，造个园林。就在这里边了，浇浇园子，种点蔬菜什么的，比起官场的争斗，这里可是清闲多了，从前做官时照顾不周全的事情现在也能照顾周全了，像尽孝道啦，联络兄弟间的感情啦，都能好好地做起来，一年四季，也不用愁什么，有的吃有的穿有的玩，有什么不好呢？挺好。所以，把浮云般不值得一提的志向抛一边去吧，没有什么意思，拙者呢，像我这样的人，就以种种花呀，养养鸟啦这样的生活代替从政的志向吧。

听起来，真是很想得开了，像是得道，像是出世，但是你再仔细一辨滋味呢，又像有些别的什么在里边，是什么呢？是无可奈何吗？设若官场得意，大概不会说自己是浮云之志吧，设若争斗有胜，怕不愿轻易就退回老家呢，即使老家有拙政园这般的好地方。看透了官场吗，看透了政治吗，看透了人生吗，看透了那边却看不透这边呀，报国无门呀，满腔的政治热情怎么办呢，往哪儿投呢？自己扑灭掉，于心不甘，想一想古训，读一读潘安，有了，一转换，就"隐于艺"吧，将政治的抱负移到了"造"园上来了，将个园林造得……怎么说呢，好极了。精妙绝伦，独具匠心，独树一帜，真正是"造"出一个自然清幽修身养性的好去处了。

苏州园林的主人，以官场遭贬、隐退回家的居多，所谓的"主人无俗态，筑圃见文心"，从前的人，极推崇"人品不高，用墨无法"的说法，正如今人所说的文如其人。今人也都相信，如苏州园林这般的神来之笔，平庸之辈是点不出来的，心境不平和的人是造不出来的，看不透功名利禄的人是筑不起来的，总而言之，俗人是不能和苏州园林沾边的。

难道当官就是俗，不当官就雅么，也不见得吧。当官本身并不是坏事，当官能为民做主，比起一个画家，比起一个诗人，比起一个苏州园林的园主，也许当官更能替人民造福多多，也许这种比较是拙劣的，可笑的，但却是实实在在的。

我们所涉及的苏州园林的园主们，并不是不想替民做主、为民造福，只是，他们在经历了官场沉浮、仕途凶险之后，方才认定了隐逸这条路。但是即使他们认定了隐逸，在他们的内心深处，又是怎样的呢？

我们没有那么多的闲工夫细细地将苏州园林一一看过，先看一看它的大门吧。我们得在曲曲弯弯的小巷深处，方能找到苏州园林的大门，这时候，我们站定脚步，可以仔细地看一看这扇大门了。

高高的，我们必须昂起头来才能细细看它。细砖雕刻，砖有多细呢，细得如粉捏成的罢；雕刻有多精呢，雕个人物，人物就是活的，雕个动物，动物就是真的，雕朵花，这朵花是鲜艳的，雕棵树，这棵树就是有生命的。门楼上，层层叠叠地雕刻着各种各样的传说，文王访贤，郭子仪拜寿，三国里的故事，八仙，鲤鱼跳龙门，牛郎织女，再就是象征幸福，象征长寿，象征吉祥的种种图案——蝙蝠，佛手，麒麟，鹿，牡丹，菊花……

这时候，你不由自主地赞叹了，你的头颈也感觉到疲劳了，你的眼睛也有些酸胀了，你不妨再低下你劳累的脑袋，放松你的眼睛，向地下看一看，你看到进入园林的这条小路，多用漂亮的鹅卵石或潇洒的散石精心铺成各种图形，你才猛然发现，你走进苏州的园林，你就走进了一个精心安排的世界呀。

这深深隐藏在僻静之处的园林之门和进园之路，是多么的用心，多么的雕凿，多么的有追求，多么的见匠心，多么的不淡迫，它们时时处处体现出吴文化丰富多彩的内涵。

园林中亭台楼阁的布局，园林中一花一草的安排，园林中山山水水的设置，园林中一副副的对联，一条条的匾题，园林中的一点一滴，都是苏州人的杰作，设想一个真正彻底"厌倦"生活，对生活完全无所求的人，能创造出这样的境界吗？

他们仅仅只是厌倦官场，对人生，对美好的东西，是不厌倦的，若不是怀着对生活的热爱，若没有对美的追求之心，焉能造出令人流连忘返、美不胜收的苏州园林？

无所求的只是他们求不到的功名利禄，于其他的东西，比如艺术，仍然是有所求的，也仍然是要和别人争个高低的。

苏州有个园林，园名叫作半园，取知足不求全的意思。这挺好，挺像苏州人的性格呀，苏州人，都说因为富足，就不敢把皇帝拉下马，也不想把皇帝拉下马。这也不是没有道理，但果然苏州人就胸无大志吗？也不见得。苏州人只知道在园林喝喝茶，饮点儿酒，写几首诗歌作几幅画吗？ 也不见得吧。 苏州人从来也没有一点点野心吗，不想做大一点的官吗，不见得吧，只是种种原因做不成，做不成，怎么办呢，把当今皇上杀了？ 当然不，干吗要杀皇上，不杀皇上，不做官，我一样过日子呀，我的日子也能过得好好的，不比别人差，说不定还比别人好些呢，还能找个园林住住，不做官，那就不做罢。 这就是苏州人，知足常乐，自得其乐。

其实也未必，你看就这么个小小的半园，园主说，我就是要以"少少许胜人多多许"，既是知足，既是与世无争，又为何要去胜人？ 还有一个曲园也这样，取"曲则全"的意思罢，曲则全，终于还是想要一个"全"吧，只不过是以"曲"的形式，想求一个"全"的内容，以一个"少少许"的外表，去胜人家的"多多许"，胜了人家的"多多许"，自己也就更"多多许"了，这一来，离"无"就更远了呢，倒把世人唬得一愣一愣，以为苏州人真正都立地成佛呢，一佛出世，二佛升天呀，说江阴的强盗无锡贼，上海乌龟苏州佛，惭愧惭愧。

似乎也算是孙子兵法的灵活运用了，打不过你我就走，走到家里去，躲起来，你能奈我何？ 我躲在家里干什么呢，我干的事情，我的水平，我的追求或许比你官场的那一套更高些，我造园了，我作画了，我写诗了，比你一个做官的，更能流芳百世。

于是我们得承认王献臣是成功的，他终于是有所作为的，他的"以此为政"的想法也算是如愿了，至于日后拙政园被他的儿子一夜之间赌输给别人，那时候王献臣也已不在人世，若九泉有知，作何想法，当是另外的一回事了。

而王献臣最要好的朋友，当然应该算是最了解王献臣的一个，帮助他造起拙政园来的文征明，说王献臣，你呀，其实是身在江湖，心存魏阙，所谓的"回首帝京何处是，倚栏惟见暮山苍"。

　　苏州就是这个样子。　她要表现出世，她想与世无争，但同时，她又是极有追求的。　只不过，苏州的追求，富有自己的独特个性，苏州要出世，这就有了苏州园林的清静淡雅，苏州要追求，又有了苏州园林的精雕细刻。　于是我们是不是能想到，清静淡雅，只是一种外在形式罢，它大概不是本质，若是本质，苏州园林就死了，苏州人也死了。

　　苏州到底是活着的。

　　苏州活在每一个生动的时代。

感悟苏州

苏州是山水的苏州。

但是苏州的山不够高不够险峻，苏州的水也不是壮阔的，是秀水青山，是笼在雨水雾气中的，是细气的美，便孕育出柔软温和的苏州性格来了。

苏州是性格的苏州。

许多的苏州人，他们性情平和，与世无争。明代画家沈周，就是一个很好说话的人。那时候他的画出了名，求画的人很多很多，每天早晨，大门还没有开，求画人的船已经把沈家门前的河港塞得满满。沈周从早画到晚，也来不及应付，沈周外出，也有人追到东追到西地索画，就是所谓的"履满户外"。沈周实在来不及，又不忍拂人家的面子，只好让他的学生代画，加班加点，才能应付。但这样一来，假画也就多起来，到处是假沈周。沈周知道了，也不生气，甚至有人拿了假沈周来请他题字，他也笑眯眯地照提无妨。有一个穷书生，因为母亲生病，没有钱治病，便临摹了沈周的画，为了多卖几个钱，特意拿到沈周那里，请他写字，沈周一听这情况，十分同情，不仅题字加印，还替他修饰一番，结果果然卖了个好价钱。号称"明代第一"的沈周如此马马虎虎稀里哗啦好说话，按照现代人的看法，这实在是助长了歪风邪气，支持了假冒伪劣，但沈周就是这么一个生在苏州、长在苏州、充满苏州味的苏州人呀。

苏州的男人尚且如此，苏州的姑娘又是如何呢？我们看，一个苏州的姑娘在树下等着心上人，可是她等呀等呀，等了很长时间也没有等来小伙子，她望眼欲穿，但并不生气，也不恼怒，她轻轻地念叨着："约郎约在月上时，等郎等到月斜西；不知是侬处山低月上早？还是郎处山高月上迟？"焦急失望的心情都是那么的委婉感人，唉呀呀，找这般好脾气，善解人意替人着想的苏州姑娘做老婆，小伙子可是前世修来的福啊。

苏州人说话软绵绵的，糯，软，柔，嗲，细语轻声，温情脉脉，可以用很多形容词来形容，所以大家说，宁和苏州人吵架，不和某某人说话。外地人耳朵里听到了苏州话，总是说，咦，苏州话真好听，其实他们也听不懂。苏州话的柔软，不止是在话语本身的韵律或者音调上，用词造句，说话的意思，均是温文尔雅。

自然，苏州人在日常生活中也有生气的时候，只不过在表现方式上，和别地方的人有所不同。比如苏州人和别人发生了矛盾，火也冒了，骂也骂了，还是不能解决，形势十分紧张，眼看着就要动手了，这时候，他们用苏州话说，请问要不要请你吃一个耳光？末了还要加一个词：搭搭。轻轻地像抚摸一下。矛盾的双方，都斜侧着自己的身体，冲上前去，离对方很近很近了，但是他们并不抬起手来，也不伸出拳去，却拿自己的右肩或者左肩让到对方面前，口中喃喃："奈打呐，奈打呐。"翻译成普通话，就是："你打呀，你打呀。"也算一绝。气得忍无可忍要打架了，却不是动手打人，而是让出自己的身体给别人打。苏州人如此吵架，也算是谦恭到了家，只是事情还远没有结束呢，再下去是不是就要动手了呢，也仍然没有，他们只是盯着对方的脸，说，你打呀，你打呀，你怎么不打？ 你不打你就是缩头乌龟。 挑衅的意味越来越浓了，战斗的气息也越来越强烈了，是不是就激得对方动手了呢？ 没有，为什么呢，因为对方也与他一样，嘴里说着你打呀，你不打你就是缩头乌龟，手呢，至多只是用来指指点点，离对方的鼻子尚有较远的一段距离，只能算是愤怒遥指罢。

其他地方的人，看了这样的场面和这种出乎意料的结果，就十分的不满。 这算什么，若是吵架的是男人，他们会带着很瞧不起的眼色说，这也算男人？ 在我们那里，恐怕头都破了，弄不好已经有人进了医院，有人进了班房，你这叫什么，叽里呱啦烦了半天，就这么不了了之啦，就这么散啦，这也叫打架？ 没见过，不可思议。 像我们那里，两个人走在街上，走着走着打了起来，打得头破血流，最后打到派出所，警察问，你们打的什么架，有仇？ 没有。有怨？ 没有。 欠债不还? 没有。 第三者? 不是。 那你们打什么，他是谁，你是谁，两人面面相觑，我不认得他是谁，他也不认得我是谁，两个互相不认得的人，在街上走着走着就打了起来，为什么呢，两人异口同道，我看着他不顺眼，来气，来气怎么办?打! 怎一个打字了得。

但是苏州人是不喜欢打架的，他们喜欢文文静静地坐着，喝茶，聊天，或者不说话，看小河的水轻轻地流，他们的性情本来就比较温和，他们愿意人与人和好相处，不要闹矛盾。 可惜的是，这只能是一种善良而美好愿望，有人的地方总有矛盾呀，那么，不愿意争斗的苏州人他们怎么办呢?

苏州寒山寺的寒山和拾得，是唐代贞观时的两位高僧，一对好友，在传说的故事中，他们是文殊菩萨和普贤菩萨的化身，但即使是菩萨的化身，即使是高僧，他们在人间，也会有人间的烦恼，人间的种种矛盾，他们也要体验。有一天，寒山实在被搞得难过了，他去向拾得求教，说，拾得呀，我本来是想和人好好相处的，但是这世上的人，他们谤我、欺我、辱我、笑我、轻我、贱我、恶我、骗我，我怎么办呢？我如何对他们呢？拾得听了，他微微一笑，说，寒山呀，这不难，你只要忍他、让他、由他、避他、耐他、敬他、不要理他，再待几年，你且看他。寒山和拾得的对话，千古流传，苏州人骄傲得很，你看看我们苏州人，就是这样的，多么好说话，涕唾在脸上，随他自干了。

可能有许多人要跳起来了，要发怒了，要问一问了，难道我们苏州人，就是这么个孬种的形象，这么懦弱，严重缺钙，甚至连骨头也没有了？苏州就没有刚直的人？当然是有的，苏州的史书上有一段记载：弘治时，葑门外卖菱老人，性直好义，有余施济贫困，后与人争曲折不胜，自溺于灭渡桥河中。因为与人争，争不过人家，一气之下，投河自尽了。这般的刚烈，这般的激烈行为，使人怦然心动，为之肃穆，为之长叹。

只不过，这毕竟只是苏州人中的少数。正因为少，才显得可贵，显得重要，显得特别，所以，一个默默无闻的卖菱老人，上了史书。

宽容和宽厚，创造出宽松的环境来，苏州人在宽松环境中，节省了很多力气，也节省了很多时间，节省下来干什么呢？建设自己的家园。大家知道苏州美丽富饶，经济发达，可这美丽富饶和发达的经济不是天上掉下来的，也不是地里自己长出来，是苏州人创造出来的，苏州人省下了与人争争吵吵生气打架的时间，辛勤劳动建设出一个繁荣的苏州。 苏湖熟，天下足，这是说的苏州人种田种得好，农业富足，近炊香稻识江莲，桃花流水鳜鱼肥，夜市卖菱藕，春船载绮罗，这等等，是苏州的农民干出来的，当北方人在焐热炕头的时候，苏州的农民已经下地啦，从鸡叫做到鬼叫。 苏州园林甲天下，苏州红栏三百桥，都是苏州人创造出来的，他们没有把精力和血汗浪费在无谓的争斗中，而是浇洒在土地上，使得苏州这块土地，越来越富饶，越来越肥沃。

苏州人细致的地方很多很多，但苏州的精细不是死板的，而是生动鲜活的。 比如苏州的刺绣，一根头发丝般的丝线，还要劈成二分之一，四分之一，最要求细的，甚至要劈成六十四分之一。 比如绣猫鼻子旁的胡须，当然是越细越好，越细越生动，苏州人讲究这一套，苏州人追求高超的艺术，苏绣于是闻名天下了，精美、细腻、雅致，大家说，苏绣是有生命的静物。

苏州是园林的苏州。 园林的苏州，培养出了苏州人精致而又平淡的生活习俗。

苏州又是老宅的苏州。 许许多多经典的老宅，遍布在苏州的城市和乡村；许许多多的苏州人，都在苏州的老宅中成长起来。苏州的老宅，为我们提供了独特优越的读书氛围，潜心苦读和专心创造，苏州人永远不会迷失自己的精神家园。

苏州还有许多古老的小镇，它安详地浮在水面上，永远在流淌着，又永远地静止着。 小镇上有一些深藏的古街，是清朝一条街，或者是明朝一条街，街面是用上等的青砖竖着砌成人字形，沿街有几家旧式的茶社，随便找一家进去，泡一壶茶喝，紫砂的茶壶，虽算不上什么极品上品，却也是十分的讲究，喝着茶，看着古街上经过不多的乡人，看他们的神情是悠然自在的，四周没有喧哗，没有吵闹，偶尔的蝉鸣鸡啼，有些世外桃源的意味。就这么坐着，看着，也许会奇怪这里的人怎么这么少呢，茶社的老板说，清早的时候，人是多的，现在都有事情忙去了。原来，在表面安静的背后，也有着一个忙碌的世界呢，那就是现代的、当代的苏州世界吧。

苏州是让我们走、让我们看的，更是让我们感悟的。感悟着苏州，我们为自己生于斯、长于斯而庆幸。

苏州老宅和苏州人

　　在1985年或者86年的某一天，我在苏州的报纸上看到一条短小的消息：钮家巷3号潘世恩状元府里的纱帽厅修复了，居委会在那里办了书场，每天下午对外开放。第二天我就去看了，果然那一个大厅修理得崭新，正在唱评弹，听客喝着茶，饶有兴致。我去看，是因为不懂，什么叫纱帽厅，什么是状元府，才去的。虽然从小在苏州长大，虽然苏州古城里这样的故居旧宅很多很多，但是从前的我们，哪里去考虑什么历史和文化呢。我自己曾经住过的干将路103号，也就是一处典型的苏州老宅，两路三进，我们在里边吃喝拉撒，前院晒被子，后院跳皮筋，煤炉里整天升腾着世俗生活的烟火气，将雕梁画栋熏了又熏。那一处不知道是不是名人故居，现在已经没有了。后来我创作了第一部长篇小说《裤裆巷风流记》，87年拍电视剧的时候，在大石头巷36号，我也去看过，也是一个进很深的老宅，有砖雕门楼，后来也没有了。现在在电视剧的带子里，还可以看到它当初的模样。

　　关于老宅和名人故居，过去我们是身在庐山，知之甚少。我的第一步，好像就是从钮家巷3号开始的。在85年以前，我创作小说的题材多半是知青生活和大学生活，或者东一榔头西一棒。

那一天，我沿着钮家巷走过去，从此就开始喜爱穿行在苏州的小巷老街，也没想到，这一走，竟然就不想再出来，即便是走了出来，也还是想着要回去的。

钮家巷3号，这是清代的状元潘世恩的故居，称留余堂。他家里曾经有这样两块衔牌，一块是"祖孙父子叔侄兄弟进士"，另一块："南书房行走紫禁城骑马"，据说这是很了得的。

有多少像钮家巷这样的巷子，就会有多少像样留余堂这样的老宅故居，一向谦虚的苏州人，在这一点上，不要太谦虚才好。

如果说园林是苏州的掌上明珠，古塔寺庙是苏州的镇地之宝，那么老宅又是什么呢？散落在每一条小巷、每一条老街经经络络中的这些故居老宅，千百年，它们被道德文章熏陶，被名人的气质浸透了，知识的养料，也在这里渗透足了。与此同时的千百年，老宅又将它们吸纳的这些气息经久不衰地散发开来，弥漫开来，让它们布满在苏州的土壤和空气中。这样的生生不息，老宅故居，便成为处处燎原的发源地了，在史册的每一页，我们都能看见有浓浓的文化烟火从这里升腾起来，在过往的每一天，我们都能感觉故人的精神气在这里行走。

如果说苏州园林是始终存于我们心头的珍藏，那么这些老宅故居，便是时时刻刻贴在我们身边的朋友和亲人，珍藏固然是无比珍贵的，但它毕竟有些遥远，朋友和亲人，是让我们更不能释怀，更心心念念牵挂着的一种关系啊。

所以会有人比爱苏州园林更爱苏州的老宅故居，会有人认为苏州的老宅故居比苏州的园林更具价值、更有意义。

那一天在钮家巷3号，我走了走，也不知道会走到哪里去，也没有想过要走到哪里去，但是我对于老宅、对于名人故居的情怀，却是从那时候结下去的。

时间过去了好多年，现在回忆起来，那时候状元府的纱帽厅，给我留下了什么印象，已经说不太清楚了。记得清楚的，一二十年都未曾忘记的，却不是纱帽厅，而是当年住在名人故居中的"七十二家房客"，他们将状元府里的每一寸空间都填满了当代的、世俗的生活，那样的一种状态。

数百年前，这里边只住一家人家。

数百年后，这里边住了几十人家。

我当时就这么想，这么感叹。这想法，这感叹，实在只是一个简单浅显的道理而已，却是至今也未曾忘却。

在以后漫长的岁月里，只要有机会，我就会问一问别人，你们知道钮家巷3号吗？它现在还在吗？里边还住着那么多住户吗？它会拆吗？心就这么随着岁月在颠簸。

在漫长的岁月里，我也有机会重新经过钮家巷3号，站在门口，我朝里边张望，我真的不敢相信，从我第一次来这里，时间已经过去了十几、二十几年了？

在漫长的岁月里，我一直担心着它，牵挂着它，好像它是我的老宅，我曾经住过，好像它是我建造起来的，我为它付出过，又好像与我有着某种特别亲密的关系和联系，因此，为它忐忑的心一直忐忑着，为它期盼的心也依然期盼着。我知道，只要它还在，担心和希望就是并存的。

现在要说的是另一处老宅：官太尉15号的袁学澜故居——双塔影园。

袁学澜是清代的诗人，1852年，年近五十的袁学澜，从苏州乡间袁家村来到苏州城里，他买下了官太尉桥卢氏旧宅，"奉母以居"。

卢氏的旧居，"堂屋宏深，屋比百椽"，因邻近古刹，可见双塔影浮，袁学澜便在宅内隙地，筑成小园，据说这是袁学澜最为得意之作，"塔之秀气所聚，故仿明代文肇祉于虎丘塔影园故事"，取名为双塔影园。 今天我们从袁学澜当年自撰的《双塔影园记》中，尚可寻见袁学澜对双塔影园的描述，"有花木玉兰、山茶、海棠、金雀之属，丛出于假山磊石间，具有生意。 绕回廊以避风雨，构高楼以迎朝旭"，"萧条疏旷，无亭观台之榭之崇丽、绿埤青琐之繁华"，字里行间，无不充溢出自然质朴之气。

五十岁的袁学澜，在这里课业子弟，写作诗词，会聚朋友，袁学澜在双塔影园，过他一生中最有意义的日子，著作了多种书籍——《姑苏竹枝词百首》、《苏台揽胜百咏》、《适园丛书》，今天我们若有机会去这些书籍中徜徉，也许不难追踪到这位"诗史"居于双塔影园四十余年的行迹，袁学澜一直活到九十多岁，正应了"塔之秀气所聚、居者多寿"的古言。

只是，在历史曾经中断了的某一个日月，假如我们想起了这位诗学前辈，我们忽然地要想寻觅袁学澜的行为足迹，我们便从史书中走了出来，走到了官太尉 15 号。

茫然地站立在 15 号门前的官太尉桥头，看丛生的杂草，看破败的门楣，看居民提着马桶水桶进来出去，看炉烟袅袅，才恍然而悟，沧海桑田，时间已经过去了一百多年。 1997 年以前的袁学澜的家，也和潘世恩的家一样，变成了居民大杂院，最多时，这里住进了六十多户人家，路进有致的建筑，任意地分割了，疏密相间的庭院，胡乱地填满了，哪里还有典型可言，哪里还有古意可寻啊。

难道历史真的遗弃了袁学澜？ 难道我们真的失去了双塔

影园?

历史终究又开始延续了。也许因为中断，也许因为痛惜，历史也终究出现了一些奇迹，比如，她能够将两个远隔二百年的毫不相干的人联系起来：袁学澜和史建华，一个是古代饱学的诗家，一位是现代搞房地产的商人，历史就将他们结合在官太尉15号了。

我不知道史建华从前的经历，也不太清楚他对古建筑的钟情和挚爱从何而来、因何而生，但是我曾经了解到，随着37号街坊改造序幕的拉开，保护街区内的古建筑，就成了史建华所有行为的一个重要准则。作为当时区房产局的局长，史建华踏遍了37号街坊的街街巷巷，亲眼目睹一幢幢一处处的旧居老宅，在风雨中飘摇呻吟，砖墙剥落，栋梁坍塌；亲眼目睹居民们在新的时代里，依然过着三桶一炉的旧日子。史建华深知，他手里攥着的，不仅仅是一张张设计着未来的图纸，这些图纸，还将承担起保护那些饱经风雨、历尽沧桑的旧宅故居的重大责任。这是真正的需要两手抓的事业，一手抓改造，一手抓保护，哪一手也不能软。

这两条手臂，很沉很沉，沉得都抬不起来啊。

如今，我们来到修复了的双塔影园，遥望双塔悬影，感受古园意趣，我们想象的翅膀自由地翱翔起来，我们的眼睛才能够再次穿越历史的长廊，跟着袁学澜，走过他居住在双塔影园的每一天。午后，郑草江花室，与友人"披文析义，瀹茗清谈"，"欣然忘倦"；傍晚，园中西眺，夕阳恰与双塔相映成辉，"五六月间无暑气，千百年来有书声"。从某种意义上说，修复了的，何止是一座双塔影园，更是为我们追回着失落的历史，重新撑起差一点倒塌了的精神支柱。

我们何曾去细细地想过算过，搬迁老宅中的居民，重修摇摇欲坠的故居，将双塔影园恢复成两路五进、"屋比百椽"的旧时模样，所付出的代价、所承担的风险？但是我们终于明白，不能用简单的加减法去算这笔账，不能用普通的价值观和直接的效益观去衡量这样的作为。

那一天我们坐在双塔影园的杏花春雨楼，谈着保护古建筑的意义，窗外门前，园子里春意盎然，轩廊相对，池水清洌，有一瞬间，甚至心意和神思都恍惚起来，坐在这里的，是我们自己呢，还是袁学澜和他的诗友啊？

这就是今天的官太尉15号。

从钮家巷3号，到官太尉15号，使我想起了一个词：前世今生。

期望着，明天的留余堂，以及在古城中尚存的二百处名人故居都会像今天的双塔影园，得以重生，得以焕发。亡羊补牢，应该还来得及，让世人，真正地了解，什么是老苏州。

苏州的老宅，它们所容涵的博大精深，恐怕是我们穷其一生也不能望其项背的，甚至它们的一片砖一片瓦，它们的一幅联，都够让我们品咂和享用大半的人生了，让我们且沿着这扇已经打开的门，走进去吧，或多或少，我们一定会看到些什么的。

苏州平江路

在一个阴天，将雨未雨的时候，带上雨伞，就出门去了。

小区门前的马路上，是有出租车来来去去的，但是不要打车，要走一走，觉得太远的话，就坐几站公交车，然后下去，再走。

走到哪里去呢？是走到自己愿意去的地方，喜欢的地方，比如说，平江路，就是我经常会一个人去走一走的古老的街区。

其实在从前的很漫长的日子里，我们曾经是身在其中的，那些古旧却依然滋润的街区，就在我们的身边，它是我们的窗景，是我们挂在墙上的画，我们伸手可触摸的，跨出脚步就踩着它了，我们能听到它的呼吸，我们能呼吸到它散发出来的气息。我们用不着去平江路，在这个城里到处都是平江路，我们也用不着精心地设计寻找的路线，路线就在每一个人自己的脚下，我们十分的奢侈，十分的大大咧咧，我们的财富太多，多得让你轻视了它们的存在。

日子一天一天地过，我们糊里糊涂，视而不见，等到有一天似乎有点清醒了，才发现，我们失去了财富，却又不知将它们丢失在了哪里，甚至不知是从哪一天起，不知是在哪一个夜晚醒来时发生的事情。

我们的时代，是一个新闻接一个新闻的时代，这些新闻告诉我们，古老的苏州正变成现代的苏州，这是令人振奋的，没有人会不为之欢欣鼓舞，只是当我们偶尔地生出了一些情绪，偶尔地想再踩一踩石子或青砖砌成的街时，我们就得寻找起来了，寻找我们从小到大几乎每时每刻都踏着的，但是现在已经离我们远去的老街。

这就是平江路了。平江路已经是古城中最后的保存着原样的街区，也已经是仅存的能够印证我们关于古城记忆的街区了。

平江路离我的老家比较远，离我的新家也一样远，我家附近也有可去的地方，比如新造起来的公园，有树，有草地，有水，有大大小小的桥，有鸟在歌唱，但我还是舍近而求远了，要到平江路去，因为平江路古老。在一个欣欣向荣的城市里，古老就会比较金贵值钱。

在喧闹的干将路东头的北侧，就是平江路了，它和平江河一起，绵延数里，在这个街区里，还有和它平行的仓街，横穿着的，是钮家巷、肖家巷、大儒巷、南显子巷、悬桥巷、录葭巷、胡厢使巷、丁香巷，还有其它许多。念叨这一个一个的巷名，都让人心底泛起涟漪，在沉睡了的历史的碑刻上，飘散出了人物和故事的清香。

要穿着平跟的软底的鞋，不要在街石上敲击出"咯的咯"的声音，不要去惊动历史，这时候行走在干将路上的一个外人，恐怕是断然意想不到，紧邻着现代化躁动旁的，会是这么一番宁静，这么一个满是世俗烟火气的世界。

曾经从书本上知道，在这座古城最早的格局里，平江街区就已经是最典型的古街坊了，河街并行、水陆相邻，使得这个街区永远是静的，又永远是生动活泼的。早年顾颉刚先生就住在这里，他从平江路着眼，写了苏州旧日的情调：一条条铺着碎石子或者压有凹沟石板的端直的街道，夹在潺潺的小河流中间，很舒适地躺着，显得非常从容和安静。但小河则不停地哼出清新快活的调子，叫苏州城浮动起来。因此苏州调和于动静的气氛中间，她永远不会陷入死寂或喧嚣的情调。

以前来苏州游玩的郁达夫也议论过这一种情况，他说这街上的石块，和人家的建筑，处处的环桥河水和狭小的街衢，没有一件不在那里夸示过去中华民族悠悠的态度。这是从前的平江路。令人难以想象的是，生活在今天的我们，走在今天的平江路上，仍然能够感受到昨天的平江路的脉搏是怎样跳动着的。我们一边觉得难以置信，一边就怦然心动起来了。

很多年前的一天，白居易登上了苏州的一座高楼，他看到："远近高低寺间出，东南西北桥相望，水道脉分棹鳞次，里闾棋布城册方。"不知道白居易那一天是站在哪一座楼上，他看到的是苏州城里的哪一片街区，但是让我们惊奇的是，他在一千多年前写下的印象，与今天的平江街区仍然是吻合的，仍然是一致的，甚至于在他的诗文中散发出来的气息，也依旧飘忽在平江路上，因为渗透得深而且远，以至于数千年时间的雨水也不能将它们冲刷了，洗净了。

现在，我是踏踏实实地走在平江路上了。

更多的时候，到平江路是没有什么事情的，没有目的，想到要去，就去了，就来了。除了有一次我忽然想看看戏剧博物馆，那是在某一年的国庆长假期间，我正在写一部小说，写着写着，就想到戏剧博物馆，它在平江路上的一条小巷内，我找过去，但是那一天里边没有游人，服务员略有些奇怪地探究地看着我，倒使我无端地有点心虚起来，好像自己是个坏人，想去干什么坏事的，这么想着，脚下匆匆，勉强转了一下，就落荒而逃了。

　　那一天的时光，倒是在逃出来以后停留下来的，因为逃出来以后，我就走在平江路上了。

　　世俗的生活在这里弥漫着，走着的时候，很有心情一家一家地朝他们的家里看一看，这是老房子，所以一无遮掩的，他们的生活起居就是沿着巷面开展着，你只要侧过脸转过头，就能够看得很清楚，我不要窥探他们的生活，只是随意的，任着自己的心情去看一看。

　　他们是在过着平淡的日子，在旧的房子里，他们在烧晚饭，在看报纸，也有老人在下棋，小孩子在做作业，也有房子是比较进深的，就只能看见头一进的人家，里边的人家，就要走进长长的、黑黑的备弄，在一侧有一丝光亮的地方，摸索着推开那扇木门来。就在里边，是又一处杂乱却不失精致的小天地，再从备弄里回出来，仍然回到街上，再往前走，就渐渐地到了下班的时间了，自行车和摩托车多了起来，他们骑得快了，有人说，要紧点啥？另一个人也说，杀得来哉？只是他们已经风驰电掣地远去了，没有听见。一个妇女提着菜篮子，另一个妇女拖着小孩，你考试考得怎么样，她问道，不知道，小孩答，妇女就生气了，你只知道吃，她说。小孩正在吃烤得糊糊的肉串，是在小学门口的摊点上买的，大人说那个锅里的油是阴沟洞里捞出来的，但是小孩不怕的，他喜欢吃油炸的东西，他的嘴唇油光闪亮。沿街的店面生意也忙起来，买烟的人也多起来，日间的广播书场已经结束，晚间的还没有开始，河面上还是有一两只小船经过，这只船是在管理城市的卫生，打捞河面上的垃圾，有一个人站在河边刚想把手里的东西扔下去，但是看到了这条船的他手缩了回去，就没有扔，只是不知道他是多走一点路扔到巷口的垃圾箱去，还是等船过了再随手扔到河里。生活的琐碎就这样坦白且一览无余的沿街展开，长长的平江路，此时便是一个世俗生活的生动长卷了。

就这样走走，看看，好像也没有什么多余的想头。

所以，到平江路来，说是怀旧了，也可以，是散散步，也没错，或者什么也不曾想过，就已经来了，这都能够解释得通，人有的时候，是要做一些含含糊糊的事情。但总之是，到平江路来了，随便地这么走一走，心情就会起一点变化，好像原本心里空空的，没有什么，但是这么一走，心里就踏实了，老是弥漫在心头的空空荡荡、无着边际的感觉就消失了。

这一种生活在从前是不稀奇的，只是现在少见了，才会有人专门跑来看一看，因此在这一个长卷上，除了生活着的平江路的居民百姓，还会有多余的一两个人，比如我，我是一个外来的人，但我又不是。

不是在平江路出生和长大，但是走一走平江路，就好像走进了自己的童年，亲切的、温馨的感觉就生了出来，记忆也回来了，似曾相识的，上辈子就认识的，从前一直在这里住的，世世代代就是在这里生活的，就是这样的一种感觉。

我知道平江路上有许多名胜古迹，名人故宅，园林寺观，千百年的古桥牌坊，我去过潘世恩故居，去过洪钧故居，去过全晋会馆，尤其还不止一两次地去过耦园。但是我到耦园，却不是去赞叹它精湛的园艺，觉得耦园是散淡的，是水性杨花的，它是苏州众多私家园林中的一个另类，它不够用心，亦不够精致，去耦园因为它是一处惬意的喝茶聊天的地方，或者是一个温婉的情绪着落点，也因去耦园的路，不要途经一些旅游品商店，也不要有乌糟糟、吵吵闹闹的停车场，沿着河，踩着老街的石块，慢慢地走，走到该拐弯的地方，拐弯，仍然有河，再沿着河，慢慢地走，就走到了耦园，其实就这样的走，好像到不到耦园都是不重要的了。

就是以这样的实用主义的心思才去了耦园，因为耦园是在平江路上，耦园与平江路便是一气的，配合好的，好像它们只是一个平平常常的百姓栖息之地，是没有故事的，即使有故事，也只是一些平淡的不离奇的故事。

平江路是朴素的，在它的朴素背后，是悠久的历史和历史的悠久的态度，历史到底是什么呢，难道不就是人民群众的普通生活吗？

所以我就想了，平江路的价值，是在于那许多保存下来的古迹，也是在于它延续不断的、任何力量也不能使之中断的日常生活。

在宋朝的时候，有了碑刻的平江图，那是整个苏州城。现在在我的心里，也有了一张平江图，这是苏州城的缩影。这张平江图是直白和坦率的，一目了然，两道竖线，数道横线。这些横线竖线，已经从地平面上、从地图纸上，印到了我心里去，以后我便有更多的时间，有更任意的心情，沿着这些线，走，到平江路，去。

苏州小巷

从前，有一个人在路上走着走着，他就走到苏州小巷这里来了。他站在小巷的这一头，朝着小巷的那一头张望。噢，这就是苏州小巷，是拿光滑灵透的鹅卵石砌出一条很狭窄很狭窄的街来，像古装戏里长长细细的水袖，柔柔的，也有的时候有点弯，这弯，就弯得很有韵味，叫你一眼望不到边，感觉很深，很深。

他就跟着这种很深的感觉走了。有一辆人力车过来了，他要让它经过，他的身体就已靠在路边的墙上了，等人力车过去，他可以正常走路，就看见他身体的一侧，左边或右边的肩膀那里，已经擦着了白色的墙灰，他用平静的眼光看了看身上的墙灰，用轻轻的手势拍一拍，就继续往前走了。正如从前有一个人写道："不念出声咒骂，因为四周的沉寂使你不好意思高声地响起喉咙来。"

小巷深处是一片静谧的世界，如果长长的小路是它的依托，那么永远默默守立在两边的青砖，黛瓦，粉墙，褐檐，便是它忠诚的卫士了。老爹坐在门前喝茶，老太太在拣菜，婴儿在摇篮里牙牙学语，评弹的声音轻轻弥漫在小巷里，偶尔有摩托穿越，摩托过后，又有卖菜的过来，他们经过之后，小巷更安静了，四周没有喧哗，没有吵闹，只有远处运河上若隐若现的汽笛声。

这个人就走着走着，他呼吸着弥漫在小巷表面生活的烟火气，他想，原来深深的小巷是肤浅的，是一览无余的呵。其实，其实什么也不用说了，因为这时候，他看到一扇半掩着的黑色的门，一种说不清的意图，让他去推这扇门，他的手触摸到了生锈的铜环，门柱在门臼中吱吱嘎嘎的响。

他不曾想到他推出了另一个世界。秋风渐渐地起来了，园子的树叶落了，叶子落在地上，铺出一层枯黄的色彩。他踩着树叶，听到松脆的声音，有一些乌青的砖，让脚下的小路绕过障目的假山和回廊，延伸到园子的深处，有一个亭子的亭柱剥剥落落，上面的楹联依稀可辨：

风风雨雨暖暖寒寒处处寻寻觅觅
莺莺燕燕花花叶叶卿卿暮暮朝朝

旧了的小园，是另一种风景，留得残荷听雨声，他想起了从前读过的句子。这是一个深藏着的精彩的天地，它是小巷的品格，结庐在人境，而无车马喧。

将它留在僻静的那里，他是要继续走路的，他又经过小巷里这一扇和那一扇简朴的石库门，他是不敢再轻视它们了。在这个简单的门和这个平白的墙背后，是有许多东西的。假如我是个诗人，我会写诗的，他想。

后来，他听到一个妇女在说话："喔哟哟，隔壁姆妈，长远不见哉。"

他是完全不能听懂她们的吴侬软语，但是从她们的神态里，他感受到家常的温馨。他真一个聪明而敏感的人。

从前，在平常的日子里，一个人在苏州的小巷里随随便便地走走，真是一件很好的事情啊。

苏州老街

在苏州古城最早的格局里，老街就是它的中心了。 老街无所谓叫什么名字，它就是一条典型的苏州老街。

这是一条典型的河街并行、水路相邻的古街坊，街上古迹很多，大户官宦人家的老宅、名人故居处处可见，有寺庙和庵堂，古桥，古树，古井，古牌坊更是星罗棋布，还有一座古老的小小的园林。

走在老街上，可以感受到浓浓的古旧的气息。 苏州是一座有悠长历史的古城，苏州人是喜欢怀旧的，所以经常会有一些苏州人，他们也没有什么事情，就到老街来走一走的，也没什么目的的，也没有什么想法的，就这么来走一走，好像这样走一走，心里就踏实了，老是弥漫在心头的空空荡荡、无着边际的感觉就消失了。

真好啊，苏州人这么想着，心里涌起一股感动，真是好的，我虽然不一定是在某条老街上长大的，但是苏州人走一走老街，就像走进了自己的童年。

老街会给你亲切的感觉，似曾相识的，上辈子就认识的，从前一直在这里住的，世世代代就是这里生活的……

苏州古城已经有两千五百多年的高龄，在两千五百年的漫长的日子里，变化了许许多多的东西，古城的基本格局却一直是没有变的。天灾人祸，兵荒马乱，曾经摧毁了历史，但是苏州人的前辈他们很快在废墟上重新创造历史。在许许多多拆拆建建的过程中，古城浓郁的水乡小城风格依然在的，三横四纵的河流依然在的，人家尽枕河、水乡小桥多的风貌也依然在的。

这是苏州人最最骄傲的内容。他们经常对别人说，我们已经两千五百年了，他们说，比它建得早的城早已没有了，比它建得晚的城也有好多早已没有了，我们是中国第一古城。

也有人曾经提出一个问题，这是在一个小说家的作品里边的，这是作品的结尾，最后的几句话是这样写的：

天库巷建成到今天，已经一千多年了，更何况古老而美丽的苏州城，已经在地球存在二千五百年了，这是一件多么了不起的事情啊！

热烈的掌声过去后，一位刚刚分配来的大学生站起来发言，他提了一个很好笑的问题，二千五百年而不变，可喜乎？可悲乎？

这个问题很幼稚。

没有人回答他。

这是小说家在十几年前的想法，虽然作品中的人没有回答大学生的疑惑，但是小说家是有回答的，是有倾向性的。这个回答是明确的，两千五百年不变，肯定不是好事情，当大家在歌颂两千五百年的时候，小说家认为自己的思想是先锋的，是前卫的，是现代意识的，而且是实事求是，是符合历史发展趋势的。

只是在又过了一些时间以后，也许想法又是不一样的了，为什么要到老街去走一走，没有事情也要去走一走的，老街是不变的，老街上依然有许许多多从前的东西。

水苏州

世态人情水悠悠

在细雨蒙蒙的早晨、斜辉脉脉的黄昏，女孩提着一篮衣服，踩着鹅卵细石，穿过清幽的小巷，前面就是轻轻流淌的小河了，在河岸的条石上，阿姨阿婆用洗衣棒槌打着衣服，女孩学着她们。 开始了自己的少年青春。 啪哒啪哒啪哒，清脆的声音飘荡开来。

或者她是在水井边，放下吊桶，打起水来，也会打起一些对未来的憧憬，最怕的是吊桶绳磨断了，猝不及防的扑通一声，吊桶掉下去了，人也像掉下去一样，往家里奔的时候，慌慌张张喊，吊桶掉下去了，吊桶掉下去了。

这个女孩是我吗？ 也许是，也许不是，但她一定是苏州的女儿，扎着小小的羊角辫，在河边洗洗刷刷的日子里，在吊桶上上下下的来往中，渐渐地长大。

如果说河是苏州的命脉，那么遍布古城的水井，亦可以称得上是苏州的灵魂了。 在家家户户的院子里，在小巷的拐角上，甚至在马路的中央，我们的祖先前辈，早就替我们开掘了许许多多的生活的源泉，从实际生活的角度出发，却留下了这么多无价的文化遗产，这恐怕也是我们的先人始料不及的，无心插柳柳成荫。

回想小时候的日子，总是在河边，在井台上，我们的生活总是和水连在一起的。看一看古往今来的诗人，他们赞赏苏州，几乎没有不提到水的，"杨柳阊门路，悠悠水岸斜"，"处处楼前飘管吹，家家门外泊舟航"，"古宫闲地少，水港小桥多"，只是在他们的诗中，苏州的水，更多的是给人欣赏，是满足人的精神生活的。

当我们在河边洗刷、在井里打水的时候，我们心目中的水，却是实实在在的物质，充满了我们的一生、每时每刻不可或缺的，像我们的米饭和衣服。

渐渐的，我们离开河边了，也离开井边了，因为我们有了方便的自来水，水龙头里哗哗地淌出水来，是干净的，经过处理的，用不着再到杂货店去买明矾了，也因此现在的小孩子恐怕都不知道明矾为何物了。记得自来水刚开始来的时候，这个龙头是大家共用的，几十户，甚至上百户人家，孩子们提着水桶去排队，一分钱几桶或者几分钱一桶，起先大家是趋之若鹜，看个新鲜，时间长了，便不觉得好奇，于是，老大推老二，老二推老三。看管水龙头的老爹，手里有一把钥匙，他不会轻易地给你开锁，但是有时候，老爹看到有路人口渴了，他会慷慨地说，来喝口水吧。这时候老爹的口气是很骄傲的。

如今我们的家里，每一家都会有好几个水龙头，但恐怕谁也不会想到去数一数、算一算。因为自来水嘛，算什么呢，太平常了，太简便了，平常简便得不值一提了。而我们深知，这平常简便，却是来之不易的，五十年的风风雨雨、五十年的点点滴滴告诉我们，这平常简便是有背景的，这个背景，是国家的兴盛、历史的进步、人民的努力。

今天我们仍然回忆和怀念河滩水井，并且从中品味出历史与文化醇浓的韵味，而我们的回忆和怀念也是有前提的，这个前提，是我们已经告别了落后与贫困，正在迈向现代化的明天。

与水共生

苏州是水做的苏州、水养的苏州，水酿成的苏州。

离开了水，苏州就是一座枯城，一座空城，一座没有生气、没有活力、没有灵动、甚至没有灵魂的城。

在水的世界里，城是水淋淋的，街也是水淋淋的，街的一面是水，或者两条街夹着一条河，也或者，干脆将房子临水而筑，所谓的"挑石为基，建筑飞临水面"，成为真正的枕河人家。于是，街巷、民居和水一样慢慢地向前流淌，有时候，一眼望过去，甚至辨不清到底是街浮于水，还是水浮于街。

城内水网密布、河道纵横，苏州人的生活无法离开水，建造房屋也离不开水，枕河人家，就是苏州人依水靠水的一种典型；苏州园林的建造者更是将自然之水融入人工园林，让水成为园林的灵魂，这也是苏州园林能甲天下的重要原因之一；除了街道、园林，就连苏州的城门，也都是与水紧密相连、浑然一体的。

水，就是这样，做成了一个美丽的苏州，水，就是这样，流活了一座城市，水，滋养了一代又一代的苏州人.

但是水也有它的另一面，在过去的许多年里，苏州城曾经经历了许多次水满成患的灾难。记得我小时候，苏州发大水，一天晚上父母带着我们看电影，进场的时候，天还好好的，等到电影散场，我们已经回不了家了，北局小公园的水已经涨到我们的腿肚子以上，父母紧紧拉扯着年幼的我们，惊恐地划着水，慢慢地往前移动。 那是留在我印象中的人生第一次的艰难前行，也是温柔水乡的温柔之水，第一次让我看到了它的狰狞的面目，给我留下了恐惧而深刻的印象。 地势颇高的大街广场尚且如此，地势低矮的沿河人家的麻烦就更大了。 此时此刻，平时的那种小桥流水人家的闲情逸致和悠然画面，完全变成另一种狼狈不堪的情形，居民们手忙脚乱地用各种用具，从家里往外舀水，可水是舀不出去的，因为外面的水比家里还高，眼看着水在屋子里越漫越高，鞋子浮起来了，痰盂浮起来了，马桶浮起来了，甚至连板凳桌子也站不稳了。 等到一场大水退去，损失也就可想而知了。

同时，随着时代的发展，水质的保证，水流的力量，用水的安全等等也成为人们最关心的大事要事。 苏州人早已经脱离了在河边、井边洗衣淘米刷马桶的日子，所有的用水都从自来水的管子里流出来，于是，自来水的干净和顺畅，自来水的质量和数量，就成了联系苏州百姓最紧密的民生工程。

在水乡泽国，水与人是共存的，人与水是共处的。 苏州人从来没有被动地在等待中期盼着水能够自我约束，自我清理，从古至今，苏州人一直在建设中治水，把治水和建设苏州紧紧相连。

六十年来，尤其是二十一世纪的十年，在应对太湖蓝藻、让苏州百姓喝上放心水的等等过程中，苏州人的努力，为苏州水的历史写下了浓墨重彩的一页。

独树一帜话葑门

　　葑是一个汉字，但它不是一个普通的常见的汉字。生活在苏州的人知道它，外地的人，可能就比较陌生了。他们来过葑门，走过灭渡桥，穿过葑门横街，吃了茭白、慈菇和鸡头米，会在心里留下一份记忆和悬念，这个葑字是什么意思呢，如果他们有心去了解一下，就增长了知识和见识，就多了一些学问、就有了一份美好的想象相随相伴。这倒让我们苏州人，让苏州的葑门有了一点骄傲，我们的一座古城门，我们城里的某一个算不上繁华热闹的角落，给人们带来了意想不到的收获。

　　葑是一种生长在水里的根茎，是可以食用的植物，这种植物有两个名字，一个叫作芜菁，另一个叫作菰。芜菁、菰，还有葑门的这个葑，这几个字都是草字头，看起来与水无关，但奇怪的是，你看到这样的字眼，你就想到了水，就是水淋淋、很滋润的感觉，就是水面上飞着的美丽的水鸟的感觉，就是一种让人的思绪荡出去很远的感觉，是因为芜菁和菰都是生长在水中的缘故，还是生活在水乡的我们，心里生来就有许多水的情结?

　　葑门是水的文化，没有水就没有葑。从前葑门有水城门，后来水城门虽然消失了，但是水没有消失。水，世世代代地滋润着葑门的寸土寸地，水，永永远远地培养着葑门的灵动和生气，水造就了葑门，水，写下了葑门一页又一页的历史。

　　也曾经因为水太多太大，使先人们犯愁，年年岁岁的摆渡，风吹雨打的颠簸，终于使他们下了决心，建造起一座桥，灭渡，是寻觅新生活、寻求新发展的开始。我们暂且不说由传说中的僧人敬修主持建造的古灭渡桥在桥梁建筑史上的意义和价值，我们只是知道，有了灭渡桥的莳门，如虎添翼，扬眉吐气地踏上新的征程。七百多年以后，一座新的灭渡桥又诞生了，它与古灭渡桥相距五十米，一南一北，同跨运河。石桥无言水自流，你站在两座灭渡桥中，向北望，再向南看，你感受到，历史走过的七百多个春秋的点点滴滴，都融汇交集在这短短的五十米距离中了。

如果你从南边来，过灭渡桥，再往北走，你就走到了老百姓常常挂在嘴上的"莳门横街"。如果你曾经走过或听说过苏州的七里山塘或平江路，再来莳门横街走一走，你也许会感觉少了点什么？是的，少的是老宅深院，少的是名人遗迹，少的是大红灯笼，少的是书香气息。但你也同样会感觉多了些什么，那就是民间的气氛和生活的朴素。莳门横街不是达官贵人的游乐场，不是文人骚客吟诗作画的花船，这是一条老百姓自己的街，是日常生活的街，小商小贩们做生意，乡下人卖农产品，居民油盐酱醋，喝茶乘风凉，这样的一条街，似乎少一些什么什么样的价值，但对于我们来说，却多了一份亲切，多了一份自然多了一份难能可贵的平常心。

又要说到水，苏州的出众，在于水，横街的出众，也同样与水密不可分。我走过横街的时候，没有用心地去历数和观察它与水的关系，但我的感觉，横街是一条浮在水面上的街，是辽阔水面上的一块陆地。后来果然从一些资料和文章中看到这样的内容，莳门横街背靠莳门塘，东连黄天荡，它的前前后后、左左右右还有前橹巷湾，后橹巷湾，草鞋湾，鲇鱼湾，等等等等。这许多塘塘湾湾托起了莳门横街，让横街的生活也依水而展开，因水而丰富。你看乡人叫卖的农产品、水八鲜，哪样与水无关？你在哪条街上看到过如此多的鱼行，看到过如此兴旺的鱼行生意，看到过鱼行里有如此之多的鱼的种类？临水喝茶是苏州人生活中的一大乐事，在莳门横街也是少不了的，据说在这条全长只有六百多米的街上，最多的时候开出过十家茶馆，现在我们也许已找不到那些曾经有过的茶馆，但只要看一看听一听它们的名字，椿泌园，凤仙园，莳门茶室，无不使我们浮想联翩。

莳门只是苏州的一角，但莳门有说不完的话题。苏州深厚的文化历史底蕴，渗透在苏州的每一个角落，遍布在苏州的每一寸土地，莳门是一棵长在苏州大地上的树，它靠着苏州水的滋润和养育，也靠着自己的与众不同且日常的百姓文化，在苏州城众多的区域里，独树一帜，林立于世，放射出耀眼的光彩。

苏州桥

水多，桥自然多，桥多，就形成了苏州的特别景观，成为苏州文化的一大特色。早在唐代，姑苏城内就"红栏三百六十桥"，仅一个甪直镇，最盛时期有桥七十二座半，称为"五步一桥"，现在犹存四十余座。苏州的桥，不仅多，而且造型各异。

比如著名的宝带桥，堪称大桥中的精品，饮誉中外，是国内现存古代桥梁中最长的多孔石桥，它设计精巧，结构奇特，以平坦宽阔之势，长虹卧波，五十三个桥孔，拱圈最大跨度长达 7 米，最高的桥孔 7.5 米，让人叹为观止。

大桥有大桥的风范，小桥亦有小桥的风姿，苏州的小桥小巧玲珑，静卧于碧波之间，别具匠心。

苏州最小的古桥，要数网师园内的引静桥，它是园林中建拱桥的成功范例。桥宽 0.94 米，跨度 1.3 米，桥长 2.5 米，拱顶厚 0.2 米，石拱栏高 0.2 米，正应了麻雀虽小，五脏俱全的古话。

说一座花桥。

白居易晓得花桥，他曾经在诗里写"扬州驿里梦苏州，梦到花桥水阁头。"花桥是一座很特殊的桥，它的桥面是鸳鸯的，一部分是条石，一部分是碎石子。不知道其他地方的无数无数的桥上，有没有这样的拼图方案，至少我知道，在苏州的数百桥中，它是独一无二的。

《吴门表隐》里有记载："花桥，每日黎明花锻织工群集于此。素锻织工聚白蚬桥。纱锻织工聚广化寺桥。棉锻织工聚金狮子桥。名曰立桥，以便延唤，谓之叫早。"

从前还有一座崇正宫桥，嘉庆二十四年由道士叶凤梧重建。桥的南堍塑了桥神、喜神、宅神、井神、龟神、厕神，皆出之名家之手，栩栩如生。话说这一年闰四月十四日，忽有一个垢面道人，立在桥上说："石性烈，不加托木，石且断。"话音未落，转身就隐去了。过了不多久，桥西边的一块石头果然中断如截，大家又惊又惧，且喜且悟，知道是吕祖降示，赶紧再加固托木，从此以后，该桥坚固无摧。

再说一座枫桥。

枫桥的名气很大，大得不得了，连外国人都知道它，喜欢它，不远万里来看它。大家都知道枫桥的这个大名气是唐朝诗人张继帮忙宣扬出去的。那一年张继来到枫桥，心思触动，写下一首诗题为《夜泊枫桥》的诗：

> 月落乌啼霜满天，
>
> 江枫渔火对愁眠，
>
> 姑苏城外寒山寺，
>
> 夜半钟声到客船。

其实，除了张继，还有好多诗人写过枫桥，比如唐朝诗人高启：

> 画桥三百映江城，
>
> 诗里枫桥独有名。
>
> 几度经过忆张继，

乌啼月落又钟声。

再比如,杜牧又为枫桥写过诗:

长洲苑外草萧萧,

却忆重游岁月遥。

唯有别时今不忘,

暮烟疏雨过枫桥。

枫桥那地方本来只是一个普通的渡口,枫桥也就是一座常见的江南石桥,并不十分特殊,苏州城里城外,这样的桥非常之多,而偏枫桥引来无数诗竞相传颂,这自然是有原因的,自从江南运河开通,与北运河相连接后,枫桥逐渐热闹起来,南北车舟在此会聚,枫桥一带成为商业集散地,当时苏州曾有民谚说:探听枫桥价,买物不上当。

以后的千百年里,凡来苏州游览或办事的人,都愿意去看一看枫桥。

所以,又过了一千多年,又有人为枫桥、为张继的这首诗,写下了一首新歌:

带走一盏渔火,让他温暖我的双眼,

留下一段真情,让它停泊在枫桥边,

……

月落乌啼总是千提的风霜,

涛声依旧不见当初的夜晚,

今天的你我,怎么重复昨天故事,

这一张旧船票,能否登上你的客船。

苏州的每一座桥都是独特的,苏州的每一座桥都有它自己的故事。

苏州人的老故事,已经讲了几千年,仍然在流传;苏州人的新故事,也已经开创出它的新面貌。

万年桥头万年月

我曾经在相当长的一段时间里一直住在苏州的沧浪区。我们那个院子,前门是东大街,后门是西大街。只是那时候真有些身在福中不知福,从来也不知道盘点盘点自家周边有些什么景观古迹,也没曾想一想,我们的前门,能通向历史的哪一个章节,我们的后院,又有着什么样的往事传说。只是稀里糊涂过着平常的日子,无痛无痒地踩了一块明砖,踢到一块清瓦。大约有二十年的时间,就这样日复一日地穿行跨越。

需要添置日用品了,就从后门穿出去,走过狭窄的西大街和同样狭窄的吉庆街,就到了万年桥。记忆中,这是一座很旧的桥,也没有考证过它是哪一年建造,又于哪一年重修。只知道要过桥去,因为桥那边就是市场,就是商店,就是我们的日常生活。那时候口袋瘪瘪的,不能财大气粗,不会经常跑观前逛石路,好在跨过万年桥就是胥门地盘,也算是我们的繁华之地了。

桥西是繁华的,也有些杂乱,民间生活的烟火在这里生生不灭,于是,我们的眼睛,也只是盯着杂货店里漂亮的塑料脸盆,也只是记住了桥堍边那个烧水泡茶的老虎灶和隔壁的大饼油条点心店,最最浪漫的,就莫过于跃进电影院了,那是许许多多生活在这一带的苏州人的维也纳歌剧院和巴黎卢浮宫。

1985 年前后我还曾在念珠街的居委会体验过生活，汲取了不少写作素材，触动了许多写作灵感。后来我的第一部长篇小说《裤裆巷风流记》就是在那以后写出来的。走出念珠街居委会，西行几步，就是万年桥了。

就这样，一个人在一个地方来来往往了二十年。这二十年的记忆，恐怕是一辈子也难以抹掉的了。

其实，又何止是胥门，何止万年桥。

南边有盘门、瑞光塔，东边是文庙、沧浪亭，西边还有百花洲，北边是道前街，现在回头想想，我们的家，几乎是被包围在这些历史存留下来的内涵丰富的文化景观之中了。

其实并不因为东大街、西大街的地理位置特殊，并不只是东大街西大街有如此的荣幸，你站到沧浪区任何一个位置上，试试看，你都会觉得自己泡在了文化景观的这坛浓酒中了。或者往东南方向去，到里河一带，有觅渡揽月、葑溪问桂；或者你再往东北一点去，又是双塔写云；往西，出胥门十里，旧驿亭就在横塘古渡头；你要是回来站在中心区域呢，你是十泉流辉、网师寻隐，还可以乌鹊晚眺，子城梦痕。

也许可以说，在过去的漫长岁月里，日常和平凡遮挡了我们的双眼；或者可以说，曾经贫乏的物质和精神生活羁绊了我们的脚步，让我们在很长的时间内，淡忘了我们身边的许多瑰宝，忽视了我们脚下的这片沃土。但是，历史是那么的慷慨大度，我们可以忘记它，它却决不抛弃我们。年年月月日日，历史留给我们的宝贵的文化遗产，无时无刻不在渗透出丰富的养料，千年不变地传递到我们的身心；一处文化景观就是一本教科书，一处文化景观就是一座知识库，我们虽然曾经有些麻木，也有些浑然无知，但因为我们身处许许多多的教科书和一座座的知识库中，我们就在浑然无知中，不知不觉地接受着历史的滋养和文化的浸润，于有意无意之间，于用心与不用心之间，就收获了，就厚实了，因为我们所在的这个地方，是一座敞开的大博物馆，这里遍地珠玑，处处景观，虽历经风雨，但历史的格局没有遭遇根本性的改变，文化的景观在劫难之后又重获新生。我们欣喜地看到，古往今来的历史之树仍然郁郁葱葱，数千年的历史信息依旧在不断传送。灵魂没有丢失，天际线没有被搅乱，由众多的文化景点组成的和谐格局，由古代文化和现代景观完美结合的圆融整体，让这个古老的区域，焕发出了青春的光芒。

于是，沿着城市的天际线，我们回到了老家。

老家就是《沧浪十八景图咏》。

《沧浪十八景图咏》就是我们曾经的家和现在的家。打开这本图册，亲近和感动扑面而来。在这里，我找到了回家的感觉。浓郁的古旧气息，宁静致远；时尚的现代气氛，又热烈奔放。都说苏州人喜欢怀旧，确实，经常会有一些苏州人，他们也没什么事情，就到老街旧巷去走一走，没有什么目的，也没有什么想法，就这么走一走。好像这样走一走，心里就踏实了，老是弥漫在心头的空空荡荡、无着无落的感觉就消失了。

现在，我们又有了一个去处，《沧浪十八景图咏》就是牵引我们回家、牵引我们走老街、穿小巷的一根线，就是寄托我们记忆的一个着落点。

那一天，在百花洲公园姑胥馆召开《沧浪十八景图咏》出版座谈会，会后，去河对面的澄湖之星饭店吃饭，有车送过去，但我们没有坐车。 大家说，好久没走万年桥了，我们要走一走万年桥。

于是我们舍车登桥。 走在万年桥上，正是夕阳西下时，天气很好，蓝天，白云间，一轮细细弯弯的上弦月已经爬上了桥头，我听得一位同行在说，从前，万年桥堍边，是一家照相馆。

遍地珠玑

　　故人一曲"沧浪之水清兮，可以濯吾缨；沧浪之水浊兮，可以濯吾足。"拍唱了数千年，沧浪亭两联"月明清风本无价，远山近水皆有情"又让我们歌吟到今天，沧浪亭因沧浪之水而生动，沧浪水又因沧浪亭而更多情。　我们不妨在某一个日子里，随随便便的一个日子，心情好的时候，或者心情不好的时候，穿过沧浪区的一些大街和一些小巷，去探访沧浪亭，那倒隐在水面上的，隐约在飘飘雨丝、朦朦雾气中的青山绿水黛瓦朱檐，便是沧浪亭。　今天也许游人甚少，便格外的清幽古朴，沧浪之水在脚下缓缓流淌，你不知道它来之何方，又将流向何方，但是你真切地感受到它的生命，此时此刻，你本来就很宁静的心情，就更加宁静了，你本来有点烦的心情，也平静下来了，这是什么？　这就是看不见的文化，就是我们的沧浪文化。

　　沧浪亭在沧浪区，沧浪区有沧浪亭，是沧浪区因沧浪亭而得名？　抑或沧浪亭因地处了沧浪区而更出名，这都不是最重要的，重要的是，闻名遐迩的沧浪亭，只是沧浪文化中的一块，如果我们可以用珍珠来比喻，沧浪亭就是一颗灿烂的光彩夺目的大珍珠，但它也仅仅只是一颗。

而沧浪文化，应该是由许许多多大大小小的珍珠串成的。只是，面对这许许多多的宝贝，我们一方面可以如数家珍，另一方面，似乎又有点心中无数，这沧浪文化的珍珠到底有多少，到底是什么样的情况，像是无数颗散落了一地的珍珠，到处可见，东一颗西一颗，面对这些散点，我们有些手足无措、甚至有点无从着落的感觉。

现在，《文化沧浪》丛书做了一件大好的事情，好像是替我们理了一理家当，全面清理了一下，看一看家里到底有多少好东西，散落的珍珠，串起来了，集中起来了，一起呈现出来了，让我们在一套书中，一下子看个够，让我们能在相对集中的时间和空间里，走遍沧浪区的大街小巷和山山水水。读这套丛书，就像是穿行在文化的大超市，而且是精品超市，让你眼花缭乱，赞叹不已。

我与沧浪区也是有着不解之缘的，从小到大就一直住在沧浪区，踏过沧浪区许许多多的街街巷巷，因此也一向自以为对沧浪区是很了解的，但看了这套书，才知道自己对沧浪区的了解，仅是一点皮毛。有些内容，是过去接触过，但浅尝辄止的，比如文庙（见《文庙》），比如那几个著名的门（见《盘门》、《葑门》等），过去也都去过，也看过一些资料，但从没有过现在这样的集中和深入；也有的内容，甚至是第一次听说第一次看到，比如石湖畔的新郭里（见《新郭里》），真是一个世外桃源，令人向往，读了以后，恨不得立刻去走一走，看一看，感受一下；还有的，则是一种重新认读的感觉，比如道前街（见《道前街》），那是经常走的，像那些小巷，东美巷，西美巷，仓米巷，大石头巷，以前走的时候，只是走走而已，读后再走，感觉肯定又是不一样的了。我想，一本书出来，能够提供给我如此丰富的想象，我已经是不敢小视它的了。

　　这一套书中的每一本都是富于鲜明个性的，都是文化沧浪生动真实的写照，我就说说其中的一本《道前街》。 我曾经有许多年住在道前街，在道前街这处沧浪文化的中心居住、行走、成长。 在这里，每一条街巷，都散发出历史的气息，每一块砖瓦，都浸透了文明的雨水，每一座桥梁，也都承担着过去与未来的沟通，但是，也许因为它们不像沧浪亭那样经典，那样光彩，它们是非经典的，是平凡的，是普通的，我们反而忽视了它们？ 因为一切就在我们身边，我们每天每天都身在其中，便反而视而不见，甚至忘记了它们的存在？ 就像我，曾经生活在道前街的，却是不甚了解道前街的，甚至闭目塞听，看不见就在眼前的历史的珠玑。《文化沧浪》之《道前街》，给我补上了这一课，让我更明白，创造沧浪文化的，是名垂千古的千百名贤，也是道前街上那些没有在历史中留下任何记载的，甚至今天仍然在写着历史的，普通且默默无闻的沧浪区人。

从母校门口走过

小时候，我住在苏州的同德里，从深深的同德里走出来，横穿过五卅路，斜对面，又有一条弄堂，叫草桥弄，草桥弄也是深深的，在深深的草桥弄的中段，有一座小学，叫草桥小学，这就是我的母校。

在长达六年的时间里，我每天往返数趟，来往于家与学校之间，对一个孩子来说，这段路程，是那么的漫长，漫长得甚至有些遥远，有些模糊，我每天需要穿越的那条五卅路的路面是那么宽阔，我在那宽阔的石子路上摔过一跤，摔破了脑袋，哇哇大哭起来。

以后的许多年中，我离开苏州，又回来，离开苏州，又回来，终于有一天，我又来到了这个地方，放眼一看，惊讶得不敢相信，曾经宽宽的五卅路，曾经深深的同德里和草桥弄，现在是多么的狭窄，多么的近切，狭窄到几乎双手一伸就能撑住两边街墙，近切得几乎一步就能跨越而去，才知道记忆中的那个漫漫的征程，中间只有几个门洞相隔而已。

所幸的是，除了距离上的"变化"，其他的一切基本依旧，一切都是那么的熟悉、亲切，弄堂还是那个弄堂，梧桐树还是那一排梧桐树，从前朝南的母校大门，依旧朝南，儿时的乐园——苏州大公园的北门依旧正对着我们的学校。

这应该是最值得庆幸的，我还能在从前的地方找到我的母校、找到我童年里最珍贵的六年记忆。 不像我曾经在苏州住过的其他一些地方，比如干将路103号等等，后来都不复存在，永远找不见它们的身影，也找不见自己的脚印。

我很庆幸，所以在以后的日子里，只要有机会，我都会经过五卅路或者公园路，往左或者往右折一下，穿过草桥弄，就从母校的门口走过去了，如果有人与我同行，我会告诉他们，这就是我的母校。 有时候，明明走不到五卅路，走不到草桥弄，我哪怕舍近而求远地绕一点路，也要到那里去走一走，听一听母校的声音，感受一下母校的温暖气氛。

六年的时光，留在记忆中的内容已经不多了，但有一件事情却至今还记得很清楚——那是小学二年级，第一批加入少先队的名单里没有我，我很伤心，班主任蔡老师特意到我家来安慰我，并让我代表第一批没有入队的同学上台发言。 时光流去了四十多年，当年走上台去发言的情形却依然在眼前。 只是不知道如今蔡老师又在何方，一切可都安好。

还记得我上的那个班叫"文"班，这是草桥小学的一个特殊的传统，每一个班级都有自己的班号，比如我哥哥的班，就叫作"强"班。 同班的同学从一年级一直同到六年级，如今大多已经记不得了，后来和我有联系的有两个同学，一个叫曹小燕，一个叫李萍，但是李萍现在也不再来往了，只剩下一个曹小燕。 其实我和她的来往也不算十分密切，但是每到节假日时，都会收到她的祝福短信，内心倍感温馨。 短信多的时候，来不及一一回复，但是曹小燕的短信我却是必定会回复的，毕竟，我和她，已有了近半个世纪的缘分了啊。

这个缘分，是母校草桥小学赠给我们的。

听说最近母校设立了名人馆，四月底的庆典活动，我因为另有工作，没能赶上，但是在那一天，我的心绪却回到了母校。草桥小学，这座一百多年来始终稳健淡定地坐立在草桥弄的小学校，是我，也是许许多多学子人生的起点，虽然那个时候，我们还不懂得什么叫人生，但是我们的人生之路，却是从草桥小学开始的。

昨天晚上，我在灯下写这篇文章，回想母校，思路竟是那么的顺畅，完全可以一气呵成写完它，但是行文至此，我忽然停下来，因为心里忽然涌起一股强烈的愿望。

今天中午，为了这个愿望，我特意绕道经过草桥弄，从草桥小学的大门口经过，我朝里张望时，又忽然想到，今天正是母亲节，母校也和母亲一样，一辈子呵护着我们，也是我们一辈子的、永远的惦念。

两块石头

　　瑞云是一片吉祥的云，它被风带走又随风而至，瑞云是一首诗，简洁又丰富，瑞云也是我曾经写过的一个短篇小说的题目，是小说中一个人物的名字，许多人说《瑞云》是我短篇小说的代表作。瑞云还是一种幻想，是一个谜，是一种状态。一样东西的好，就好在它是唯一的终极的一个，同时又是无尽的联想的起点。就像站在苏州十中校园里的这一块瑞云石，它让这个学校有了许许多多故事的开头。

　　我相信世上许多事情都是有定数的，就像这块瑞云石，她必然就是站立在苏州的一所中学里的。

　　苏州十中与我有着许多的联系，我的哥哥曾经在这里读书，这也是我实习过的地方，后来我的孩子也进了十中。一个人和一所学校有这些联系，应该不算少了。可能去十中的机会和次数，是超过去其他中学的，尤其是我孩子就读于十中的时候，家长会，或者孩子有什么事情，老师找家长，也有反过来，家长主动找老师，都要到学校去。我也曾经作为作家，去十中和文学社的同学一起讨论文学，也参加过十中的其他一些活动，但那不是在我的孩子读十中的时候。在那三年中，我和十中的联系，反倒是简单又简单，明了又明了。 总之只是因为孩子，把自己和十中拉得紧紧的，只是这种紧，是比较功利的，是为了孩子的学习，更确切的说，是为了孩子的分数，除此之外，还有比这更重要的吗？ 对于每一个为了高考而苦苦读书的孩子，你除了指望学校让他拿到好的分数，还能指望什么呢。

所以那时候去十中，眼里也看到十中的景色，耳中也听闻十中的声音，心里也想着十中的许多，但其实，这样的看，这样的听，这样的想，是不往心里去的，差不多是一种目中无一物的境界。十中悠久的历史，十中厚浓的文化底蕴，从十中走进去又走出来的许许多多的优秀人物，以及十中美丽的校园，十中的一切一切，都从我的眼前一掠而过，没有走进心里去，因为心里装满了成绩、分数、考试、升学，再也放不下别的东西了。 所以，等到多年以后又有机会再次踏进十中校园，站在西花园，我竟恍若隔世地问道，这是新建起来的吗？

这不是新建起来的，这是本来就存在十中里边的，就像瑞云峰。 你可以忽视它，你可以看不见它，甚至可以忘记它，但它始终终就站在那里，它不要大声招呼别人来看它来认识它来评价它，它站着，就是这样。 曾经有人问勇敢的登山者，你为什么要去登山，登山者说，因为山在那里。

瑞云石一直沉静地站在那里，它听过百年的书声，它经了千年雨雪风霜，与此同时，它又将它吸纳的这些气息经久不衰地散发开来，弥漫开去，让它们布满在十中的土壤和空气中，输送给一代又一代的学子。 我们可以用"玲珑精致"，可以用"漏透瘦皱"，可以用"什么什么之大成"、"什么什么之典型"这些话去追捧它，但是无论我们怎样穷尽了美好的词汇，都写不尽瑞云石的精神气。

我们到它的面前，就丢开手里的笔，闭上嘴巴，甚至可以闭上思想，说什么也是多余的，想什么也没有了必要，它站在那里，这就是一切了。

还有一块灵碧石叫相云，它也许不如瑞云资格那么老，资历那么深，它应该是十中的一位新校友，是缘分这种东西使它在某一天不远千万里来到了这个校园。抬头仰望相云，你会觉得它不是一块石头，它是一片风起时涌动的云，是一团火焰，是一匹奔驰的骏马，是一架凌云的战斗机，于是，瑞云和相云，一东一西，一南一北，一沉静一奔放，一灵秀一厚重，遥相对望，又相知相伴，携手搭起了十中的天际线。十中的师生们，在这个天际线下，辛勤耕耘，默默奉献，努力地描画着十中的精神天际线。

这是十中的独特的文化。世界上没有没文化的学校，孩子们到学校就是学文化的，但是学校和学校之间，它们的文化无疑是有不同，有差异的。桃李无言，下自成蹊，石头不语，慧在其内。

记得孩子在十中的时候，老是跟他急他的分数，真有点一叶障目，不见泰山，两豆塞耳，不闻雷声。如今回头想想，为什么不能少跟孩子急他的分数，多跟孩子讲讲他教室窗前的这两块石头呢？分数是文化的一部分，但分数不是文化的全部，从一个有独特文化背景的学校走出来的孩子，我们会对他的未来充满信心。

苏大"本部"

苏大本部是后来才有的叫法。

从前我们在苏州大学读书的时候，它还不叫苏大，叫江苏师范学院，更没有本部和外部之分。 就是那一个地方，在苏州的一条叫作十梓街的普通马路的底头，所以它是十梓街1号。

这就是苏大的大门。 这个大门坐东朝西，恐怕是较少见的大学校门，也是比较少见的中国建筑之一。

当然苏大也有其他的门，比如南门和北门，但那都不是正门，苏大的正门就是朝西的，说起来有点奇怪，但它就这样朝西开了一百年。

用庚子赔款的钱建起的东吴大学，到2000年，整整一百年了。一百多年来，来来往往的人，就是沿着苏大门前这条并不宽阔的、绿荫覆盖的马路，走过来，或者乘车而来。 从我们在苏大读书到现在，也已经过去了三十年，三十年来，这条路的变化并不大，这个门的变化也不大，但是苏大却发生了很大很大的变化，苏大变成了"苏大本部"。

既然有本部，那肯定就还有其他的"部"。 比如，有东部，那是建在一条高速路边的新校区，大门朝东，门前有高架快速路，车水马龙；再比如，它的北校区，从前的苏州丝绸工学院，也曾经是一座相当完整的大学校园；还有处于苏州市最繁华地段人民路上的医学院部和新增在新加坡工业园独墅湖高教区的崭新校区等等，都是从苏大本部这棵根深叶茂的大树上结出的丰硕果实。

苏大本部以外这几个校区我都去过，各有长处和优势，尤其是独墅湖校区，优越的地理环境，高档的学校硬件，先进的校园管理，超大的学校规模，无不令人咋舌赞叹。

当然，赞叹过后，我的心，又回到了"苏大本部"。在我的心底，苏大本部是那样熟悉，那样亲切，那样有情有意、有滋味有味。

没有办法，这是一个人感情的寄托。人有感情这种东西真好，它能生发出许许多多的念想和回忆。

从前苏大本部的北门，走出去就是苏州的小街小巷，这里还留下了我们曾经有过的荒唐记录。进大学不久，我们一群女生晚上从北门出去看电影，也不知道北门作为苏大的一个小门，是定时要关闭的。看完电影高高兴兴回来，才发现北门关上了。如果从北门绕到正门，至少得走半个小时，谁也没有这样的精神和勇气了，那就爬门吧。门高高的，但那时候我们大多数人都是刚刚从农村出来，有的是力气和胆量，三下两下就窜上门去，跳进学校。唯独我们中间个子最高的女同学，空长有一米七八的个子，绰号"长脚"，偏偏就她爬不过来，只好向坐在小巷里乘凉的居民说，老伯伯，借只矮凳。凳子其实不矮，苏州话里统称凳子为矮凳。她借了居民老伯伯的矮凳才爬了进来。我们爬进门后，听到居民在外面哈哈大笑，不知是笑话女大学生竟然爬门，还是笑话"长脚"白长了两条长腿。前不久，我们这帮女同学在苏州聚会了，说起往事，大家感慨万端。"长脚"已经退休了，但依然是那么高那么瘦，仍然像根豆芽。

苏大本部的南门现在也还是老样子，出门仍然是小巷，那条巷名叫百步街，既短，又狭窄，就像过去的文章中写的，两个人相遇，得有一个人侧过身子才不至于碰撞。所以，完全可以说，苏大本部就是一座被苏州小巷三面夹攻的大学。也可见苏州小巷的风格是多么的柔软而又强烈，吴东大学的建造者居然也被它影响和包抄了。

现在苏大本部只剩下最后一边了，那就是东边。可东边也完全没有退路——那是一条大河，京杭大运河。

记得我们刚进校的时候，除了上课，还有一个任务，就是值夜，让我们分成若干个小组，晚上在校区里巡逻。我们那一组女生，巡逻的范围就是学校东部运河沿岸。现在几十年过去了，我完全不记得，当时是为了什么而值夜巡逻，是怕有阶级敌人破坏校园，还是防止小偷从运河里爬进学校？我特意找出当年的日记，看看有没有记录，果然就找到了这么一段：

今晚轮到我班夜巡，我们八位女同学分成两组，按时在指定地点放暗哨，夜深了，寒风刺骨，但没有一个人叫苦，都精神抖擞地坚守在战斗岗位上。

现在的大学生看了我这样的日记，不知他们会作何感想。

不过现在不用大学生们值夜了，就算需要他们值夜，也用不着守运河岸了，苏大已经在运河上架起一座大桥，连接了本部和东校区，人们每天都自由通畅地往来于运河两岸。

虽然我早就离开了苏大。但在以后许多年的日子里，偶然也会回到苏大开些会议，或者参加些活动，每当这样的时候，我走在苏大本部的校园里，回首往事，就在眼前。这是一座西式风景的校园，虽然钟楼又陈旧了一点，但依然挺拔，一字排开的那几幢小洋楼，墙上的爬山虎愈加浓密，小楼的身影也依然风姿绰约。从前的大树更大也更有生命力了，而从前的小树也变成大树了。如果不是因为在校园里行走的师生大多数是黑头发黄皮肤，你或者还真以为走进国外的哪一座高校了呢。

现在到苏大本部去，不夸张的说，三次里大约有两次能看到有摄制组在拍电影拍电视。为了节约成本，影视剧里需要的外国校园的生活场影，就在苏大本部解决了。

苏大发展了，扩大了，有了许多的部，但在我看起来，苏大的本部，永远是风景这边独好。

《苏州杂志》二十年

《苏州杂志》社的办公地点在一条小巷里。 更确切地说，在一条深深的小巷里，又藏着另一条更深的小巷。 这样的情形，在苏州古城里是很多的。 你要先找到小巷滚绣坊，然后再在细细长长的滚绣坊里寻找小巷青石弄。 青石弄不长，走到底也只有五个门洞，杂志社就在小巷的底部，青石弄5号。

这个地方不好找，路标不明，小巷曲曲弯弯，有时候你明明已经走到它的巷口了，问一问路人，路人会说不知道。 但即使不好找，这许多年来，还是有许多人弯弯曲曲地找来了。 有白发苍苍的老人，拄着拐杖的，来了；有年轻的大学生，骑着山地车，来了，也有从外地甚至是外国来苏州办事或旅游的，请苏州的出租车司机或者苏州的亲朋好友带来了。

他们有的是冲着叶圣陶故居来的，有的是想看一看《苏州杂志》的工作环境，他们带来了投给《苏州杂志》的文稿，带来了对这个小院的好奇目光，带来了对《苏州杂志》的表扬或者批评。 总之，在天长日久的时光岁月中，他们来了，他们走到了小巷底部的青石弄5号，无论他们是来干什么的，他们的到来，都会让杂志社的同人内心泛起涟漪，受到感动。 他们带来了历史和现实，然后，他们将青石弄 5 号印在心里带走了，这是对《苏州杂志》的莫大的鼓励和支持。

　　当然，还有更多的人，更多的《苏州杂志》的读者，更多的曾经和正在给予《苏州杂志》帮助的人，他们没有来过这个小院，但他们对《苏州杂志》的关心、关注与关爱，像太阳，像月亮，像星星，他们的光热随时随地温暖、罩护着《苏州杂志》，他们就是《苏州杂志》背靠的大树、坚强的后盾。而这些年来苏州经济的发展，社会的进步，也使得我们背靠的大树越来越根深叶茂，成为《苏州杂志》得以为继的重要保证，《苏州杂志》一路走到今天，艰难，却又信心百倍。

苏州手艺的民间价值

我们知道，苏州园林很是讲究的，是很精雕细刻的，她的一草一木、一砖一瓦、一块石头一池水、一副对联一句诗，无不体现精心的设计。我们还知道，苏州园林又是少数达官贵人或者富裕文人的家，一道高的围墙，就与普通的老百姓隔出了距离，隔出了差别，隔出了另一个世界。那么，在围墙外的我们这般普通百姓呢，他们的生活中没有雕凿的园林，他们的生活就是粗疏的、不精细的吗？

苏州广电总台社会经济频道做了一个电视片，叫《手艺苏州》，我没有能够看得全，但也认真地看了其中的好几集，看着看着，就生出了感动，生出了想说点什么的念头。

据说，很早以前的苏州人，是很粗蛮的，如司马迁曾描述过：地广人稀，饭稻羹鱼，或火耕而水耨，且长期保留断发纹身习惯。一直到三国时期，苏州人仍被称为"蛮人"，但是后来发生了变化。唐中叶以后，北方社会由于长期战乱，经济遭到严重破坏和阻碍，这时候的南方，相对稳定，已经知道拼命发展经济是大大有好处，你打仗吗，好罢，那我就安安心心地搞我的经济建设了，很快，南方的发展就赶上和超过了北方，在南方广大的土地上，有一块地方，尤其引人注目，这就是苏州。写唐代苏州繁荣的诗很多很多——处处楼前飘管吹，家家门外泊舟航，夜市卖菱藕，春船载绮罗，市河到处堪摇橹，街巷通宵不绝人，夜夜金阊载酒游，家家明月水边楼——不难看出，经济条件好起来，社会风气发生了变化，从前是荒蛮简单的，现在文明了，就开始复杂，即便是普通人的普通生活，也要讲究起来了。

苏州的普通百姓究竟如何在他们普通的衣食住行中，讲究着生活？《手艺苏州》，就带着我们走进了这种平凡而又精致的生活。

我们先说一个食罢。苏州人想喝鱼汤了，怎么做呢，不是把鱼放进锅里加上水煮，而是把鱼刺在木质的锅盖背面，锅里呢，是没有鱼的，只有水，煮水，要让水蒸气，把锅盖背上的鱼蒸得发酥，酥到什么程度，酥到鱼肉一块一块自己掉进锅里，变成鱼汤，从前的苏州人就是这样做菜的，所以称之美食，也是当之无愧罢。有一个菜叫绿豆芽嵌鸡丝，绿豆芽细不细，当然够细的了，要在已经很细很细的绿豆芽的丝丝里，再将鸡肉弄成更细的一丝一丝，嵌到绿豆芽的细丝里去，这叫什么菜呀，做半天工夫，恐怕一口就能吃了它，这叫什么？这叫吃饱了撑的，为什么呢，苏州人手里有几个闲钱，吃饱了肚子，又不想和人打架，又不想出门去闯天下，干什么呢，看书，除了看书，再想点事情出来做做，就把鸡丝嵌到绿豆芽丝里去罢。

《手艺苏州》在《苏帮菜》这一集中介绍了松鼠鳜鱼，这道菜不仅让我们看到苏帮菜的做功，还让我们领略了苏州人吃菜的另一种讲究——讲究诗意，讲究形象，松鼠鳜鱼，便是一个能够让人无限遐想的菜名。一只炒菠菜，要叫作"红嘴绿鹦哥"；一方油煎豆腐，美其名"金镶白玉板"；冬瓜挖空了放进火腿冬菇，是"白玉藏珍"；用西瓜蒸鸡呢，就是"翠衣匿凤"了。

　　本来只是普通的日常生活，只是每天要吃的家常菜肴，结果做成了艺术品，苏绣也是一样，在妇女们的衣饰上做绣，要把一根头发丝般的丝线，还要劈成二分之一，四分之一，最细的，甚至要劈成六十四分之一，用眼睛都已经看不见的细线去绣出图画来，然后穿在身上，苏州人追求的高超的艺术，却是存在于世俗的平凡生活之中。还有，像蟋蟀盆，民间小孩子随便玩玩的，折扇，是每个百姓都用得着的，砖雕，大街小巷的房屋处处可见的，苏州人的手艺，现实性很强，是与百姓的生活息息相关的，它不是束之高阁，不是远离尘世，不是让我们可望而不可即的。早先，只是百姓对自己生活质量的讲究，却成了永久的具有独特价值的艺术品，从平常的此岸出发，抵达了不平常的彼岸，这恐怕也是大家始料未及的。

　　《手艺苏州》的价值和意义，在于它告诉着我们，人们曾经这样的生活过，更在于它引导着我们从从前的手艺生活中，去寻找它们在今天的延续、更新和发展，今天的苏州人，也许不再喝刺在木锅盖上蒸煮的鱼汤，但是苏州人干事业的用心和精心，是从不曾变过的，因为这一种用心，这一种精心，是平常的，是再普通不过的，它们散落于民间，渗透在每一个苏州人的灵魂和血液里。

妇姑人人巧习针

　　有一天我们几个朋友突生想法，相约了，坐小船下乡行看，来到苏绣的故乡，从前说这一带是闺阁家家架绣绷，妇姑人人巧针习。　姑嫂对绣，母女同绷，都是很平常的景象，从前农家女做绣品除了向绣庄交货，还绣许多自己用的东西，在郊区吴县一带，乡间妇女一身穿着，可说是无一不绣。　头上的包头巾，身上的衣服，腰间的竹裙，肚兜，脚穿的绣鞋，真是一身绣服。　相传西施当年同吴王泛舟游湖，看到民间采菱女子于荷莲间嬉戏，莲荷遮顶，玉藕围身，非常好看，回去后就命宫女照此情景绣成藕荷腰兜和包巾，腰兜系于胸前，所以常常正中绣主花一枝，配以散化绿叶，苏州民间的刺绣据说就是源于此。　清末民初的苏绣艺术大师沈寿就是吴县人，沈寿开创了苏绣中的仿真美术绣，她的名作《意大利皇后》在意大利都灵万国博览会获"世界最高级卓绝奖"，另一名作《耶稣像》获 1915 年巴拿马万国博览会一等大奖。　那么现在呢。　在沈寿的故乡，民间的刺绣又是怎么一种状况呢。

　　小船一靠岸，我们就看到沿河的人家家家盖的新楼房，而且家家敞开着大门。　我就近走进一家，一位二十六七岁的少妇正坐在门前，她的面前是一副绣绷，她正飞针走线绣着，我上前一看，绣的是一幅花鸟，那丝线真是细到无以复加，我不由赞叹了一声，不料农家女笑着说，这丝线算是很粗的，把一根正常的丝线分成十二根，我们做的活，最细的需要把一根正常的丝线劈成四十八根，那才真是很细很细的呢，像绣双面小猫什么，都是要求很高的，我手里这一幅是很一般的，少妇说，我们绣猫的时候，光一只猫眼珠就要用二十多种色线来绣。我听了真是张口结舌，不知如何对答，心里暗自佩服，我又问农家女，这些绣品绣出来，送到哪里去，她告诉我这是加工活，是给乡里的刺绣厂做的，乡里的刺绣厂每年需要大量的绣品，常常是供不应求。全国的市场都很大，还有外国人来买她做的绣品，她说话的时候，显出一种应有的骄傲。

我直起身子，稍远一些地看着这一幅情景，门前的小河，河边的竹林。绣花少妇很有兴趣，主动提出让我看一看她婆婆的一些旧物，我开心地跟她进屋，看她打开一只旧衣箱，拿出一些旧衣物，其中有大襟的上装，有竹裙和小围裙，都是绣了花的，就连一般穿的肥肥的裤子，在裤脚边上也都绣着花，有一双绣鞋，特别的细致，以五彩的线配色绣成。我一时兴起，经得主人的同意，穿上这些绣服，到农家女的衣橱前一照，自己也笑了出来，只可惜那绣鞋实在太小，怎么也穿不进去，只好作罢。我和农家女一起在绣绷前合了影，又在她的指点下坐上绣绷假模假样地绣了几下，为的是拍几张假模假样的照片，也为自己的一份情趣。但愿那几下粗疏的针脚不致破坏了农家女的绣品才好。听说这一带的农民都是很富的，一般的人家一年总收入不在一两万之下，男人在乡里的二厂做活，女人在家制绣，把日子过得火热，从他们的新居，从他们屋内的摆设，再从他们的精神状态中我都能看出他们很富足。

坐上回家的小船，不由想起苏州的刺绣研究所，我曾陪一些客人多次去过那里，和乡间农家女的工作环境相比，那里当然完全是另一番景象了。这是一座相当有规模、上档次的研究所，几十年来，他们继承发扬优良传统，总结汇集了四十多种针法，发展了独具匠心的双面绣和运针自如的乱针绣，并且在此基础上创造了三异绣，环形绣等新品，他们以技艺研究为主，结合生产实践，为国家提供了大量具有地方特色、民族风格的礼品和展品，也创造了丰富多彩的经济衫等日用品。在研究所的陈列室，可让人大饱眼福，看到名不虚传的苏绣精品。像《春回大地》这幅作品，是由当代十二位名画家作画，赵朴初题词，在研究所工艺美术家顾文霞的亲自率领下，多名刺绣能手通力合作完成的。还有比如双面绣《月季群猫》、乱针绣《小白狗》、双面三异绣《松鼠葡萄》等等。每一幅都让人惊叹着迷，每一幅都有着以假乱真的效果，一边看一边自会生出一种恨不得都拿来占为己有才好的感觉，当然那是不可能的。其实我们刺绣研究所，更想看的还是那些巧夺天工的能工艺师，很可惜，有些老艺人已相继去世，像金静芬，杨守玉，沈金水等大师都为苏绣艺术贡献了自己毕生的精力和心血，我们见到了健在的周巽先、朱风等老人，她们都以自己七八十岁的高龄继续从事着自己所热爱的苏绣艺术，培养和携带了一批又一批的后来人。

　　无论是在自家门前搭绣绷的农家女，还是刺绣研究所的艺术大师，他们的工作让世人知道了什么是"精致"，什么是苏州人特有的"精致"，他们以自己一生的努力描绘了苏绣巧夺天工的精彩画卷。

丝绸之乡话丝绸

有朋友从很远的地方来，说，到苏州，别的不想买什么，想看看苏州的丝绸，我说，这简单，我陪你上街去。

我们在苏州的商业区逛街，苏州的零布商店很多，有的地段上一家挨一家地挂满了各种各样的布料，或花哨俏丽，或淡雅清爽，每一个爱美的女子，都逃不过这一种诱惑，我们都不能例外，走到一家小店门前，店老板是一位妙龄女郎，伶牙俐齿，鉴貌辨色，一看我与我朋友的样子，就知道是本地人陪来了外来客，连忙向我会意地使眼色，向我朋友介绍起商品来，我对挑选商品，从来没有耐心，马马虎虎，见差不多的拿了就走，但是陪朋友购物，却如此不得。我耐着性子，任朋友千挑万选，心里好笑，只不说话，终于发现，朋友已经挑花了眼，看着哪种哪种好，简直不知道怎么办好，最后竟然发现还是店老板身上穿的那种最好。

女老板笑着说你的眼光真行，这是真丝绸，我朋友大吃一惊，说难道我千挑万挑的竟然不是苏州丝绸？我大笑，说你以为苏州丝绸这么好买呀。女老板说，就是，外地人就喜欢买真丝，又说真丝绸紧俏，这一阵进不到货。我朋友不明白，说，苏州不是丝绸之府么，这么反倒买不到丝绸呢。女老板说，正是因为大家知道苏州丝绸好，都来买，就紧张起来，现在我们苏州人自己穿丝绸的可真是不多呢，都让那别地方的人、特别是外国人穿了去。我对朋友说，你看我们苏州人，真是先人后己呢，朋友也笑了。

买不到苏州的丝绸，真是有一些遗憾，我们走出商业区不远，迎面就看到一座现代风格和古典特色相结合的新型建筑群，一行大字赫然入目：苏州丝绸博物馆。我说，喜欢的东西，尽管得不到，能看看也是很开心的，是不是，我们看看博物馆怎样。朋友兴致勃勃起来，说，这话有道理，得不到的，看看也解馋，我们一起向丝绸博物馆去。

博物馆大约有近两千平方米地方，分别辟出古代馆，蚕桑居，织造馆，近代馆和现代馆等。踏进大厅，右侧一面墙上是一幅巨大的壁画，画的当然是蚕桑丝织的历史，有人物，有场景，既抽象又具体，给人一种全面而生动的感觉。古代馆详细介绍了我国一级苏州丝绸生产的起源，有文字，有实物，不可不谓丰富。蚕桑居面积不大，模拟的是早年农人养蚕的场景，室外别有一片桑树小区，乡野气息扑面而来，再往前去，就是织造馆，厅内陈列着数十台原始的织机，可以织各种品类的丝绸产品。我们去时，正遇上当场的操作表演，由一位年近六十的老人坐于一台陈旧的织机前，重复着千百年前的劳作，看了真是让人心驰神往。只可惜近代馆和现代馆尚未完全建成开放，我对朋友说，你把这一遗憾带回去，留待下回来苏州再弥补吧。

在苏州丝绸博物馆我们着实上了一堂丝绸的启蒙课，打开了眼界。苏州生产丝绸的历史，可真是源远流长，早在三国东吴时期，丝绸已被看作是"赡军足国"的重要物资；唐代的方丈梭和宋代的织棉都列为贡品；明清时代，苏州的丝绸生产为全国三大丝绸生产中心之一，丝绸工人发展到万余人，因为当时的丝织作坊大多在城东，所以又有"东北半城，万户织机"之说；到清初以后，又出现了许多专门以放料取货，以贷出售的方式经营的商业性质的绸庄，清代徐扬所绘《盛世滋生图》中，就有数十家丝绸店的市招。

经过数百年的曲折和进步，如今的苏州丝绸，正展开她坚强有力的双翅在全中国以及全世界飞翔。近年来，苏州丝绸的品种已经发展到二百多种，其中有轻盈的丝罗，羽薄的纱绢，灿烂的锦缎，华贵的丝绒等十多个大类，占全国丝绸生产的七分之一以上。"罗绮走中原"早已经成为过去，苏州丝绸从汉代就开始了与世界的联系，时至今日，苏州丝绸已经远销一百多个国家和地区。1981年英查尔斯王子结婚，急购苏州丝绸，一张订单飞跃而来；日本某大集团送来合同文本，每年需求苏州丝绸服装上万套，一位美国客商说，太美了，太美了，他说的是苏州丝绸，一位澳大利亚朋友说，我买下了苏州丝绸，会时时想起苏州，这真是苏州的骄傲。

朋友说，我没有买下苏州丝绸，你叫我怎么时时想起苏州，想起你呢。我说，你以为我真的会袖手旁观呀，走吧，有你的去处。

从苏州驱车数十里，就到了"华夏第一镇"盛泽。这是一座文明古老的乡间小镇，地方不大，却很富裕，早先盛泽的居民大多数以养蚕织绸为业，丝绸生产已有三千多年历史。明初时盛泽开始出现村落，几十户人家，男耕女织，种桑，养蚕，缫丝，织绸，之后就慢慢地分化，有财力的人家雇工织绸，一般的人家自己机织，而贫困的人只能等待雇织，到明朝中期，丝绸商业也发展起来，镇上代客买卖织品，从中收取佣金的丝绸牙行就有千百余家，由于水路四通八达，四方商人蜂拥而来，买去绫罗绸缎。带来各式货物，更使小镇兴旺发达，名扬江南。

这里，可以说是苏州丝绸生产的发源地。现在盛泽的丝绸生产当然已经是现代化的大生产了，朋友却突发奇想——如果能看一看当年的家用织机，倒也不失一桩美事。然而这已经很难了，不说在镇上居民家中难以发现，就是在乡下的农民家里也是绝无仅有的。早年的万户机声如今已经都出之于一家家颇具规模的丝绸厂，与丝绸生产同步起来的丝绸商业也从早年的丝绸牙行发展成为全国最大的丝绸市场——东方丝绸市场。

1986 年东方丝绸市场正式开业，据说开业的当天，批零总额超百万元。我们慕名来到东方丝绸市场，真是名不虚传，这个专营丝织品、具有服务型交易场所功能的丝绸市场，占地近万亩，古色古香，别具一格，设有店铺一百多间，摊位二百多个，还设有银行，工商，税务，治安，通讯，运输，旅馆，饮食等配套服务，一走进这里，不要说我朋友，就是我，也不能不迷失在让人眼花缭乱的丝绸中了。每一个店铺和摊位都摆满了各种各样的丝绸品，有布料，也有丝绸服装，有围巾手帕类的小商品，也有价格昂贵的大件头，许多姑娘三五成群挑挑拣拣，我们跻身其间，朋友真是挑得爱不释手了。最后总算挑顶了一件真丝连衣裙、两件衬衣和几块料子，还有一些手帕围巾，仍然余兴未尽。

走出东方市场，朋友问我，你怎么一点也不买，我说，真丝品，好是好，但是只能穿一次，洗过一水，就不成样子，以它如此的价格，我觉得没有很大的意思。我告诉朋友，听说，许多厂家和科研单位，已经开始研究发明丝毛，丝麻，真丝灯芯绒等等混织产品，这些新产品，将一改传统真丝产品易皱，缩水，褪色等缺点，这些新产品，会以崭新的面貌迎接你再一次的到来。朋友笑了，说，好。

余音绕梁

黄昏的时候，你若从苏州的大街小巷走过，你也许能再三见到这样一种情景，一位老人坐于门前，身边或是一方小桌或是一张小凳，上面放一只小小的收音机，里面在唱着苏州评弹，可说是无一例外。 苏州的评弹可真是普及到寻常百姓家。 也有一些老人，一边听着评弹一边眯着酒，并没有很多很丰富的下酒菜，简简单单的一两样蔬菜，听到得意处，或喝到得意时，情不自禁地跟着哼上一段，那小情小趣真是让人羡慕。 你若停下来问其中一位老人，是不是天天听收音机里的评弹，老人未回话，旁边的家人就会告诉你，哪止天天听收音机，每天下午一场书，那是少不了的，赶老远的路去书场，听了回来又抱住收音机。 言辞中似有些微词，有些无可奈何，但更多的是关切之情，这一把年纪的人，大热的天，挤公共汽车去听书，实在也是让小辈担心的事情。 可是老人会告诉你，他一天不听书一天就浑身不舒服，没力气，小辈也只好由他去了。 这大概就是评弹迷的一类。

老人自己，也许并不会唱，或者唱得不好，可是如果老人有个孙女，也许她就能唱，唱得很好呢。 老人会去把孙女叫出来，让她唱，孙女开始也许有些不好意思，但是后来她一定会唱起来，因为她也许从小在业余评弹学校学过，有几下子，后来女孩兴致来了，会回屋拿琵琶出来，自弹自唱一段开篇《蝶恋花》，虽然嗓子尚嫩，却也已经唱得字正腔圆，形缓舒徐，很有了些架势。老人在一边听得直是眯着眼笑，不时地说一句，这是徐调，或者说，这一句够味，那一句不正宗，评头品足，十分内行。你若问小女孩是不是受了爷爷的影响才学评弹，小女孩摇头说不是，问她为什么要学评弹，她却是说不出来，好像对这样的问题不解似的，好像你根本不要提这样的问题，学唱评弹，本不是一件什么大不了的事情。

一回我陪一个喜爱评弹的朋友到苏州现在仅存的一家，有一定规模也比较正宗的书场——苏州书场去看看，苏州书场的前身，就是光裕公所。光裕公所是由曾经给乾隆皇帝说书、说得皇帝龙颜大开的王周士创办的，奠定了苏州评弹业的基础，使说书成为一种专业。最兴盛时，苏州城里有书场好几十家，评弹艺人数以百计，评弹不仅唱腔曲调动听，而且文字雅俗共赏，所以深得社会各阶层喜爱，广泛流行于苏州城乡。

在苏州书场，接待我们的经理说，由于其他各种艺术的冲击，现在的评弹听众和从前是不能比的了，书场现在每天下午有评弹节目，到晚上就是放映电视录像，为了经济效益，采取这种变通的办法，也是无可指责。我们进书场时，场里正在说一回弹词《孟丽君》，我们为不妨碍别的听众，悄悄地找了位子坐下，经理告诉我们，今天上台的是一位颇享盛名的老艺人，我们都庆幸赶得巧。和老艺人搭档的是一位女演员，看似年轻，却也不逊色。评弹所要求的五到八技，这二位演员看上去也都是演到了家的。这五到，即心到，目到，口到，手到，脚到，八技是八种特殊的口技，如擂鼓，吼叫，马嘶，鸟啼，狗吠，吹号等等，我们从他们演出的神行动作上看，真是一投足、一举手都有相当功底的，只可惜所听内容，十有八九不解其意，只稍坐一会就告退出来。

在经理的引见下，我们来到一位评弹老艺人家，老人的家简朴舒适，和老人清癯的形象完全融成了一体。老艺人向我们介绍了苏州评弹的历史，说到评弹中的各调各派他真是如数家珍，陈调，俞调，马调，徐调，蒋调，张调，不一而足。当我们问到他哪一种腔调为贵时，老人笑了，说，各有所长，有的苍劲浑厚，有的委婉低回，有的刚健苍凉，在老艺人的言谈中我们也隐约感觉到一丝忧虑，这忧虑后来也就变成了我们和老艺人共同的忧虑，那就是对苏州评弹的前景所产生的一点想法。

在清代，苏州曾有这样一旨禁令，城里只许唱昆剧，不许唱京戏，所以凡有京戏班子来苏州演出，只能在城外的戏馆里演唱，是不能登大雅之堂的，只有昆剧才被捧为正宗，视为雅事。城中戏馆都是专供昆剧之用，一般的人能哼上几句昆剧，都觉得这是风雅之事，有的全家皆唱，有的夫唱妇随，也有"小红低唱我吹箫"，时时有悠扬婉转的曲声从宅院中飞出，这真是巷深曲声幽。可见昆剧之于苏州人，曾经是那么的重要，而苏州人对于昆剧又是多么的推重。也许是物极则反吧，现在苏州大大小小数十家戏馆影院，却没有一家是专供上演昆剧的，平时昆剧的演出也是很少很少，少的几乎没有了，在新潮文化涌进这个古老的小城之后，小巷曲声日渐减弱了，但是古老的昆剧并没有因此绝音，许多人都在为拯救这个产生于苏州民间，后经历代戏剧专家改革发展而成的，曾经统领中国剧坛二百年之久被誉为百花园中兰花的优秀剧种而努力。

在二十年代初，戏曲专家吴梅等人倡议于苏州开办昆曲传习所，使昆剧艺术免于灭绝，在五六十年代，一出《十五贯》改编演出成功，又使濒临掉落的昆剧重绽新花。 现在，在苏州有着振兴昆剧委员会，也有属于昆剧自己的刊物《昆剧艺术》，一些老昆剧艺人亦多次云集苏州，举行会演和学术交流。 1982年全国六城市曲社社友欢聚于苏州鹤园，那真是群贤毕至，少长咸集，到会七十多人，大家引吭高歌，唱了一整天仍余兴未尽，昆剧艺术大师俞振飞也到现场演唱，七老八十的老曲友纷纷清唱，那情形想来一定十分动人，可惜我们赶不上这样的盛会，只能偶尔到他们聚会的鹤园去故地重游，在鹤园清幽的环境里，我好想又听到了当年曲友们的演唱，典雅悠扬，余音绕梁。

　　余音绕梁，也只能是余音了。

小城故事

苏州茶馆里的苏州评弹

　　这个茶馆是一个可以唱戏的地方，有一个舞台，虽然不大，却是一个像模像样的舞台。 台前边的挂帘上写着四个字：歌舞升平。 后面的帘上也有四个字：普天同庆。 用紫红的绒布做的幕布，幕布已经是旧的了，但是仍然有一点喜气洋洋的。 台面是木板的，漆成紫红色，已经很淡了，中间的地方铺成一块地毯，让唱戏的人站在那里，如果是唱评弹，就坐在那里。

　　茶馆里有几十张桌子，是那种方的不大的桌子，凳子有靠背，都是木头的，叫硬靠背，不是那种软的折叠椅，桌子和凳子排得比较密，这样可以多坐一些人。 茶馆里有点拥挤，喝茶的人一边喝茶一边看戏，他们小声地稍微说几句话，不会影响到唱戏的人，也有一些人吃点瓜子，但吃瓜子的人不多。 茶的热气在茶馆里散发开来，没有人穿梭在里边专门为他们添加茶水，都是他们自己服务的，这样茶馆里显得有些乱，七手八脚的样子，但是唱戏的人照样唱着戏，这是一种比较老的生活的样子，也有人站在茶馆的外边看看，他们是经过这里的，或者是附近的人，他们看了一会就会走开；也有的人一直看下去，但是这样的人比较少，有一个外地来的民工和一个瘦瘦的老人。

茶馆是一座老房子，它有自己的名字，叫知音轩。 这个名字在匾上写着，不过一般的人不会注意，他们的注意力会被唱戏的声音吸引过去。 茶馆的外面有比较宽敞的走道和台阶，有一些人集中在台阶那儿，他们说着一些日常的话，他们是一些老人，也会拿出一副扑克牌来打一打。

一个妇女走过这里，又唱戏了，她说。

每天都唱的，坐在台阶上的老人说。

日子真好过，妇女说，吃吃茶，听听戏。 她走过去了，唱戏的声音从后面追着她。

茶馆的前前后后有一些古老的大树，大树上有些鸟在叫。 因为有大树，茶馆这里的空气比较好，大家都到这里来坐坐，在唱戏的声音中他们说说话，有一个外地人停下来看看，唱戏，他说，这里在唱戏。

这里看戏不用买戏票的，一个老人说。

只要坐下去泡一杯茶，另一个老人说。

这里边有的人不一定是演员，一个老人说。

谁都可以上去唱戏的，另一个老人说。

有一个外地人经过这里，他是个年轻的小伙子，长的瘦瘦小小的，他和一些老乡一起到苏州来打工，住在前边的工棚里。

茶馆门前的牌子写着：到季小玉处报名。 季小玉是这里的负责人，她是街道里的一个干部，是一位阿姨。

也有专业演员的，一个老人说。

今天说书的就是大名鼎鼎的评弹演员，另一个老人说。

知音轩的门上贴着唱戏的规矩，星期二、星期五是专业演员专场演出，其它的日子都是老百姓自己唱唱。

徐凤良说书的声音正从舞台上传过来。

这王禹偁平常日脚喜欢写写弄弄,吟几句诗词出来,他本来不是我伲苏州人,那么到底是何方人氏呢?巨野。巨野?各位听众觉得蛮陌生,呒没听说过,这也不奇怪,不是各位孤陋寡闻,连我说书先生也要重新啃一啃老脚本……

《夺园》,一个老人说,今朝徐先生说《夺园》,拿手戏。

嘿嘿,外地人说,嘿嘿。

有很多人来评弹,一个老人说,外国人也来的。

外国人听得懂吗?外地人说。

听得懂,老人说,他们笑的。

说到东也肚里痛,说到西也肚里痛,上南落北肚里痛,周围四转肚里痛,男男女女肚里痛,老老少少肚里痛。惟有坐下来听书才勿痛,听白书耳朵才要痛。

这是《义妖传》第14回《散瘟》,说白娘娘帮许仙开药店,为了生意兴隆,散布瘟病,叫大家肚里痛,而说书先生说到这里,放个噱头,说那些立在那里听白书的要肚里痛。

不过像知音轩这样的书场,既然落地长窗全部打开的,有人立在走廊听听白书也无所谓的,反倒显示人气旺的样子。

这个巨野呢,原来就是山东呀,闲话说回来,山东也好,巨野也好,反正不是我伲苏州人。话说山东人士王禹偁用功读书,考了进士,做了翰林学士,又做了一个"知制诰"。这"知制诰",念起来蛮拗口,区里弯绕的,算是做什么的呢?原来是一个帮皇帝草拟诏令的官。这个山东人王禹偁王先生,做官做得蛮卖力,过了一段辰光,又升了一级,又做了一个"拾遗",右边的,叫右拾遗。这右拾遗呢,就是专门对皇帝进行规谏的,叫做谏官。不晓得是不是因为山东人的缘故，脾气蛮耿，性子蛮直，在朝廷里也敢大胆说话。王先生心想，既然叫我作谏官，我当然要是要尽心尽责地谏，有什么就说什么，王先生就批评皇帝了。王先生说，皇帝啊，你虽然是皇帝，但不过你也有做错事体的地方，你也有做坏事体的时候。比方说，你什么什么是不对的，你哪桩哪桩是有问题的，满朝文武百官都吓煞了，哪里晓得皇帝他老人家今朝偏生蛮开心，蛮听得进，龙颜开了，笑眯眯，表扬王先生……

季小玉坐在后台的化妆室，准备上台唱戏的人都在这里等待。她们在自己嘴上涂一点口红，在脸上扑一点胭脂，不然在灯光下脸会显得特别黄，很难看的。也有是男的，他们什么也不涂，就这么走到舞台上去唱戏的。在这里唱戏是没有报酬的，戏装也要自己带来，他们一般都没有戏装，所以唱戏的时候就是便装，也有很少数的人去借了剧团的戏装来唱戏。

每天演出的时候季小玉很忙，她要帮唱戏的人泡好茶，嗓子不好的人，她要给他们吃一点胖大海，有的人心里紧张，季小玉就说，不要紧张的，头一次总有点紧张的，唱几次就会放松了。

这一天是专业演员演出的日子，季小玉就比较空闲了。她听徐先生的书已经听了好多年，但是仍然听不够，所以季小玉搬了一张凳子到前边来，她坐在走廊上，透过打开的长窗能够看到徐先生在台上说书，也能够照顾到外面的一些事情。

季小玉从前也是唱评弹的，她后来倒了嗓子，到街道上做了干部。季小玉仍然喜欢评弹的，到底是从小学起的，季小玉说，丢不掉的，几十年以前背的词，到今朝仍记得的。

虽则联姻无聘礼，

未定花烛有批评。

此际果然遵父命，

大家羞涩不堪云，

面面相觑待怎生？

问不出隐情开不出口，

彼此相逢无一声，

岂非白白到园林？

这是长篇弹词《珍珠塔》，丫头采萍说服小姐下楼去看方卿，她父亲也要小姐下楼去问问方卿是否得中功名，小姐下扶梯，怕越礼，怕难为情，欲进又退，进退维谷。采萍又教小姐见了面如何说话，于是小姐就这样唱了。

季小玉的家，在苏州乡下的一个小镇上，那个镇叫黎里，是一个水乡小镇，"境内河道纵横，湖泊星罗棋布"，连它的名字也是水淋淋的。

季小玉小的时候，出行还不十分方便，多是以船代步的。在她七岁的那一年，有一只船开来了，这只船本来只是经过黎里，但是遇到大风，船停靠在黎里等了三天。后来季小玉说，这也是命中注定的，如果没有这只船，如果没有这场风，季小玉以后也不晓得自己会是什么样子。

因为船不能开，船上的人上了岸，他们在镇上的书场住下来，书上立即挂出了牌子：笑王说《三笑》。

小镇上的人轰动起来，他们才晓得原来船上来的是大名鼎鼎的评弹演员徐云尚和徐云珍。季小玉说，我后来才晓得他们在当时是那么的有名气，是苏州最响的响档，在上海滩也是很有名气的。

从前乾隆皇帝下江南，来到苏州，听过苏州的王周士说书，一听就迷上了，喜欢得不得了，回北京索性就把王先生带回去了，叫他"御前供奉"。

因为徐云尚和徐云珍的到来,小镇上的人都蜂拥到桂馨书场去了。桂馨书场一直被人家称作"五台山"。五台山,就是五张台子,三个听客,门庭冷落,门可罗雀,有人走过探头看看,就听见叫"倒面汤水"——嫌说书说得不精彩,听课就在下面大叫"倒面汤水"。但是今天竟然有徐云尚、徐云珍寻上门来,桂馨书场真是一跤跌进青云里了。

徐云尚和徐云珍本来是到上海去演出的,但是既然老天要他们在小镇上停歇几天,既来之则安之吧,他们也想得开的。徐云尚对徐云珍说,师妹呀,想想我们从前,也都是小镇上出生、后来走出去的人,如今事体做大了专门跑大码头,乡下小镇难得再去,我不晓得你思乡不思乡的。徐云珍说,师兄呀,我怎么不思乡呢? 我连做梦都看见老屋里的。徐云尚说,是呀,平常也没有机会到乡下走一走,现今机会来了,就不要放弃了。徐云珍表示赞同,她说,再说,风大不能开船,坐等着也是白等,不如摆开唱几场再说。两个人想法一致,说做就做,一边差人到上海去报消息,推迟日期,这边呢,就在小镇上挂出牌子开演了。

徐云尚被称到"笑王",最拿手的就是《三笑》。他们起先只打算在小镇上说几天《三笑》,说到哪天天气好了,就要开船的,哪里想到小镇上难得有这样的响档来说书,大家轰动起来了,书场每天总是里三层外三层,挤得满满当当。听客追着徐云尚和徐云珍,总是徐先生徐先生,叫得十分尊敬,不像大码头那些资格老的听客,听书大腿跷到二腿,书是要听的,艺术享受也是要享受的,但是骨子里却是看不起艺人的。艺人在他们面前,内心里总是有一种低三下四的心态,拿眼光看他们,也是一种巴结的意思。现在到这边小镇上,得到大家如此的敬重，心里很舒畅的。等到风停了，船家过来告诉，可以开船了，书场老板和听客都说，徐先生，我们难得听到你的书，我们难得的，徐云尚心里感动，答应说完全本《三笑》再走。

季小玉听书，是跟着母亲开始的。

这已经是几十年前的事情了。

知音轩的舞台上，徐先生的《夺园》说得很热闹：

皇帝不表扬，日脚倒也蛮太平；皇帝一表扬，王先生就有点拎不清了，自我感觉好得不得了。以为天生本来就是可以大胆说话的，一说就谁得不好收场了。你哪里晓得呀，这是朝廷哪是你茶馆店呀，你批评皇帝一趟两趟，碰着皇帝情绪好，让你侥幸蒙过关了，若是你老是要批评皇帝，可就对你不起了。于是这个王禹偁王先生，日脚就不太平了多次受到贬谪，后来索性对他说，啰哩吧嗦，不许再在京城里做官，放到外头去做个什么吧。

王先生就跑到苏州来做官了。王先生虽然出身于农家，但是做了多年的官，大概也免不了到处跑跑，看看，京城里也呆过，也应该是见多识广，哪里想到，他到了苏州，看到了苏州的园林和风景，竟然惊呆了，竟然流连忘返了。他看了虎丘，说，"珍重晋朝吾祖宅，一回来此便忘还"，把虎丘当作了自己的家了。他又去了太湖洞庭山，是秋天辰光，万顷湖光里，千家橘熟时，美不胜收的太湖景色，白相到天黑也不想回去，"平看月上早，远觉鸟归迟"。他又爬阳山访僧，和和尚谈谈说说，感叹蛮多，说"坐禅为政一般心"。意思是说自己做官要和做和尚一样安宁，不去骚扰人民。最后呢，王先生走到南园来了，王先生在南园转了转圈子，就不想走了，叫几个人到南园来喝酒，喝着喝着，终于忍不住把南园讨来做自己的归宿了，吟出诗来说："他年我若成功后，乞取南园作醉乡。"

王先生酒后吐真言。王先生不过到人家南园走走,看看风景,就想拿南园讨过去了。但不过这个南园是万万讨不到的,南园是有人家的。你王先生不要说是一个被贬过的小官,就算是了不起的大人物,也不可以拿了租田当自产呀。

听众笑了,笑声传到外面,经过这里的人都要回头看看知音轩。

知音轩是个大屋,从前隔成了三块,住三户人家,他们挤挤轧轧,经常要吵吵闹闹的。那一天季小玉远远地看到知音轩的飞檐翘角,她忽然想起自己头一回上台时的情形,她觉得那个书场就是知音轩。那一年她九岁,师傅走在前面,她走在后面,走着走着忽然她就看见了前面一座大屋的飞檐翘角,她蹲下去,怎么也不肯走了。师傅骂她,她就哭起来,路上的人看着她,有的人在笑,师傅是有点生气的,师傅生气的时候脸也是很好看的,后来的事情她不记得了。但是这个飞檐翘角的大屋,这个大屋所特有的气息深深地印在她的心里,甚至弥漫了她的全身,以至一直到许多年以后,她一眼看到了知音轩的屋顶,她记忆中的气息又回来了。

师傅已经不在了,季小玉也无法证实知音轩就是她当年死活不肯去的那个舞台。其实在苏州古城区里,像知音轩这样的大房子,从前开作书场的,是很多的。

怡宛书场

桂芳阁书场

彩云楼书场

仝羽春书场

德仙楼书场

…………

后来知音轩里的住户搬走了,知音轩恢复了本来的面目,就由季小玉来管理了。季小玉把知音轩开了一个茶馆，兼作演出场所，过来听戏的群众都晓得这是季小玉奔波辛苦得来的，他们说，季阿姨，幸亏得你呀，季小玉说，这样的房子本来就应该是唱戏用的。

许多人都晓得季小玉的身世。季阿姨，他们说，听说你从前也是唱评弹的。是的，季小玉说，后来我倒嗓子了。

经过这里的人他们和季小玉打招呼，季阿姨，说书呀。

说书，季小玉说。

今朝说什么？

今朝说《夺园》，季小玉说。

噢，他们说了说话就走开了，听书的人仍然在里边听着，秋风轻轻地吹过了。徐先生中气很足的，他的声音可以传得很远很远，加上惊堂木一拍，很吊人心境的：

那么王先生看中的这个南园，到底是啥人造起来的呢？这个人也姓王，同王禹偁是五百年前一家门。这个南园王先生，倒是正宗苏州人，明朝辰光，也是做了官的，做御史。御史这个官有多大……

茶馆外面的外地人，站得腿脚有点累了，他说，夺园，就是夺的南园吗？

你听下去，季小玉说，听下去你就晓得了。

我要走了，外地人说，到后边的大殿去看看。

外地人去转了很长时间，又回过来了，他立在窗口又听了听，脸上笑了一笑，说，啰唆的，讲到现在，园子还没有造起来。

说书就是这样的，一个老人说。

说书就是野野豁豁的，另一个老人说。

豁出去云里雾里十万八千里。

到时候再收回来。

不是讲夺园么？外地人说，园子不造起来，怎么夺法？

早呢，一个老人说。

嘿嘿。

在听众的笑声中，徐先生敲一记惊堂木，今日到此，明日请早，徐先生说。

大家就笑眯眯地慢慢地散开了。季小玉走过来，她把台子、凳子摆好，扫扫地，有人帮她一起弄一弄，季小玉说，谢谢你们。

不碍事的，他们说，回去也是烧夜饭。

苏州人吃讲茶

调解人像现在的法官一样，很受大家伙敬重，矛盾的双方，解决不了矛盾，他们就要请他出面了。

他就在里边安静的位子坐下来，这里靠窗，窗下是河，河上有船。

他很年轻的时候，代替生病的父亲到茶馆来劝别人讲和，这叫作吃讲茶，也就是在吃吃茶的过程中，把大事化小，小事化了，他也没有想到这一坐竟是坐下去几十年的时光。

那一天他坐在靠窗的位子上，天色阴沉沉的，布着乌云，对岸某家小姐的身影出现了，她婀娜的身姿倚在窗框一侧，就像一幅忧郁而美丽的风景画一样嵌入了他的心里。河里有一条农船经过，船农在船上叫卖水红菱，小姐说，船家，称两斤水红菱，小姐的声音差不多像河水那样的柔，她从窗户里放下吊篮，船农看看吊篮里是空的，船农说，钱呢？

你先把菱称上来，小姐说。

你先把钱放下来，船农说。

我放了钱你不称菱怎么办？

我称了菱你不给钱怎么办？

他在这边茶坊里笑起来，这时候吃讲茶的双方都到了，他们向他致意，说，少爷，有劳您的大驾了。

他说，坐，坐吧。

大家坐下来，他们争先向他倾说自己的道理，说对方的不是，他却摆摆手，吃茶，他说，吃茶。

大家听他的话，都吃茶，茶是上好的龙井茶，喝到第二开，已经很有滋味，他们互相仇视地看着，然后又求助地看着他，他们憋了一肚子的委屈，快要爆炸了，他却依然摆手，说，吃，吃茶。

吃茶。

吃茶。

终于把茶吃得淡了，他向他们看看，说，怎么样？

他们想了想，可以了，他们说，觉得心头轻快，再没有什么委屈，可以了，他们说，可以了。

走出茶馆的时候，拨开乌云，太阳出来了，他们向他致意，谢谢少爷。

他说，不用谢。

茶馆老板也会在门口躬送，少爷，慢走。

等到他慢慢地从少爷变成先生的时候，吃讲茶的仪式越来越少了，但是大家仍然请他替他们调解矛盾，他一直坐在靠窗沿河的老位子上，他总是一如既往请大家吃茶，他摆着手，说，吃，吃茶。

于是，大家吃茶。

吃茶。

吃茶。

等到茶吃得淡了，他们站起来，说，谢谢先生，然后心平气和地走出去，什么想法也没有。

等到他慢慢地从先生变成老伯，他仍然坐在六福楼的老位子上吃茶，大家说，老伯，他们……我们……

他说，吃，吃茶。

于是，大家吃茶。

吃茶。

吃茶。

等到茶吃得淡了，他们站起来，说，谢谢老伯，他们走出去，这时候外面的世界阳光灿烂。

他从十七岁坐到七十七岁，始终是这个固定的位子，后来河对岸人家的小姐早已经不在了，再后来河对岸的房子也没有了，他整整坐了一辈子，终于有一天，他觉得自己要离开这个世界了，他再也不能在六福楼这个靠窗沿河的位子继续坐下去了，他写了一份遗嘱，过了不久他就走了。

他的儿子是在一个偶然的机会下发现父亲有遗嘱的，这已经是很多年以后的事情了，他回想小时候奉母亲之命到茶坊叫喊父亲回家，他看到父亲坐在靠窗的位子上吃茶。

苏州扇

苏州绢扇是生产最精良的扇子，用细洁的纱、罗、绫等制成，因为圆形的比较多，所以又名"团扇"，也有腰圆、椭圆和"钟离式"等。苏式绢扇造型美，画面精。用铁丝作外框，用绢糊面，彩带沿边。以绘画、刺绣、缂丝、抽纱、烫花、通草贴花等作扇面装饰。扇柄用材有湘妃竹、棕竹、梅录竹、楠木、红木和牙骨等，并装有流苏，贵重的配有宝石扇坠。秀丽典雅，高洁精美，尤为年轻妇女所喜爱。

苏州人从很早的时候就开始制作扇子，东晋时的诗人谢芳姿，就曾经为苏州的扇子写过诗：

> 团扇复团扇
>
> 许持自障面
>
> ——《团扇歌》

陆游也写过关于团扇的诗句：

> 吴中近事君知否，
>
> 团扇家家画放翁。

只是后来，到现在，传统的扇子生产已经渐渐的没落了，扇厂的日子越来越难过，工资也发不出来，厂长心里很难过的，想搞一个大一点的活动来振兴一下,比如说扇子节什么的。人家外边,什么节都有,大蒜节,山芋节,狗屎猫屎里面都有文化的。

扇子节最终没有搞得起来,但是扇厂却搜集了很多资料,比如说,苏扇的品种有:折扇,团扇,纸团扇,绢扇,檀香扇;后来又有香木扇,轻便扇,铁折扇,舞扇,象牙扇,纸片扇,广告扇,装饰扇……

再比如,从前制扇名家有:刘永晖,杭元孝,李昭,马勋,马福,沈少楼,柳玉台,蒋苏台……他们的技艺别称有:马团长,李尖头,柳方头……蒋苏台方圆俱精,胡景芝擅长裱扇面。

有关扇子的古诗文:

折叠扇,一名撒扇,上喜其卷舒之便,命工如式为之。

——《贤奕编》

今世所用折扇,亦名聚头扇。

——《春风堂随笔》

高丽白松扇,展之广尺余,合之止两指。许正今折扇,盖自北宋已有之。

——苏东坡

扇厂的房子已经很老很旧了,苏州传统的房屋多半是砖木结构的,因为江南气候潮湿,这种房屋的使用年限一般只能在六七十年左右,如果不大修,就会自然而然地颓败,即使大修了,也不能从根本上改变它们骨子里的问题。

房管局告诉人们:他们现有的人力、财力、物力,要把整个古城的危房全部维修一遍,大约需要十五年,而把京城所有的房屋维修一遍需要二百年。

街道房管所的人过来看看房子,修得再卖力,也没有用了,他说,赤脚追也追不上这些房子衰败的速度。

修不胜修了，他说。

你的厂，也差不多了，他对厂长说，死样活气的，工资也发不出了。

那时候老百姓曾经说，96、97关工厂，98、99关商场，2000关银行。但是工厂也不是随随便便就可以关门的，上级领导说，不能再增加下岗工人的人数了，要是关了一个工厂，下岗的工人就直线上升，那是不得了的事情，所以死撑活撑也要撑下去的。

那你怎么办呢，房管所的人是同情厂长的，但别人都是爱莫能助，你死蟹一只了，他说。

是死蟹一只了，厂长常常手足无措，常常说，我们扇厂，王小二过年一年不如一年了，老牛拉破车走不动了，癞蛤蟆垫床脚死撑活挨，灯草拐杖撑不牢了。但是，真的关门，叫工人回去，她做不出这样的事，不忍心，都说女人心肠软，其实苏州人心肠都软。

房管所的人决定帮助扇厂修破厂房，他回去帮他们做计划，报上去，如果能批下来，他就来帮修厂房了。但是虽然他决定这么做了，仍然要批评厂长几句，当年动员扇厂外迁的时候，工人死活不愿意，厂长死活不肯办？现在回头看看，如果当年迁出去了，现在日子不要太好过噢。

可是现在是现在，当年是当年，当年那个新区，野猫不拉屎的地方，谁愿意去。宁要古城一张床，不要新区一幢房，这就是苏州城里老百姓的想法，小孩子上学，大人买东西，上班，到底住在城里方便。

房管所的人说，你们这么想，永远只能是死蟹一只。他告诉厂长，如果大修的计划批下来了，资金厂里要准备好，如果资金不到位，计划永远就是白纸一张。

厂长心里暗想，资金？哪里来的资金？但她不敢说出来。

他们透过围墙看到有两个人又来了，他们昨天已经来过了，今天又来了，跑得很勤。他们是房地产公司的老板和助理。他们一直要想来买扇厂的地，然后拆掉旧厂房，盖新房子，新小区的名称都想好了，叫绢扇别院。但是厂长不会卖自己的厂，那个老板跑来跑去也跑不出结果的，他说来说去只有一句，厂长，你不会吃亏的。

不吃亏我也不肯的，占大便宜我也不肯的，厂长说来说去也只有这一两句话，我的厂怎么办？

我给你的钱，你可以到外面去办两个厂。办三个厂我也不出去。我的东西只能放在古城区，不要放到野豁豁的外面去。

老板是天天跟人谈判的，很少碰到这么顽固不化拎不清的人，这倒引起了他的好奇心，到底是什么宝贝，不就是扇子么，值得这么守护啊？

一个搞房地产的老板终于看到了那些宝贝，那些和他完全没有关系的扇子，他被这些扇子征服了，他忽然就决定不买这个破旧绢扇厂了，但他也没有走，他留下来和厂长他们一起把扇厂重新搞兴旺起来了。

精明的老板的口头禅就是说别人拎不清，现在他自己变成了一个拎不清的，因为他是个苏州人，他看过那些扇子以后，只说了一句话，这些东西，现在找不到了。

他拿出搞房地厂开发的劲头去生产和营销苏州扇子，他能不能成功我们不知道，但是他确实这么做了。

现在苏州的传统绢扇生产仍然在进行着，我们可以在大街小巷旅游商店看到它们，它们的秀丽典雅，高洁精美，是这个浮躁时代的一块清凉贴。

苏州寺庙庵

据民国吴县志记载，历代兴建的寺庙，三国东吴七所，两晋十六所，刘宋一所，齐一所，隋二所，唐三十二所，五代九所，元六十一所，明八十五所，清三十九所，另有十六所年代不详，先后计有四百十一所。 迭经兴废，至民国年间尚有大小寺庙二百余所。

早年在苏州百姓中，曾经有这样的语言：

烟囱没有宝塔多，

厂门没有庙门多，

工人没有和尚尼姑多。

夸张是有些夸张，但这三多，在苏州也是不争的事实。

我们来看一看其中的一个香积庵吧。

你走进去，有两个尼姑，我们姑且称她们为慧莲和慧舟吧。

她们在水龙头下面淘米洗菜，她们光着头，没有戴帽子。

这个庵堂不是很大，但是很多人都晓得。 有人过来烧香，拜一拜菩萨；有的人家里有老人去世了，要做法事，也会来找她们帮忙念念经。 一家人都到这里来，要坐一天，上午听尼姑念经，吃过素斋，下午再听尼姑念经，然后缴一点钱给庵堂，庵堂就是这样开着的，她们也没有很大的消费，多余的时间她们就念念经，讲讲别的闲话，日子就这样一天一天地过去。

庵里有几间空着的房间，是给外面来的人住的。有的老太太或者妇女，她们想到庵里来住几天，也是可以的，缴一点伙食费给慧舟。慧舟是管账的，慧莲管接待，可是我不会说话的，慧莲说。

这条弄常也就因为这个庵的名字，改名为香积弄了。

方志有记载：

香积庵属仓街秒香庵（尼明道）管辖。五十年代初，本庵主持慧文还俗参加社会劳动，庵舍转为民居，共住十七户。

八十年代初，重新又恢复了香积庵，后来慧莲和慧舟就来了，她们一直呆在这里。

一个年轻人走进来，慧莲认得他，他以前来做过法事，是给她母亲做的，母亲是很疼爱他的。母亲去世的时候，他和家里的人，在香积庵呆了一整天，送母亲上路，后来他在路上碰到慧莲，他叫她师傅。

师傅，他说，我来买一点锡箔。

锡箔是香客折的，折好就送到庵里来，会有人来买的，但是现在还没有来送来。他说，那我过些日子过来拿。

我会替你留着的，慧莲说。

那我先走了。

香积庵位于香积弄五号，建于清代。庵门朝北，没有山门殿，庵门建一座小牌楼，门上方嵌一块“古香积庵”石额。该庵的建筑不是按中轴线排列的，而是沿街而建，摆布较杂。其中有大殿三间，殿内主供千手观音；主持室三间两厢，构成一天井，天井内植一株天竹。另有十间两厢，厨房、斋堂、客堂、棺厅等皆在其中。西北角是一座上下各四间的楼房，楼内用板壁分隔，有明门，有暗道，结构复杂，人称“迷楼”，“迷楼”东有古井一口。

书上记载：

香积庵虽原为陈姓家庵，但建筑考究，庵内每座殿房的檐下皆用水磨砖镶贴。

电话铃在里边响起来，慧莲去接电话。有个外地人在门口探了探头，好奇说，咦，你们也有电话？

慧舟笑了笑。

那外地人还是好奇，又说，人家会不会骂你们，我们那里的人，出门看见尼姑要骂几声的。

慧莲笑一笑。

慧舟也笑　笑。

这就是苏州庵堂的日常生活。

苏州旧石

苏州曾经有许多破败了的老宅，年久失修的房屋，杂草丛生的后花园，后花园里有一间披屋，会有一两个人仍然住在这里，他是老宅最后的留守者，他自己也和老宅一样，风烛残年了。

虽然如此，却使得破旧的老宅，还留有一点人气，甚至还会产生出一些新的故事。

比如老宅里仅剩的一些东西，比如石。

石倒在后花园里。后花园里没有花，只有一些杂草，狗尾巴草和癞痢头草，有数块石条石柱倒在杂草中，这些石条石柱，本来是一些坊，后来倒塌了。有些石条石柱上还刻有字句，比如有一根石柱上刻着："旧庐墨井文孙守"，但是它的下联找不到了，因为另外一根石柱上的字："三更白月黄埃地"，这句看起来不像是它的下联，有知识的人一看了，说，这两句都是上联，再有一根石柱上刻的是："海内三遗民"，有人说，这是纪念明末清初的人。

这些两柱的石坊零乱地倒在这里，有一个横额上是四个字：功德圆满。

住在这里的人老了，眼花耳聋，思路也不太清楚，但是有一点他却是清醒的，他知道自己没有很多日子了，他会想，我没有子女，没有后代，我死了，谁会来给我办后事呢？ 虽然会有人家对他说，你放心好了，我们会给你办的。 但是他不放心，自己的后事，自己是看不见的，看不见的事情，叫人不能放心，所以，老人会想，我得自己先准备起来。 他一进入到"死亡"这样的思想，他的思路就清晰起来，变得有条有理。

他首先请来了一个石匠，石匠来的时候，看到园子里这么多石头，有些眼花缭乱，可能就像喜欢读书的人看见许多书，也像裁缝看见许多布那样，心里觉得很充实。

拿哪一块做你的墓碑呢，他问。

喏，这一块。

这块功德圆满不要了？

不要了。

把功德圆满的字凿掉？

凿掉。

不如换一块吧，石匠说，因为他觉得，第一，功德圆满四个字刻得很有劲道，要在他手里毁掉，他觉得有点可惜。 这样的字，我是刻不出来的，他想，现在的人，都刻不出来的。 第二，这块横额的取材，是最上好的石料，石匠是懂货的，一个没什么名气的老人，拿块普通石头做就可以了。

不过石匠没有把这样的话向老宅里最后的老人说出来，这种想法虽然比较实在，但毕竟这是不够礼貌、不够恭敬的，石匠毕竟是替人做活拿人工钱的人，他也不宜多说什么。

不换的。

那么我是要凿掉功德圆满？

是的。

那么凿掉了功德圆满再刻上什么字呢？

这个问题还在老人脑海里盘旋，他还没有想好，反正还有一些时间，他可以在石匠凿掉功德圆满的时间里，考虑好这个问题。

在石匠凿字的日子里，老人会到茶馆里去，他在茶馆里求教别人。

我的墓碑上写什么？

海内文章第一，山中宰相无双。

寸图才出，千临万摹。

至德齐光。

道启东南，灵翠句吴。

等等。

第一句是写明朝宰相王鏊的，第二句是文徵明，第三是仲雍，第四是言子，等等。

这地方是文人荟萃，坐在茶馆里的人，看起来一天天的烟熏茶泡，吊儿郎当，无所事事，却原来都是有学问的人啊。

他们对老人给他们的施展机会欲罢不能，继续说下去。

义风千古。

功德圆满。

咦咦，老人笑起来，功德圆满已经被我凿掉了呀。

这时候石匠跑来了，喂，他对老人说，我要走几天再来，老婆生小孩叫我回去。

你走好了，老人说，生个小孩这点时间我等得及。

就算我等不及了，他又说，你回来再做也可以的。

石匠走出去后，又回进来，说，刚才我出来的时候，有个人在那边看，他们说你家是无主石坊。

石匠和老人的对话，引起了茶馆里另一个人的念头。

既然是无主的，不如送给我吧。 他向老人请求说。

不送的。 老人说。 其实许多石头放在他那里也没有用，但是天长日久的，他天天看着它们，看出感情来了，觉得像他的孩子，他舍不得它们走。

或者，哪怕只要几块? 他又说。

不给的。

一块。

不给的。

他最后失望地走了。

在日后的某一个夜晚，推土机推倒了老宅的后墙，没有人听见，因为那时候老宅已经没有人住了。

过了几天，报纸上登出来：建设者们在资金严重缺乏的情况下，集思广益，广开材路，旧物利用，搜寻到许多无主的石坊，现在这些石头，都已经镶嵌在古城的大街小巷、红栏朱桥以及重建重修的祠坊里了。

苏州古建筑场景

古建筑有三进，是三个大殿，三个殿的中间，是空的院子，有草坪，有树，现在是冬天，草干枯的。

一群乡下来的妇女，她们走进来看看，哦，里边是这样的。

这地方从前不要门票的。后来要门票了。现在又不要门票的。所以她们会进来看看。

每一个殿里都有菩萨，她们先拜第一个菩萨，这是一个笑弥陀。

庙里都是这样的，她们说，总是这个菩萨放在第一个。

叫大家开开心心。

叫大家不要生气。

笑口常开，笑天下可笑之人；

大肚能容，容世间难容之事。一个妇女念道。

庙里都是这样写的，她们说。

笑弥勒的旁边有四大金刚，四大金刚下面是柜台，柜台里有一个女孩在吃瓜子。

买一块玉石挂在身上吧，妇女们自说自话，然后趴在柜台上看，兔子，老虎，龙，她们指指点点说。

假的，一个妇女说。

石头有什么真假。

有一根红绳子牵住。

牵谁呢？

嘻嘻。

她们看了看，女孩知道她们不会买，她仍然在吃瓜子。

乡下妇女走过大殿的时候，听到女孩叫起来，老潘。她的声音很尖，把她们吓了一跳。女孩说，老潘，我口干，你帮我倒杯茶。

她们穿过院子往正殿走进去，看到老潘捧着茶杯过来。

院子里有几个人围着一棵大树在看，他们仰着头，看着大树的树上。

要移这棵树，不容易的，一个人说。

也不难的，另一个人说，比这个树再大的树我也移过。

这棵树有一百多年了。

几百多年的树我也移过。

他们围绕着树转了一圈，我有把握的，这个人说。

没有把握也要移的，那个人说。

为什么非要移它呢，这个人说。

要恢复从前的样子。

这几年，那个人说，我们都在做这种工作，要把我们的城，建设得更像从前的样子。

嘻嘻。

但是它越来越不像从前的样子。

围在树下的人都笑起来。

最后不晓得变成怎么样的，这个人说。

也可能，那个人说，最后连什么也没有了。

这个地方也没有了。

这棵树也没有了。

他们仰着头看树，树上其实没有什么。

正殿的平台上有人在打牌，我无所谓的，一个男人说，上班不上班，随便的。

不上班哪里来的工钱？

做一个钟头两块五，他说，不做就不做了。

吊主。

小王。

你在哪里做？

商场。

领导说的，做就做，不做就不做。男人说，今年轮到82届的下岗，三十五岁，都走了。

没有王分了。

黑桃 A K。

我高兴就去做，不高兴就不做，反正也这样了，男人说。

不做干什么呢？

打麻将。

你打麻将经常赢？

也没有，男人说，但是总比上班好。

起了一点风，吹走一张牌，男人去捡回来，一张二，他说。

不上班，一个老人捡起发给他的牌，说，一直不上班。

现在不上班的人很多的，另一个人说。

街上都是人，另一个人说。

有些麻雀从头顶上飞过，落在正殿的屋顶上，老人看不清它们，但是他听到麻雀叫了几声。

麻雀，老人说。

菩萨的眼睛一直看着你的，一个妇女对自己的孩子说，他们站在正殿高大的菩萨面前，有一种威严的压力从上面压下来。

孩子抬头看看菩萨，哪里？孩子说。

妇女说，你走到东，菩萨的眼睛会跟你到东，你走到西，菩萨的眼睛会跟你到西。

是吗？孩子往东边走，菩萨的眼睛斜过去跟着，咦，他说，咦。

他又往西边走，菩萨的眼睛又斜过来注视着他，咦，他说，咦。

是的吧，妇女说，菩萨一直会看着你的。

噢，孩子说。

一个老太太坐在正殿的门槛上折锡箔，她的面前已经堆起一堆折好的锡箔，她还在继续折锡箔。

妇女告诉她的孩子，在菩萨面前折锡箔，好的，她说。

孩子看了看那堆锡箔。

有用的，妇女说。

有什么用？孩子说。

反正是好的，妇女说，反正是有用的。

一个男人拿出一百块钱给和尚，和尚将他的名字写在功德簿上。

工作人员站在一边看了看，说，两百块可以上功德榜。

什么功德榜？　男人说。

外面院子里的，有一块榜，工作人员说，两百块的名字就写到那上面去。　男人向院子看了看，和尚将男人的名字写好，男人走开了。

和尚拿着一只杯子，他在抽屉里翻了一翻，拿出一袋茶，看了看，这袋茶哪里的？　他问工作人员。

买的，工作人员说。

多少钱一斤？

九十。

和尚泡了一杯，热气腾起来，和尚闻了一下，他没有什么表情。

工作人员手里抱着一只热水袋，靠在正殿的门框上，一只脚搁在正殿高高的木门槛上，她看了看手表，说，还有一个小时。

干什么？　和尚说。

下班。

一男一女两个外地游客来了，他们看到有人往玻璃罩上贴钱币，他们不知道这是什么意思。

他们干什么，女的问。

不知道，男的说，大概是看运气好不好。

贴住了算什么，女的又问，贴不住算什么？

　　不知道，男的说，大概贴住了就是运气好，贴不住掉下来就是运气不好。

　　我也试试看，她拿出一个两分的分币，他拉住她的手，不对，这不是管你的菩萨，他说，你属老虎的。

　　是老虎。

　　雌老虎。

　　去。

　　在这里，他拉着她的手，找到管属虎的菩萨，是这一个，他说，贴吧。

　　她把钱币贴到玻璃上，钱币掉下来。

　　再贴一次。

　　又掉下来。

　　你找个一分的，他说。

　　她找出一个一分的，也掉下来。

　　他们怎么都能贴住，她说。

　　他们用浆糊粘过的，那个人用唾沫的，他说，你相信这种事情吗？

　　她没有回答。

　　你不要相信，他拉起她的手，走吧，他说，到后面看看观音。

　　观音站在海上，波浪在观音的脚边起起伏伏，颜色也是五彩缤纷的，给观音磕头的人在蒲团旁边排着队，他们神情庄重，一个人跪下去，念阿弥陀佛，跟着一个人跪下去，念阿弥陀佛。

　　导游带着一群人，请大家到这边来，他大声说，我们介绍观音。

观音，旅游的人说，观音有什么。

这不是一般的观音，导游说，他手里举着小旗，将小旗向观音指一指，大家看，他说，观音手指上托的是什么东西？

是手绢，游客说。

像真丝的。

错了，导游笑起来，是泥土，是泥土做的手帕。

噢，游客抬头仔细看，但是观音离他们比较远，他们看不太清楚。

做得这么薄这么软，这是以假乱真的，导游说，还有，观音头顶上方的华盖，华盖上的牡丹花，你们看到了没有。

看到了，大家说，红的。

像真的吧，导游说。

像真的。

是以假乱真。 大家说。

导游又笑了笑，他有些骄傲，这是鬼斧神工，他说，雕塑家的功夫很好的。

是清朝的吗？ 游客说。

是明朝的，导游说，有好几百年了。

几百年了，大家说，唉。

我们再看观音的面部表情，导游说。

观音笑眯眯的。

观音是普度众生的，游客说。

古建筑的背后，是一条老街，一个卖袜子的人站在街边叫喊，袜子，袜子，一块钱一双。

东西不值钱,一个人走过去,说,东西不值钱。

一块钱一双,卖袜子的人仍然喊着,但是没有人看他的袜子。

你就省点力气,店里的女人说,哇啦哇啦,吵不吵。

好的,卖袜子的人说,不喊了。

我听他们说的,你是有文化的,店里的女人说,你读过大学。

嘿嘿,卖袜子的人笑了一笑。

这个地方,人家烧香拜佛,店里的女人说,谁到这里来买袜子。

也要烧香拜佛,卖袜子的人说,也要穿袜子。

嘻嘻,店里的女人笑了,嘻嘻,你这个人有胃口。

一个男人从街口走过来,卖袜子的人拿出一些袜子给他,他说,你要的厚棉布袜拿来了。

男人接过去看看,好的,好的,他说,就是要这一种的。

现在穿这种袜子的人不多的,店里的女人说。

很保暖的,男人说。

古建筑的后门开了,一群乡下妇女从里边出来,卖袜子的人大声地叫喊起来:袜子袜子,一块钱一双。

散淡小园

　　天气并不太好，时间也是下午了，游人不多，有两个老人坐在茶室里，他们每人面前有一杯茶，但不怎么喝，茶水清绿，茶叶沉淀在杯底，他们看看茶水，茶水很平静的。

　　嗳，她说。

　　你还是叫我嗳，他说，我们两个人在一起的时候，你从来没有叫过我的名字。

　　我不习惯的，她的脸好像有一点红了，她说，我昨天给你打电话的。

　　我在玄妙观三清殿晒太阳。

　　昨天好像没有太阳的，昨天有太阳吗？她怀疑了一下，就认定了，昨天是阴天，像今天一样的。

　　也不算阴天，有一点太阳的，虽然不旺，但是有一点太阳的，他说。

　　一点点太阳也要去晒。

　　服务员从茶室的柜台下探出头来，他摘下耳机，看看他们，你们的茶凉不凉，要不要替你们倒掉一点凉的，加一点热水？

　　不要的。

不要的。

茶室里一片安静，园中的鸟在叫，起了一点风声，有一种快要天晚的意思弥漫着。

你跟谁一起去的，她重新拾起刚才的话题。

你说晒太阳？我一个人去的，他说。

是一个人，她说。

我到面店吃了一碗面，就去了，面下得太烂，没有骨子了，他说，肉也不太好。

你老了，她说，你的牙也没有几个了，你还是要吃硬面，你从前说要做饭给我吃的，你说一定找个机会做一顿好的饭给我吃，你还说等你老了开个面店下面给我吃，我不喜欢硬面的，我喜欢烂一点。

他看着她，时间过得真快，他说。

你老是说，等到老了，等到老了，我那时候其实不想承认自己会老的，我一直担心脸上有皱纹，我又一直担心头发不好看，她说，你不会一个人到三清殿去晒太阳的。

我是一个人去的，他说。

你们家接电话的是谁，她说。

是儿媳妇。

有一个孤单的游人过来朝他们看了看，又朝天上看了看，快要关门了，他说，除了这里两个，其他也没有什么人了。

服务员摘下耳机，什么？

他摇了摇头，退了出去。

老人互相看看，他们说，要关门了。

我们也该走了。

　　站起来的时候，他搀了她一下，她说，不用的，服务员过来收拾茶杯，他将剩茶倒掉，洗干净杯子。

　　老人走到茶室门口，天开始飘起雨丝来，天气突然冷起来。

　　下雨了，他说。

　　下雨了，她说，我的布鞋要踩湿的。

　　他看了看她的鞋，说，我说今天天气不好，我想跟你说改日的。

　　我知道你不想出来的。

　　我没有不想出来。

　　服务员在他们身后锁门，他说，石子上有些滑的，你们小心一点。

　　你从前说过的话你忘记了，她说，你老是说等到老了，等到老了。

　　你不要这样说我，我心里难过的，他说，我是真心的。

　　三清殿那里晒太阳的人多不多？她说，我年轻的时候经过那里，看到许多老人，我坐下来听他们聊天的。

　　雨下得大了些，他看看天，又看看她，你的头发要淋湿的，他说，我把外衣脱下来你披在头上。

　　我不要的。

　　服务员骑着自行车从他们身边经过，他跟着耳机在唱歌，一只手脱开车把，向他们挥一挥。

　　你总是要把话题扯开去的，你不想回答我的问题，她说。

　　你说三清殿人多不多，多的，他说。

　　过几天我也去三清殿晒太阳，她说。

　　我和你一起去，他说，看了看她的脸，他又说，不过你大概不会去的，你只是说说的，你不会去的。

你怕我去的，是不是？ 她说，你不想我去的。

我没有不想你去。

三清殿又不是你的，她说。

我真的没有不想你去，最好你和我一起去的，他说，那里人很多的。

你是怕我去的，我知道你的，她说，你从前老是说，等到老了，等到老了。

你不要这样说我，我心里难过的，他说，我是真心的。

你从前就要把我打发走的，你说要把我打发到很远很远的地方，要到一个你不知道的地方，到一个你忘记了地址的地方，到一个你找不到的地方。

是书上这样写的，我从书上抄下来送给你，他说，我用余下的生命到处寻找你，我要在风烛残年，喊着你的名字，倒在异乡的小旅店里。

她笑了起来，嘿嘿，她咧开没有牙的嘴，我不到三清殿去晒太阳，我家门口也有太阳的。

他也笑了，嘿嘿。

苏州的安静的散淡小园，天色渐渐地暗下来了。

九十年代初的苏州街景

绸布店

街上人来人往，但是没有什么人光顾绸布店，早晨的太阳淡淡地照在门前的地上，他们心里有一点慌慌的感觉。

我反正，老店员说，我反正也无所谓。

我也无所谓的，年轻的店员也说，我反正也无所谓的。

他们一起看了看中年的那个，她不说话，只是朝他们笑了笑。

有一个人走进来看看绸布，蛮好的料子，他说，现在绸布店只有一个柜台卖绸布。

从前大家都喜欢绸子，小店员说，现在不喜欢了。

这个人向绸布店里边看看。

场子里有很多柜台，乱七八糟，卖什么的都有，其实生意也不好，跟卖绸布也差不多。

这个人看了看绸布，他也不会买的，果然慢慢地走开了。

一个农村妇女背着一个大包走过来，绣品要不要？ 她介绍说，有手帕，围巾，都是手工的。

我们不要，店里的几个人一致说。

你们要一点吧，货色好的，农村妇女说，她打开包，抓出一把绣品，送到他们面前，你们看看，货色都是好的。

卖不掉的，老店员说，现在没有人要。

农村妇女愣了一愣，她抬头看看店招，是这里，她说，幽兰街的绸布店，你们是有名的，老字号的绸布店。

那是当然，这可是百年老店。

我们那里的人都晓得，幽兰街的老店是识货的，农村妇女说，我这是好货。

好货也没有用的。

唉，妇女说，连你们老店也不要绣品了，我们怎么办呢？

你们就不要再做了，几个店员都劝她，反正也没有人要。

不做？　农村妇女说，我们那里，做丝绸绣品，做了好多年，现在就不做了？

现在乡下的日子很好过的，店员说，比我们城里人好过。

田里也没有事情做，厂里也没有事情做，农村妇女说，从前总是鸡叫做到鬼叫，也做不完的事情。

那么你们做什么呢？　店员问她。

男人打麻将，女人也打麻将，农村妇女说，老太婆到庙里烧香。

街对面的店

街对面的店门口开来一辆小卡车，卸货的人把几箱子的货卸下来，搬进店去，车子开走了，有两个男人留在那里，一个男人拿出烟来，给另一个男人一枝，自己也点了一枝，他们抽了抽烟，就开始拆箱。

去看看卖什么的，绸布店的小店员好奇，走到对面，看了看，又过来了，卖玉雕的。

哪里的？　老店员问。

山东的。　小店员有把握地说，我没有问他们，但是听口音就像是山东的。

山东出石头吗？　老店员又问。

山东怎么不出石头，小店员说，现在哪里都出石头。

我听说浙江的青田石好的，老店员说，山东有什么好石头？

哗啦啦——对面店里打翻了什么，哎呀，玉石经不起跌的，老少两个店员都跑过去看。

还好，小店员说，没有跌出来，跌出来要碎的。

碎？　那边的一个男人笑起来了，说，不会碎的。

你们是对面绸布店的，另一个男人说。

是的，小店员说，你们在卖玉雕。

这是一条老街，一个男人说。

是的，小店员说，你们的石头，从哪里来的？

山里挖出来的，男人说。

你们是山东人。

我们是山东人？　一个男人笑起来，你怎么觉得我们是山东人？

另一个男人说，我们是浙江人，浙江青田。

我说的吧，老店员说，浙江青田出石头的。

小店员怀疑地看着他们，浙江人说话这样说的？　她回到自己店门口，自言自语地说，浙江人不是这样说话的，不过现在的事情，也搞不懂的。

对面的一个男人跳到凳子上，举起电喇叭，"喂"了一声，声音在街上响起来：大拍卖，大拍卖，他说。

正在街上行走的人，被他的大嗓门吓了一跳，停下来看。

大拍卖，男人说，他拿起一只玉雕奔马，五百，四百，三百，二百，一百八，一百六，一百五，一百四，一百二，一百，声音戛然而止。

什么意思，有人问。

低于一百不卖了，绸布店的老店员说。

大拍卖，男人又换了一件东西，是玉雕的果篮，玉石雕成的各种水果鲜艳欲滴的，三百，二百，一百，八十，七十，五十。

低于五十不卖，有人说。

接下来是一座玉观音，大拍卖，男人说，八百，五百，三百，二百，一百五。

大家哄笑起来，男人也笑了笑，弯腰准备去寻另一件东西。

观音拿来我看看，有人说。

这样做生意的？另外有人说。

观音又被送回去，那个人说，不要。

街上围过来的人越来越多了，苏州人有看热闹的习惯，哪怕路上有人踩了一只蚂蚁，只要他停下来弯腰朝地上看一眼，很快就会围上一大堆的人争着来看西洋镜。

现在街上有点堵了，有人骑车经过过不去，就下车来看，干什么，他说。

大拍卖，有人回答。

老店员也回到了绸布店，唉，他说，东西很便宜，一个观音，做得真好。

你想买吗？ 小店员说。

观音要说请的，中年的店员纠正她说，不要说买。

我不要，老店员说。

你家螺蛳壳点大的地方，小店员嘲笑他，放也没处放的。

大拍卖，对面的男人一直在叫喊，大拍卖，五百，四百，三百，二百，一百，五十，四十，三十。

大家哄笑。

对面的另一个男人拿个杯子跑过来，向绸布店的中年店员说，大姐，讨点水喝。

中年店员给他倒了开水，谢谢大姐，男人说。

怎么不是山东人，小店员说，山东人见人就叫大姐的，他们不管你比他大还是比他小，都叫大姐，这就是山东人。

现在讨开水的男人站到凳子上，换下那一个人来喝水，讨开水的男人也和那个男人一样叫喊，五百，四百，三百，二百，一百，五十，四十，三十。

有人说，二十卖不卖。

不卖，这个男人有点来气了。

卖了算了，另一个男人说。

后来他们感叹说，我们上当了，都说你们苏州人绰号叫"杀半价"，我们才来的，哪知道你们这把刀这么快，五百块的东西二十块就拿去了。

一片笑声中，有人说，杀半价，你那是老黄历了。

百姓人家

苏州老人

清　唱

重阳节，我去看望一对老人。

住在苏州小巷里的苏州老人，老爹七十八岁，老太八十三，他们本不是夫妻，只是在老了以后，经居委会动员，搬到一起住了，互相有个照应。老爹原来是园林绿化工人，弄了一辈子花花草草，老太则帮人家做了一辈子佣人，经她那双手倒过的马桶不知有多少，现在他们都老了，互相照顾相依为命。开始几年，老太身体尚健，由老太照顾老爹的生活，后来老太中风瘫痪了，反过来由老爹照顾老太，喂水喂饭，端屎端尿，老爹毫无怨言，好像岁月天生就应该是这样的。他们的生活很清苦，老太没有收入，靠老爹微薄的退休工资过着清贫的日子，他们的住房旧得不能再旧，小得不能再小，尽管如此，老爹还是在那一小块狭窄的地方种植了一些花草盆景，每天精心侍弄它们，使这一片几乎被世界遗忘的狭小贫瘠的角落充满了生机。

我看着这些生机盎然的花草盆景，忍不住赞扬起来，老爹脸上露出了淡淡的笑意。七十多岁的老爹，由于长期辛苦劳作，看上去是那么的苍老，那么的枯瘦，但同时他又是那么的从容，那么的恬淡，那么的充实。那一个重阳节，这两位老人在我的心里真是留下了深深的记忆。我如果写他们，我无法写出别的什么，我只能写老人历尽人间事，尝遍天下味以后，怎么样慢慢地进入一种淡泊且与世无争的境界。在这一种平平淡淡、默默无闻的生活中，难道不是蕴藉着历史的沧桑，难道不是包容着人类的命运吗。

世界是多声部的，我所希望的清唱只是世界和音中极小极微弱的一部分，我并不是要所有的人都来清唱，清唱也好，配乐也好，轻音乐也好，重摇滚也好，卡拉 OK 也好，美声高歌也好，只有容纳了更多的声部，这世界才能更美好。

清唱，苏州人的唱法。

清唱，说到底总是在唱。

人　生

除夕，天色将晚的时候，我在一个小小的菜市场转悠。

天色阴沉沉，卖菜的已经零零落落，买菜的人也越来越少，大家都已经将该买的东西买妥，现在正热气腾腾地做菜，或者，也有越来越多的人家，自己也不动手了，合家老少，上馆子去，也已是正常现象，不以为奇，所以在除夕的这时候，菜市场不再热闹了，大家都回家了。

走着，看看，心里忽忽悠悠的，像是自己也有了些飘零的感觉。

走过卖葱姜的小摊，再走过卖鱼的摊，看到一位老人坐在小矮凳上，脚跟前摊着一张报纸，报纸上压着一只铜牛。

铜牛不是很大，制作得很精致，半卧着，牛背上有小牧童，小小的孩子背着个大大的斗笠，生动，感人，小孩和牛都静静的，和老人一样。

我问老人："这是什么？"

老人说："这是铜牛。"

旁边有人说："你听他，哪里是铜的。"

我并不想买铜牛。

我看看老人，老人对这话无动于衷，他只是静静地坐在除夕的寒冷里，目光平平淡淡。 我不知道这只铜牛是不是老人自己制作的，或者是从别的地方买来，也或者，是家传的，我想，这都无所谓，让我的心灵有所动的，是这样的一幅情景：除夕，黄昏，老人，铜牛……

我问老人："你的铜牛卖多少钱？"

"五十。"老人说。

"不值。"旁边的人又说。

老人仍然没有说话，没有说他的铜牛值五十或者不值五十。

我在老人身边站立了一会儿，我看着他的铜牛，我想说说话，但我不知道自己想说什么，也许我是觉得老人没有必要在寒冷孤寂的除夕傍晚坐在冷落的菜市场卖铜牛，犹豫了一会，我说："要吃年夜饭了。"

老人好像笑了一下，但他仍然不说话。

后来，隔壁卖鱼的老板兴奋起来，来了一辆车，停了，下来几个匆匆忙忙的人，要鱼，看起来也是忙人，到一年的最后一天的下晚，才有一点点时间给家里买鱼。 再忙，鱼总是要买的，年年有鱼

（余），虽然时代进步到现在，但是中国的老百姓仍然有很多人喜欢传统，忘不了传统。

卖鱼的老板在兴奋的时候，没有忘记将鱼价再抬一抬，这是一年中的最后一次机会，很难得。买鱼的人虽然忙中偷闲挤出时间来买鱼，倒也没有把价格弄糊涂了，于是卖鱼的人和买鱼的人和和气气地为鱼的价格讨论起来，这是大年三十，大家心情很好，没有人吵架，也没有人不讲礼貌。

卖鱼的人和买鱼的人终于谈妥了价格，他们一起动手，抓鱼，他们的动作比往日更潇洒。

卖铜牛的老人觉得自己坐着有些碍他们的事，他慢慢地站起来，将小矮凳挪得远一点，将压着铜牛的报纸拖开一点，坐下，感觉仍然不够远，重又站起，再挪远一些，再坐下。

老人重新坐下后，也不看关于鱼的买卖，也不看站在他身边的我，我不知道老人他在看什么。

买鱼的人匆匆走了，一切归于平静。

菜市场的人越来越少。老人仍然无声无息地坐在他的铜牛前。

最后我也走了，我想，老人今天大概卖不掉他的铜牛。

但是这无所谓，老人坐在那里，其实并不是在卖铜牛。

阿弥陀佛

有一段时间我到一家很小的区级医院的伤科门诊推拿。

伤科医生是位老医生，他并非科班出身，没有上过医学院，十四岁开始拜师学习武术，师傅是某镖局的伤科先生，医生常常在给病人治疗（推拿）的同时，随口说起他的一些往事。我也渐渐知道和我一样来治疗的大多数是工厂女工，也有一些小学老师，有退了休的，也有尚未退休的，多在五十岁上下，也有更老一些，或者稍年轻些的。过去岁月的艰苦，在她们身上留下了深深的痕印。她们有的面黄肌瘦，有的虚胖。她们坐在伤科灰暗的门诊室里，穿着最普通的服装，梳蓄最老式的发型，毫无光彩，在以后的一些日子里。她们开始和我交流病情和别的一些话题。由医院的性质决定了病人的来源，他们大都是一些区级小厂和街道工厂的工人，被指定只能在这家医院治病才能报销，或者就是医院附近的几条街道上的居民，就近到小医院来就诊，还有就是医生的老病人，他们认定他们自己所信赖的医生，至于医院的大小规格级别怎样他们并不在乎。时间长了，病人与病人也都熟悉了。

有一位老太太大家管她叫阿弥陀佛。老太太孤身一人，信佛，家庭妇女。以裹粽出售为生，开口说话总是离不了阿弥陀佛四个字。

在端午节的那几天，阿弥陀佛忙得没有时间到医院治疗，病人和医生谈起她来，都说，阿弥陀佛，要钱不要命了。

过了端午节阿弥陀佛愁眉苦脸地来了，说，阿弥陀佛。医生呀。

大家说，阿弥陀佛，歇歇吧，何苦这么想不开，把钱带到棺材里呀。

阿弥陀佛说，阿弥陀佛，再想得开的人也要张嘴吃饭呀，卖粽子的，巴不得天天过端午节呢。

大家说，天天过端午，你这把老骨头顶得住？阿弥陀佛笑了，说，顶得住？怕早已经化成青烟了。

大家说，那是。

轮到医生给阿弥陀佛推拿，阿弥陀佛说，阿弥陀佛，医生，你这是积功德。

医生说，我是要吃饭。

阿弥陀佛按照自己的思路往下说，她说，阿弥陀佛，积暗德要比积明德好得多。

大家说，那阿弥陀佛你卖粽子是积暗德还是积明德？

阿弥陀佛说，阿弥陀佛，医生是积德的，长辈积德会报在子孙身上。

医生也笑了，说，谢谢阿弥陀佛。

有一天我经过某个街口，看到阿弥陀佛的粽子摊，粽子用青青的箬叶包裹，用细细的麻绳扎紧，小巧玲珑。

我走过的时候。听到阿弥陀佛说：卖粽子。

她的声音低沉，平稳。

养鸡阿婆

养鸡阿婆住在我家楼下，我们家是公房，六层，老太家是私房，一楼一底，两幢房子离得很近，她的小小的阳台正对着我家北窗。早几年，养鸡阿婆将楼下房间租给一个外地来打工的人家了。这家人在阳台上做饭，常常听到"哧溜哧溜"的炒菜声音，能闻到油烟气和菜香味。

所谓苏州人从前过说的"螺蛳壳里做道场"，在苏州的小巷里就是一幅生动的写照。

虽然不在一幢房里，但是因为实际距离的逼近，养鸡阿婆和她的一切事情，几乎都是在我们眼皮底下发生的。

养鸡阿婆这个称谓是跟着我儿子叫出来的，而我儿子，又是跟着我家保姆老太叫的。我儿子小的时候，保姆老太带他到外面去玩，看见老太太，保姆老太就让我儿子喊她阿婆。为了让我的儿子尽量地区别老太太与老太太的不同，我们家保姆老太便在阿婆前面加上这位老太太的特点，比如楼下的老太家常常养着鸡，我儿子小的时候，常常到她家轰鸡，把鸡轰得到处乱跳，就管她叫养鸡阿婆；比如还有一个老太太，每天到水灶打热水，就叫她泡水阿婆；还有一位，是从一个叫作东台的地方来的，叫她东台阿婆。

养鸡阿婆没有子女。但是她有养女，有两个。一个养女是从前从戏子手里抱过来的，另一个不太清楚。养鸡阿婆年轻的时候，很喜欢看戏，和戏子做了朋友，戏子有困难，就将女儿交给了养鸡阿婆，养鸡阿婆收下养女，把她抚养大了，女儿出嫁了，很少回来看养母。在我们做了养鸡阿婆的邻居后的好多年里，我只看到过一次。

我们搬来的头几年，养鸡阿婆的老伴还在，他们常常叫来另外几个老人，在家里打卫生麻将。从我们家的北窗口，可以看到他们不急不忙地摸牌、打牌，从来没有听到他们中间有人大声说什么，连洗麻将的声音，也是轻轻的。有一天，突然就看到养鸡阿婆手臂上套着黑纱，养鸡阿婆的老伴死了。

也没有哭声，很多人根本就不知道，一个人就这么去了。

老伴死后有很长一段时间，养鸡阿婆的身体很不好，她一直闭门不出，我们家保姆老太说，她住院了，过了几天说出来了，但是情况很不好，保姆老太认为，她恐怕要跟着她的丈夫走了。

可是，养鸡阿婆挺过来了。她又和从前一样，养鸡，生活，不同的是，她现在形单影只。

养鸡阿婆有退休工资，只是不知道有多少。听说一些效益不好的单位，发不出退休工人的工资。每月发工资时候，退休工人排成一条长队，有多少发多少，排在后面的就拿不到工资。不知道养鸡阿婆原先的单位效益怎么样，不知道养鸡阿婆要不要自己去排队领取退休工资。

她仍然在煤炉上做饭，没有用上液化气。那年，我们家养了一只猫，用得上煤灰了，养鸡阿婆说，我有。我们每天到养鸡阿婆家去讨煤灰。想，若是养鸡阿婆不烧煤炉了，我们拿什么做猫的茅坑呢。

有一天我儿子怒气冲冲奔回家来，向我要大一点的纸，拿了毛笔要写什么，我问他做什么，他说，太不像话，他们把垃圾倒在养鸡阿婆的墙角边，我要写一张纸贴在那里，骂他们。

我到北窗口朝下看，看到养鸡阿婆正用一把铲子，吃力地铲着垃圾。

我对我儿子说，你现在也晓得替别人着想了。

儿子其实并不明白我的话。

现在养鸡阿婆更老了，他们家再没有人打麻将，偶尔看到有老太太或老头在她家堂屋里坐坐，虽然说着话，却像是无声无息，过不多会，老太老头们就走了，也不知道他们从哪里来，到哪里去，剩下养鸡阿婆一人，坐在屋门口看着门前的小街。

我走过养鸡阿婆家门口，我说，阿婆吃过了吧。

养鸡阿婆说，吃过了，你吃了吧。

平常百姓家

我们家乡有句谚语，说，清晨六点钟，大街小巷臭烘烘。说的是一早上大粪车拉粪经过，又有倒马桶的，一路潇洒而去，所以在早晨的清新空气里有一些异味也是难免。这谚语虽然有些夸张，但基本符合事实，主要说的是从前，后来马桶渐渐减少，确实大快人心。但是一想，再减也减不出数以万计这个大范围去，便又有些性急起来。恨不得在一夜之间，就完全彻底地消灭了马桶，这当然是不可能。不管我们的马桶是迅速消失还是缓慢递减，马桶总是越来越少，这不用怀疑，形势总是越来越好，这也不用怀疑。也有的老人用了几十年的马桶，很习惯很习惯，突然住进新居、有卫生设备，抽水马桶，干净清洁，却怎么也大不出便来。我就知道有这么一家人，女婿是做干部的，迁了新居，丈母娘也跟着住进去，本来实在是一件大好喜事，可这家人却从此不得太平，就是因为老太太坐在抽水马桶上屎尿就下不来，后来折腾着把原先用的马桶又弄回来，而且还不能放在卫生间里，一定要放在自己的卧室，家里这才平安无事，这不是小说，这是生活，像这样的不适应新生活的苏州老太太虽然不多，却也不是没有，你拿她们没有办法。

我也是从苏州的小巷里长大起来的，我也倒过马桶，不止是一年两年。 在十来岁时，知道学雷锋，不光给自己家倒马桶，还帮着邻居老奶奶倒马桶，那时候并不觉得马桶是一种什么特别的东西，对倒马桶也没有任何特别的感觉，只把马桶拎到厕所，倒了，到河边刷洗干净便是，没有什么别的想法，也根本不可能想象多少年以后竟然就不再有马桶。 那眼光是多么的短浅，那想象力是多么的微弱，那头脑又是多么的无知，不像现在的孩子，真是展开想象的翅膀，大胆而超常，小小的头脑里居然有那么多属于未来世界的东西，小小年纪，就知道画一些超级宇宙飞船，多半是电视里看来的，总比什么也不懂的好，比起来我们这些人真是惭愧。

一辈子没有搬过家，一辈子只住一个地方，那滋味是怎么一回事，我说不出来，但是我也有些朋友或熟悉的人，从来没有搬过家的，我问他们是什么滋味，他们居然也说不出来。 不尝滋味说不出来，滋味尝得太多恐是说不出来，就是这样。 当然，不搬家有不搬家的滋味，常搬家又有常搬家的滋味，我们家是常常要搬的，其中有滋味，细想想，倒也是说不清楚，只是有些不明不白、含含糊糊的感觉罢了。

从前的人都知道孟母三迁的故事，说居住环境对人的影响很大，这是当然，谁不想有一个好的居住条件，谁不想受到好的环境熏陶。 吴方言中有"百万买金、千万买邻"这一条，别地方言中想来也会有类似的说法，这些俚语俗谚，总是有其一定的道理，大凡是从前的人根据某些问题的经验教训的概括，所以后来的人也就尽可能的吸取前人的教训、总结前人的经验，使自己更聪明起来。只是在更多的时候，搬到什么地方，住什么样的房子，和什么样的人为邻，等等这些并不一定能由你全权做主。 你想住独门独户的小洋楼，你有资格吗？ 没有。 你想搬到美国去试试，你有条件吗？　没有。　你要想住新公房的四楼，可是你的积分只能让你在顶六楼和底一楼之间挑一处，你是两为其难。　你想搬一处离你老婆工作单位近些的地方，经过千难万难，总算调成了房子，可是通知下来，这一带要拆迁，总之许多事情由不得你，居家住房也一样，多半要服从社会，服从他人，服从别的什么什么，人人都是这样，所以也不觉得有什么不公平的。

我们家在二十来年中，先先后后搬过十多次家，其中有哪几次是搬得心甘情愿，皆大欢喜的；又有哪几次是出于无奈，不得不搬的，我已记不很清，也不想再一一回忆追溯。　我印象最深的大概有两处，一处是苏州城里典型的民居，另一处是苏南农村典型的住宅。

苏州城里的那一处，是一座大杂院，前后好几进，前有天井，后有小楼，范围算是比较大的，不知道是哪一年造起来的，反正从前有这样大的住处，也算是个大户人家了。　唯一不够典型的是这住宅不是靠着河的，都说苏州的人家是枕河人家，君到姑苏见，人家尽枕河，尤其唐朝那会儿，在诗人写人家尽枕河时，是不是真的"尽"枕河，我没有考证，不得而知，或者就是真的，或者是诗人的想象夸张。　我们家是在"文革"中受到冲击搬到这里来的，我们进来的时候大院里大约住着十五六户人家，分配给我们的只是一间房子，大概十六七个平方，砖地，土墙，屋顶也是赤裸裸的，梁椽满砖什么也都历历在目，根根可数，我们家三代五口，连厨房，连马桶，还养了两只鸡，等等一切尽在其中。

这就是苏州平常百姓的平常人家了。

环境变得很快，在一夜之间我们从原来居住的相对好得多的环境一下落到了贫民窟似的地方，有没有怨愤，有没有气恼，我想当然是有的，但是对我来说，那时还比较小，还不很明白生活发生了多么大的改变，只是看到同院子的人家，同院子的许多小朋友也都和我们的新家一样，都是一家人挤在一间房子里的，于是我也不再觉得有什么不好，没过多久就快快活活地加入了新朋友的队伍。

我不懂得也不可能和大人一起承担什么，我只是在一个平平常常的大杂院里，走过了我从童年到少年的转变阶段。 现在我常常想起那一段时光，想那时候犯过的种种过失、做过的许多错事，想那时候的调皮，刁蛮，不懂事，不能为生活得很沉重的父母分担一些什么，也想那时候的种种愉快和许多乐事。

我们的房门开出去就是 ·大片空地，在这空地上有过很多很多的事情发生，我看到一位邻居把一只鸭子的头割了下来鸭子还能走路；我看到红卫兵押着我们的一位邻居大姐姐走出去；在夏夜我们躺在空场上乘凉，武斗的子弹从我们头上飞啸而过，打进邻居家的墙壁；我邻居大妈的一只母鸡被人扔进井里，在水里浮了几个小时后用篮子捞上来，它在篮子里生下一个很大很大的蛋……过了好多年以后，我回到这里看自己从前住过的地方，空场上造满了房子，大院里又增加了许多住户，这一片空场它已经永远永远地消失了，但同时也是永远地留在了我的心里。 以后我再也没有机会住这样的大杂院，离开苏州再回来，我一直住的是工房了。 许多年来我总是在写着苏州的平常百姓，我想，这和我在大杂院的这段生活总是有着一些联系的，承认也好，否认也好，事实就是这样。

后来我随着我的父母下放到苏州的农村，乡下倒是尽了可能给我们安排好一些的房子，那是一户从前的富农的房子，开间大，房屋高，同院还住着两户夹着尾巴做人的富农，前面是两个知识青年，旁边是大队合作医疗，这样的环境也是很丰富很复杂甚至是有一些惊险色彩的。 有时候半夜里死了人，闹到合作医疗来，我们也跟着担惊受怕，批斗富农的时候，我们也一起受窘，知识青年捉了狗来藏在家里，半夜起来杀狗，狗没有杀得死，狂吼乱叫，倒把人吓得半死。 我还曾看见一条扁担长的大蛇在我家的桌子上慢慢地、自由自在地游动，把我们的茶杯打翻，把我们桌上的东西扫在地上。 村外大通桥上的鬼，桑树地里的背娘舅（杀人越货者），淹死的小女孩的影子，每天在一个小时的上学路上，一边走一边想着这些，越走越怕，越怕越要往那上面想，许多年过去，这些事情成为遥远的往事，又过了一些年，我和我哥哥的作品中，这些事情又重现出来，与我们相伴着再走人生的路。

现在的居住条件比从前好很多，居家如此，有时借外出开会什么，住上比较高级的旅馆，有卫生间空调之类，但是老话说"金窝银窝不如自家的狗窝"，这话实在是有道理。 住在高级宾馆，有冷暖气享受，冬天冷不着，夏天热不着，也有大彩电看，用不着为和家人争看节目而不愉快，又没有孩子的纠缠，也没有家务事烦人，若是要写文章，更是清静太平，没有人会来打扰你，总之是千好万好，但是千好万好，却永远不如一好，那就是家好。 等回到家里，一切的烦琐，种种的啰唆向你扑来，你又会长叹一声说，早知如此，还不如在外面多待几天，其实你不会在外面多待一天。 人就是这样。

苏州警察

　　我自以为是个懒人，除了写作不懒，其他什么都很懒，包括看病。有了病，懒得上医院，家里找些药，差不多的就吃了，若家里没有药，糊糊也就过去了，身体是越来越差，体质越来越弱，却依然懒上医院。

　　有一阵发了颈椎病，比较严重了，有些熬不过去的感觉，才上医院。医生说，你倒是难得来。一看，说，没有别的好办法，推拿去吧。就到伤科门诊推拿。伤科门诊病人很多，耐心排队等着。

　　进来一个警察和另一个人，那人脚一拐一拐的，由警察搀扶着，叫痛。警察说，大惊小怪。这人就不吭声，脸苦苦的。警察和医生也认得，扔了烟给医生，说，给看看，脚怎么了。医生说，怎么怎么了。警察说，偷东西，被我们追，从墙上掉下去，大概脚有点伤了，叫痛，小偷说，什么叫有点伤了，是重伤，脚断了。警察笑，说，脚断了，你等着吧。

　　他们押着小偷从出事地点走到派出所，五里地，到了派出所，小偷说，我脚痛。警察说，脚痛就到医院去。警察没有交通工具，他们押着小偷又走了五里路，从派出所来到医院。

医生捏了捏小偷的脚。医生其实心里已经明白，但是医生说，拍张片子去吧。

警察和小偷一起去拍片子。

片子出来了，小偷也凑过去看。

医生指着片子上某一处，说，骨折。

小偷一听"骨折"两字，"呀"的一声，就瘫倒在地上，警察怀疑，说，会不会搞错了。

医生说，不会的，这又不是疑难杂症。

警察仍然怀疑，说，骨折了，怎么能走五里地，再走五里地？

小偷在地上突然大哭起来，说，我说我脚断了，我说我脚断了。

医生说，上床去，绑石膏。

警察抬小偷，小偷像一摊烂泥，难抬，警察气喘吁吁地将小偷放到床上，上过石膏，医生说，好了，可以走了。

小偷躺在床上不动。

警察说，走呀，想在这儿过年？

小偷翻身起来，坐着又不动。

警察说，怎么，想要我背你？

小偷没要警察背，他下了床，用一只脚跳了几下，没跳出伤科门诊。

警察说，算了算了，警察往小偷前面一蹲，小偷趴到警察背上。警察背着小偷，走出医院，走远了。伤科门诊里大家都笑。一个人说，骨折了还能走十里地？另一个说，这大概叫心理作用吧，现在回去他一步也走不成了。又一个人说，警察也真是，还要背着小偷。大家说，这是没办法的事。正轮到我推拿，我听到我的颈脖子在医生的手下咯巴咯巴作响。

楼下人家

我们家的住房，是在一片低矮的旧民居中突然竖起来的一幢六层新工房，原以为随着这一幢楼房的竖起，跟着会有许许多多的楼房起来，可是没有，我们家所在的这楼房，十多年来，一直鹤立鸡群般站在这里。

在初春的某一天，从我家楼下的某个小屋或小院里袅袅飘来了哀乐，我的心被拨动了一下，许多年前，当我们这幢六层楼突然矗立在一大片低矮破旧的民房中的时候，当我们家拿到了这幢楼房中的某一套住宅的钥匙时，就注定会有各种各样的声音从楼下的平房小院里传上来，让我听到，让我的心被拨动一下，或者也可能我无动于衷。

哀乐从楼下的一个小院传来，我走上阳台朝楼下张望，阴冷的春风吹得脸上生痛，在我们搬迁到大楼里来的十多年里，我们每天都能看到小院里的活动。 在夏天我们一不小心就看到小院的天井里有一个光溜溜的身子在洗澡，楼下人家的坦荡，逼迫着我们不断地走进窘境，感觉上不是我们看到了他们光溜溜的身子，而是我们光溜溜的身子被他们看到了。

如果我没有记错，这位刚刚离去的老太太，是我们搬迁到大楼来以后，这个小院里逝去的第五位老人。 在我们刚刚从和楼下的小屋小院类似的环境中进入大楼的时候，我们怀着好奇探视楼下的一切，在不断的探视中我们感觉到楼下邻居情感的变化，对于冬天挡住他们太阳、夏天遮住他们凉风的大楼，他们曾经满怀愤怒，他们向造房者索赔各种各样的损失费。 当大楼在他们的愤怒中站立起来，大楼居民的脑袋不时地出现在他们头顶上的时候，他们的愤怒已经变成无奈，望楼兴叹，再过一阵，他们连无奈的情绪也失落了，剩下的只有坦然。 他们坦然地面对压在他们头顶上、时时刻刻都可以掌握他们的行动的高大阴影，我继续朝楼下小院里张望，我看到老太太的女儿坐在小院里的一张小矮凳上，一前一后地俯仰着，哭着念着，她的口齿不是很清楚，也可能是有意含含糊糊，我听不清她念的什么。

楼下小院是一座已经破旧的小院子，在我们刚刚搬迁来的时候，我们朝小院探望，我们看到这小院里人丁兴旺，给人的感觉乱糟糟的最突出最明显的印象就是小院里老人特别多，像个敬老院似地，冬天的时候，院子墙角边，一排坐开，晒太阳，无声无息的生存着。 我们过了很长时间才慢慢地明白了他们家的一些人物关系，爷爷奶奶，外公外婆，父亲母亲，一个女孩，两个男孩，其实弄明白楼下小院里的人物关系，我们家，对我们家的每一个人并没有什么影响。

在弄清了楼下小院里的人物关系以后的几年里，我们开始眼看着小院的人物一个跟着一个地离开了，他们一个接着一个到了另一个世界，所以我们家保姆老太说，日子过得真快。

其实我还说漏了一件事，在楼下小院里的老人一个跟着一个走过去的同时，小院的生命并没有减少，另一种生命的形式又一个跟着一个走过来了。 在我们开始窥探大楼下的许多人家包括这家小院的时候，小院还是一个没有孩童的世界，在这些年里，他们家的一个女孩嫁了人，一个男孩到别人门上做了女婿，另一个男孩子则将一个女人娶了回来，这样就有了他们家的外甥，有了一个孙女，又有一个小的孙女，他们基本保持了人丁兴旺的特色。

有很多人从小院进进出出，他们一律穿戴着丧服，忙忙碌碌，但给人感觉忙而不乱，忙得很有秩序很规范。我想这大概和他们家不断有人上路有很大的关系吧，若是换了一个人家，多少年也不办一次红白喜事的，猝然碰到一次，一定会乱了阵脚。

有两个小孩子在小院里窜来窜去，另一个坐在摇车里，他们披麻戴孝，嘴里发出快乐的声音，这是小院的第四代。他们现在还不明白死是什么，如果一定要追问他们的想法，他们也许会想到，死是一件让他们快乐的事情，他们从幼儿园的笼子里放出来，来到一片暂时没人管理他们的天地里，这里的大人都很忙碌，很少有人腾出精神来斥责他们。

天终于黑下来，楼下小院里的人声已经渐渐隐去，但是灯火仍然通明，守夜的人在小院里默默无语地等着天亮，远处有一两声狗吠传来，小雨仍然无声无息地下着，永远不断似的，夜在雨中愈发的宁静。

第二天，老太太坐上火葬场的车子，真正地上路。

老太太就这么去了，轻轻的，很快，再也没有人提到她，许多天以后，家里人给老太太做五七，消失了的老太太似乎又重新出现在这条小巷里，出现在大楼和小屋之间，做五七是哭七七中一个最重要的步骤，请来一群道士。在家里做道场，道士身穿深蓝色的道袍，头戴深蓝色的道士巾，或坐，或站，或绕场走圈，将鼓，锣，笛，二胡等乐器演奏出催眠曲般的道教音乐，替死去的人，也替活着的人超度做斋，在悠长婉转的音乐声中，从另一个世界回来看望自己的灵台的老太太的亡魂笑了，她说，这下我可以放心地走了。

这是民间的传说。

但是楼下小院人家给老太太做五七，请来道士做道场，彻夜不息的事情却是真的。 夜里我站在自己家的阳台上朝楼下小院里张望，我看到道士们非常认真地做着自己的工作，司鼓，司笛，司二胡，演唱，持鱼，持磬，分工明确，我感觉到那种音乐已经浸入了我的内心深处，我有一些感动，但我不知道为什么，我不知道是道教音乐中的什么东西感动了我，还是替老太太做隆重的五七这件事本身感动了我，那一夜，大楼和小巷里的人几乎都是在怪异神秘的道教音乐中睡去。

几天以后，我在新华书店看到有道教音乐的磁带卖，我买了一盒，回来就迫不及待地将它塞进录音机，道教音乐声起来的时候，我的心就开始疼，并且越来越疼，我胆战心惊地关了录音机。 我曾经听说过一些带功的磁带会产生让人想象不到的效果，我不知道我买回来的这盘道教音乐磁带，是不是也带着一些怪异神秘的磁场，这磁场一定和我身上的某种磁场相冲突，不能兼容，我赶紧把磁带放回它的包装盒里，收起来，让自己看不到它。

转眼就是百年，老太太去世的时候，他们家最小的孙女还不会走路，现在你再往下看，小孙女已经在院子奔来奔去，不时撞到些物件，她妈妈端着饭碗在后面追她，再过些日子，她就长大了，我们都要老了。

现在我们这大楼里许多人家都有铝合金窗将阳台封起来，有一天我们家也跟上了，也封了阳台，现在我们很少再站到阳台上往下看，也不知楼下人家过得怎么样。

小学同学

和小学同学常常来往的，大概不会很多吧。

好些午来，我只有和一个小学同学曹小燕还经常通通信息。

我们分手的时候只有十二岁，上四年级，遇上"文革"，就停课了，不再到学校，也不再和同学在一起，许多年以后谁也不知道谁到了哪里，过得好不好。我的这位同学，在大约十多年前，突然找到我家来了，那一阵我被车子撞了，轻度脑震荡，影响睡眠，她来的时候，我正在睡觉，我母亲说，我是叫醒她呢，还是不叫醒她，叫醒她吧，又有些不忍，不叫醒她吧，你们二十年没见面了，你能找来，真是不容易。我同学说，别叫了，我以后会常来的，母亲就没有叫醒我。她和我母亲聊了很长时间，我一直没有醒。

有一段时间她却没有常来。她到外地去学习或者是去干别的什么工作了。

当她再次来到我们家，已经是几年以后，她一进门，就看到了我母亲的遗像。

她很伤心，眼睛红了。

以后，她就真的常常到我这里来，或者打个电话问问情况，她对我的关心，远远超过我对她的。

今年过年前，有一次，她突然说，你记得李平吗？

我说记得的，当年，在小学里，我们三个最要好。

曹小燕说，也不知道她在哪里。她有些惆怅，停了一停，问我，要不要我去找她？

我说，你能找到？

她点头。

过了不久，曹小燕的电话来了，告诉我，她找到李平了，她很激动，在电话里就迫不及待地说了李平的一些情况，她说她到李平家去了，只是没有见到李平，见到了李平的妈妈，李平的妈妈向她说了李平的一些事情。

就约好了，过年的时候，她和李平一起到我家来。

到说好的那一天，我听到敲门声，去开门，一眼，我就知道来的这个人是李平。

我说，你是李平。

李平说，我一看，你仍然是那样子。

我们三个都笑了。分手的时候十二岁，我们三个同年，今年是四十二岁，整整三十年，还是那样子？哪样子？扎两个羊角辫？穿吊在肚脐眼上的灯芯绒外衣？

李平笑眯眯的，和和气气，一点脾气也没有，小时候就这样，她白白胖胖，很富态，我们和她开玩笑，说她像香港富婆。李平说，我什么富婆，我是最没有意思的了。

我们三个人，就是李平一直留在城里，没有下乡，初中一毕业，就进了校办厂，二十五年没有动过。

曹小燕说，你不知道吧，李平的男朋友就在你们这个大院子里，所以李平对这儿很熟的，说着，看看李平。

李平又笑笑，看着我，说，我的事情你晓得吧，前几年我离婚了，口气平平淡淡。

曹小燕说，不明白，像李平这样没有脾气好性子的人也会离婚。

李平说，嘿。

我说，现在这个人怎么样？

李平说，也说不出怎么样，反正还没有结婚，就吵过几架了。

曹小燕问我，你说说，应该找个什么样的男人？

我想了想，我觉得我说不清楚，但我还是说，女人在年轻时和年纪大些的时候，对男人的要求也许不一样吧，是不是年轻时更喜欢男人的潇洒、气派，上了些年纪，或者身体不太好的，也许就更愿意男人是个体贴的善解人意的人？

曹小燕说，对，对。

就这样我们谈谈说说，整整一下午。

她们告辞。我送她们下楼，看着她们远去，直到看不见。

我想，小学同学，三十年后见面，不容易呀。

听说，还有幼儿园同学在一起聚会呢。

苏州女工

在黄梅天到来的时候，许多老人都发起老伤来。

许多年来我一直伏案写作，不知道生活中还有别的快乐和轻松，我几乎将写作视为我的唯一，我在写字台前一坐就是一整天，又一整天。许多人对我说你要进行适当的体育活动，我却把这样的话当作耳边风，并且有些不以为然。

不知从什么时候开始我得了颈椎病。我想这很正常也很合理，我并无很多的怨言，一个人付出什么就得到什么，他得到什么同样也就要付出什么，这道理我想得通。

我的颈椎病已经有相当长的时间了，只是我从来没有把它当做是什么病，也不愿意去看看医生，也不曾去接受过什么治疗。我不知道这是惰性还是什么。我在忍无可忍和暗自担心的情况下，也向人说说我的颈椎病，大家听了，都说，哦，职业病，没办法的；或者说，颈椎病，我也有，谁也有，基本上不把颈椎病当一回事儿。我想，那是，本来我也知道它算不了什么事情。

在阴雨连绵的天气里，它不客气的发作起来。我时而头晕，时而头痛，时而胸闷透不过气来。在夜晚我的肩和背疼得难以入睡，因为根本不能使用枕头，倒栽葱似的躺法让我觉得天旋地转，常常用安眠药帮助睡眠。 并且像神经衰弱病人似的，以为黑夜是世界末日，而早晨又会感觉一片光明。 可是颈椎病的早晨一样让人感到沮丧，在早晨起床时感觉到从后脑勺到背部整个就是一大块铁板。 我活跃不止的思维和它的外壳形成了强烈的反差。 我若想回头看看窗外的景象，我必须带着我的背一起去看。

这时候我才觉得不能再懒了，我得去医院找医生了。 我来到医院的伤科门诊。 我看到许多和我一样发着老伤的女人，医生告诉我，她们大部分是女工。 我和一位四十多岁的女工说说话，我说，你什么病？ 女工说，呀，我的病呀，多着呢，她指指自己的腰，然后是颈，然后是腿。 然后是头，说，到处是。 我说，怎么得的？ 女工笑了，说，他们都说我是做出来的病。 女工在工厂上班辛辛苦苦，下班以后立即奔到菜市批发部批发了菜到市场上去卖，女工自己拼命挣钱并且省吃俭用，所有的生活用品都拣处理品买，女工脚上的皮鞋，女工手里的提包，无一不是削价商品。 女工抬起脚让我看她的鞋。

我不知说什么好。 大家都笑，说，活该。 女工也笑，说，是活该。 我做了也是白做，我节省了也没有用，我男人讲面子，穿要名牌，吃要高档。 大家说，你做了给他用？ 女工说，每一对夫妻都是搭死的，你这样，他便那样。 大家又笑，说，那是，要不然你家不发死了。 只做不用，钱往哪儿堆呀。 女工突然叹息了一声，过了好一会她说，现在我想通了，我再也不做了，我也不节省了。

只不过，治疗结束后，她又急匆匆地走了，干活去了。

大　妹

　　我不太清楚大妹的确切年龄，从来没有问过，她是苏州农村的一个普通妇女，又是一个苦命的妇女，年纪很轻的时候，丈夫就死了，拖着两个很小的孩子，又得了血吸虫病，常常要住院治疗，又要干农活养自己和孩子。不知在那些年，她是怎么过来的。

　　我们和大妹结识，是在医院里。大妹和我母亲住一个病房，算是病友。大妹是血吸虫，我母亲是癌症，因为医院小，不分什么科什么科，病人都混住在一个病房里，就这么认识了。印象中最先母亲告诉我，说大妹很穷，住院期间从来舍不得买菜吃，都是萝卜干就饭。有一回馋不过，去买了些猪尾巴来，吃得非常节省，一直吃到猪尾巴发腻、长毛，仍然每天咬一点每天咬一点。我们家也不富裕，所以也不可能给大妹什么关照。

　　大妹的病经过许多次的治疗，渐渐好转了。我母亲的病情却越来越严重，最后生活也不能自理了。我们都忙着工作、学习，没有很多时间每天照顾我母亲。我们和大妹商量，请她照料我母亲，大妹便答应了。从此以后，大妹一直住在医院里，陪着我母亲，一直到我母亲去世。

　　我母亲去世前的那个冬天，因为病痛，每天晚上都要折腾许多次。 起床、躺下、再起来、再躺下，我母亲叫大妹起来，大妹就从被窝里爬出来，冻得直抖，帮助我母亲拿药、倒水、上厕所。 大妹说，真冷，真冷，那一年的冬天，真是特别的冷。

在大妹住院的日子里，大妹的两个孩子，有时候也到城里来看看母亲，吃一顿饭，下午再回家去。 大妹的孩子，从小没有父亲，母亲又生病，一直是自己照顾自己。 现在孩子大了，大妹开始为他们发愁，她希望孩子们的生活比她好，不要步她的后尘贫穷一辈子，但这只是大妹的心愿，大妹没有能力把自己的心愿变成事实。

但是命运却把大妹的心愿变成了现实。 大妹所在的村，被一个火电厂征用土地，村里每户摊上一个人作为征用土地的对象进电厂做工人。 分配给大妹这个村的名额，除每户摊一个外，还多了几个。 村上的人家，家家都在为这几个多余的名额奋斗。 大妹求我父亲替他帮帮忙，我父亲在县委工作，果然给大妹帮上了忙。结果，大妹的两个孩子，一转眼，都成了国家的人，进电厂工作，每月领工资，吃皇粮。

我母亲去世以后，大妹就回去了。 以后，每年到年底的时候，大妹都从乡下出来，带一只猪腿给我们。 大妹背着沉重的猪腿，下了火车，再上公共汽车，然后下公共汽车，到我们家，还得走二十分钟。 大妹就这么每年来一次，和我们谈谈乡下的事情，谈谈她儿子女儿的事情。 我们呢，送大妹几本挂历和其他的一些年货。 到下午的时候，大妹看看时间，说，差不多了，我得回去了，大妹就走了。

除了在年底的时候，平时大妹也到我们家来，那多半是有什么事情要托我们替她办的。 比如媳妇的工作，太辛苦，想换个岗位。也或者不是她自己的什么事情，是村上哪家的事情，知道大妹认得我们这家人，便由大妹带着他们一起出来，找到我家，把事情说了。 我们答应替他们想办法，有的时候，事情能够办成，也有的时候，事情办不成。

在这许多年间，我们家如果有什么困难，需要大妹帮忙的，我们就给乡里或者村里打个电话，叫他们通知大妹。 大妹接到通知，会马上赶出来，来帮助我们。 有一阵我哥哥的孩子没有人带，大妹还专门到南京去替我哥哥带孩子。 可惜后来大妹身体又不好，回来了。 大妹直叹息，说，哎，我没有福气，南京的日子多好呀。

很快，大妹的女儿有了婆家，婆家是镇上的有头有脸的人物，比较富有，但是他们家的儿子是农村户口，事情就平衡了。 大妹女儿出嫁后，大妹的儿子也开始谈对象，开始担心电厂没有房子分。 大妹考虑要给儿子造房子，但是没有造房子的经济实力，虽然儿女都做了工人，但是他们的工资都得要自己准备着结婚生子用的。 大妹在村里的一个厂看浴室，收入不多，后来厂办不下去，浴室也停了，大妹就没有了收入。 大妹没有钱给儿子造房子结婚，后来还是电厂给大妹的儿子分了房子。 大妹的儿子有了房子，到了年龄，就结婚了。 大妹的媳妇和大妹的女婿一样，也是个农村户口。

去年年底，大妹破例没有到我家来。 我们有时想起来也议论议论，不知道大妹是把我们忘记了呢，还是另有什么事情走不开。到了开春后，一天，大妹却来了，告诉我们，她的儿子也已经有了孩子，把大妹接到他们的家。 大妹帮助儿子媳妇带孩子，只是他们的房子太小太小，只有一间，隔出一小块给大妹搭了一张床。大妹说，每天我只能从床脚跟头钻上床去。 大妹在我们家四处看看，有一种久违的亲切感。 她长长地出了一口气，说，我今天要在这里住一个晚上再回家。 我可以想象在那个狭小的空间，大妹连呼吸都有些阻碍。

我们问大妹，你住到镇上了，乡下的房子空关着？ 大妹说，租给外地人了，第一次出租，被外地人骗了，住了一个月，没有付钱，人逃走了。 这一回，大妹说，我叫他们先付钱。 我问大妹他们付了没有，大妹说，他们先付了一半。

大妹牢牢记住女儿家的电话，到了晚上，我替大妹拨电话，要告诉一下大妹今天不回家。 但是怎么拨也拨不通，大妹守在边上看着我拨电话， 脸的疑惑。 我拨了一遍又一遍，实在没有办法，我把大妹牢记的电话号码重新组合排列，经过各种排列，也仍然打不通。 大妹口中不断地说，咦，咦。 后来大妹便开始自己拨电话，也一样，仍然拨不通。 我问大妹会不会一家人都出去了，大妹说，女婿在外地干活，但是女儿一定是在家的，有个上学的孩子，家里不可能没有人。 大妹这么一说，我倒有点担心起来，但是我不敢说出我的担心来。 大妹后来又拨了很长时间电话，据说第二天早晨一起来又继续拨，因为我起得晚，没有看到。

后来才知道是大妹记错了电话号码。

台湾老板在苏州

苏州台资企业的数量，在全国也是称得上的。

想象中的台资企业，好像应该有豪华的企业大楼，门前有宽畅的大路，厂区是园林式的，还有喷泉，等等。但是这个台资企业不是这样，它在一个偏僻的乡间，是泥泞曲折的道路，厂房是旧了的，工人是当地村里的农民，眼中是我们已经久违了的朴拙的目光，用手工的方式生产着外销的漂亮的气球。这一个台资的企业，高昌公司，就是这样默默地存在于大陆江南乡间的某个角落，创造着财富，也营造着一种与我们的想象相去甚远的奇特生活。

唯一看得出它台湾特色的，可能就是出来迎接我们的老板陈永龙先生了。握着手的时候，就已经在想，这个儒雅温和的陈先生，与这个乡村尚落后的环境相应相适吗？但很快就知道这种想法是错了，桥头村的农民，与陈先生是熟透了的，陈先生十年前来这里办厂，他早就是他们中的一分子。当然，对乡民来说，陈先生恐怕自始至终都是一个另类的分子。陈先生有一艘小快艇，他自己会开，高兴的时候，不高兴的时候，有客人的时候，没客人的时候，他都会开到阳澄湖上去兜风，乡民只是偶尔会在外国电影里看到这样的镜头。一个老农妇看我们坐在小艇上要出去了，她嘀咕说，老板会白相的。 这就是乡人眼里另类的陈先生,他们即便是有了像陈先生一样多的钱,也不会像陈先生这样生活在乡间的。 他们在台资企业上班,将工资积攒下来,造新房子,给儿子造了,再给孙子造,有马赛克贴墙和蓝玻璃遮阳,门面上光鲜起来,只是他们的卫生习惯可能依然有些问题,使得本来应该清澈的河水,变得复杂起来,我们的小艇在许多可疑的杂物间飘浮,心头也不免浮起了一些遗憾。

小艇停泊在一个小小的、废弃了的旧码头,我们找不到上码头的路,陈先生带着我们走的其实不是路,只是杂草和几个脚印,就这样我们一点一滴地看一看陈先生乡间生活的缩影。 艇到了阳澄湖上,便是另一番情怀和景象了,辽阔豪迈,使人心旷神怡、流连忘返。 陈先生曾经就迷了湖,幸亏带着手机,打出电话去问路,才摸了回来,虽有这一番冒险的经历,陈先生对阳澄湖的感情却更加深厚了。 后来就看到了那只捕鱼捉虾的小渔船,陈先生将小艇靠拢去,拿地道的方言问道,阿有虾? 虾是有的,而且鲜活,只是小了一点,也贵了一点,但陈先生还是买下了。 陈先生说,这是特意让我们体会生活,真是要谢谢陈先生。 一个朋友告诉我,陈先生来大陆办厂十年,有太多太多的故事,太丰富的经历,哪天让他跟你说说。 我想也许会有机会。 但即使没有更多的机会,也即使今后难得再见,关于高昌企业和陈先生的点点滴滴,我们都会很久很久记在心间的。

晚餐也是陈先生别出心裁的设计,在农田环绕的厂区里,露天的自助烧烤加啤酒,使得本来还有些陌生感的聚会生动灿烂起来,加夜班的工人在那边笑眯眯地看着我们,但我不知道他们在想些什么。 我手忙脚乱地对付着乡下的蚊子,蚊子很凶,猛烈地攻击我们这些曾经在乡下呆过、回去以后很少再到乡下来的城里人，大家不停地劈劈啪啪打蚊子。听一个人在说，乡下的蚊子大得像麻雀，大家笑他喝多了，但我注意到陈先生好像无动于衷，蚊子不咬他，大陆乡下的蚊子认得陈先生，因为他在这里呆的时间，比我们多得多。

可惜我们不能看得更多更深一点，也无从了解什么背景，所以我并不知道这个台资企业的产值利润，也不清楚它的贡献有多大，只是觉得，一个事业有成的台湾商人，放弃舒适优越的生活，守在艰苦的大陆乡村，日复一日做着一只又一只的气球，这些气球，会在世界各地飘飞弘扬。陈先生的这一种平常而又坚韧的奋斗精神，令我滋生出敬意。

那一晚在回家的路上，经灭渡桥，虽时间已晚，也疲劳，但还是有兴致下车来看一看。看着运河沿岸闪烁的灯火，想到此时朋友散尽，高昌厂里已是人去屋空，留下陈先生一人在寂寞的乡间，秋虫声中，不知陈先生今夜睡得是否踏实安详，或者为谋划企业的明天，陈先生依然操劳着。

灭渡桥上，听到许多人由衷赞叹，苏州真美。听着，心里不由一动，想，这里边，不是也有着陈先生的一点贡献吗？

这边风景

一个深秋的下午，苏州十中校园，遍地金黄，瑞云峰一如既往无言无声地守候着时光，不远处的王鏊厅里，举行着一场简朴而又绚丽的诗歌朗诵会。

一首《风景》打动了我：

过去的我是一只不知疲倦的鸟/一朝醒来我突然变成了一棵树/一棵再也不走/再也不盼顾/再也不漂泊/再也不浪漫的树/从鸟变成树/是一种痛苦/一种失落/一种悔悟/是与天地的默契/也许我会天长地久站成一块化石/也许我会站成一道风景

一首诗打动了我。但打动我的，不仅仅是这首诗，更是这首诗的作者柳袁照。他是十中的校长，一个在应试教育的舞台上表演得酣畅淋漓又疲软至极的重点中学校长，毫不犹豫地给了自己一个异度空间：写诗。而且，他不仅自己写诗，还影响了他的学生也写诗，另一首在朗诵会上被选中的就是他的学生王禹的诗《涂鸦》：

我有两只手/都一样消瘦/看着我的墙/用我的手在上面画上两只狗/他们也一样消瘦/是否？/还应该有一片黑沙漠/让他们一只向左/一只向右/独自走走/可是不能够/因为我消瘦的手/因为我只画下两只消瘦的狗/不是像墙一样厚实的骆驼/而是两只狗/都和我的

手一样消瘦

　　就这样，校长和学生，他们的诗都上了台，都走进了每一个聆听者的心灵。在这一时刻，在别的学校和别的教室，老师在板书 X＋Y，同学们在背诵 ABCD，而柳校长和他的学生，却恣意纵横地沉浸在诗情画意中。这里没有枯燥，没有乏味，没有呵欠连天，只有跃动的心律和从心底流露出来的热爱。

　　那一天的十中校园里，有诗声回荡。朗诵会很快就结束了，明天也没有朗诵会了，后天也不会有。但是这一天短短的朗诵会，却给了这个校园一个气场，一个大大的浓浓的气场，一个经久不散的气场。这个气场，就是文化的氛围，就是素质教育的环境。

　　我是这样想的，一个学校，有一位诗人校长，有一位校长诗人，对于他的数千名学生来说，肯定是一件好事情。

　　那一天我走出王鏊厅，看着校园里的秋天，真是风景这边独好啊。

　　不多天后，我看到了柳校长即将出版的一本新书。这是一本图文并茂的书，是他的摄影作品和散文的合集，就在那一瞬间，我又想起了风景，想起属于柳校长的这边风景。

　　对于我来说，其实与柳校长并不陌生，柳校长的文章也早有拜读，还看过一些他主编的书籍，但是当我读到这本新书，我还是有了再一次认识他的感觉。在这本书里，柳校长的文字大都是写的风景，有大自然的风景，有人生的风景，他把自己置身于风景之中，他是一位赏景人。乡村，山林，江南，北欧，母亲，兄弟，朋友，梦一般的西藏，都是他眼中和笔下的风景。

　　那么他自己呢？他早已经把自己融化在风景之中。一个人用心赏景，风景给予他的回报，就是熏陶和造就。于是，这一个赏景的人，就再也不是从前的那个赏景的人了。

　　我们心目中的中学校长，或者我们想象中的中学校长，大概总是被分数、被升学率压迫得焦头烂额，无处逃遁，而柳校长却能够在繁忙紧张的工作之余写诗、作书、拍照，这是因为他给了自己一个极为辽阔的空间，在这个空间，他的精神是自由的，他的思想是不会被禁锢的，也许他是一棵站定了不再漂泊移动的树，但是树的灵魂永远飞翔在辽阔的天空。

往前走

和盛小云一起相聚、开会，聊天、吃饭，都是一种难得的享受，因为她的一举手一投足，她的一言一语，她的一笑一颦，都有滋有味，有姿有态，有模有式，富有特殊的感染力。有一次她说到家里养的一条小狗时，那神情，那动作，那声调，生动逼真，活灵活现，令人捧腹，令人浮想联翩。

有时候我会想，她是不是把日常生活也当成演出了，她是不是把会场、饭局也当成舞台了？后来接触多了，我渐渐地了解她理解她，我想，她确实已经把自己的人生融进了她的评弹事业。过去常说"台上一分钟，台下十年功"，而盛小云入行许多年来，因为功随人走，功随人进，她的"功"已经达到不分台上台下，不分舞台演出和日常生活的境界。经过了许多年的历练，她已经把自己练成了一个融艺术和人生为一体的特殊的人物了。

说盛小云特殊，是因为她被誉为"东方戏剧之星"、"中国最美的声音"，而且是当之无愧的；但同时，她又是平凡的，又是日常的，在和她一起外出开会活动的时候，我听到最多的就是她给母亲、给丈夫、给儿子打电话，琐琐碎碎，什么事都要关照个细，关照个遍，典型的贤妻良母。在外面，要挺起胸膛，振奋精神，巾帼不让须眉，而心里又放不下家长里短、儿女情长，这就是盛小云的丰富人生，这才是盛小云的完满人生。

近年来，盛小云的进步如日中天，中国曲协副主席、江苏文联副主席、江苏曲协主席，等等等等，许多荣耀包围着她，罩在她头顶的光环不可谓不亮堂，不可谓不耀眼，她凭借自己的实力得到了这些称号和光环。更可贵的是，盛小云没有被光环罩盖了她的纯真，也没有被荣誉阻挡了她的进取，熟悉她的人，不会被那些光环遮住眼睛，我们都能看到她光环背后的艰辛和付出。

她始终扎根在民间。她十分清醒，只有扎根民间，她的事业才会有生命力，这是她在成长过程中感悟到的真理，也和她从小就跟着父母下放到农村的那段生活不无关系。无论是出道之初，还是成名以后，她都长期在基层演出，先是跑遍了江浙沪的大小码头，一年几百场演出，默默无闻，一演就是十多年。书场里的掌声、笑声就是对她最大的鼓励，也使她逐渐地成熟、逐渐散发出耀眼的光芒。

我经常有机会和盛小云一起外出开会，每次她的行头总要比我们多得多，重得多，演出服装、道具、光盘磁带，那是她的吃饭家当，到哪里都得带上。一个柔弱的女子，许多年来拖带着沉重的行头东走西奔，南来北往，其中的艰难和辛苦，不是光凭我们的想象就能体会得到的。不像我们写字的，走到哪里，有小小一支笔就能解决问题了。盛小云从乡间出发、从基层出发，一直走向了全国，走向了世界，多次出访美国、加拿大、法国、荷兰、新加坡以及香港、澳门、台湾等地演出并获得赞誉。但是她的心仍然在基层，在苏州，那是她艺术和人生的根基所在。

我没有问过盛小云，如今她身兼数职，事务繁忙，她的表演艺术也已经达到了相当的高度，她还有时间，还有愿望再提升自己的水平吗？ 但是我相信，她一定不会因为当了这个、当了那个，就荒废了专业，无论身在何处，她都念念不忘自己业务的精进，不断谦虚地向同行学习，向群众学习。 我记得她曾经向我们力荐周立波，当她绘声绘色地给大家讲述周立波的表演时，那种真情，那种敬重，那种打心眼里发出的钦佩，那种广泛吸取各家所长的开放精神，都让我们深受感动和启发。

评弹作为地方曲种，受众更多的集中在江浙沪，如何突破语言的局限，将这个曲种推广开去，让更多的人了解它，喜欢它，盛小云作了许多努力。 她曾经参加过一部电视剧的拍摄，出演的就是一位评弹演员。 盛小云说，她并不看重戏份的多少，主要希望通过镜头，把苏州评弹的魅力尽情展现给全国的观众。 去年秋天，江苏台湾周期间，江苏的文艺家在台北举行了一场文艺晚会，晚会集中了江苏众多的演艺节目精粹，其中就有盛小云的弹词《情探》。

演出结束后的第二天，我们江苏教育文化团的几十名团员聚在一起谈论这台晚会，评论一个个精彩的节目，最后得出了基本一致的意见，把最佳节目给了盛小云。 其实，整个教育文化团里，苏州人很少，我特意询问大家，是不是听懂了这个最佳节目，大部分人说，听不懂，但它还是最棒的。 听不懂，竟然能为之折服，除了说喉弹唱炉火纯青，盛小云表演的架势，韵味，眼神，表情，无不令人魂牵梦绕，这就是盛小云精湛艺术的功力、魅力和魔力，这也是值得盛小云和所有的评弹演员骄傲和自豪的。

也许盛小云并不知道大家在背后对她艺术造诣的高度评价，但这些评价听到或听不到，对盛小云来说并不重要，重要的是她在每一场成功演出之后，不会停留在获得荣誉和取得成就的地方，她会立刻往前走，去付出更大的努力，进一步开掘和提升艺术才华，走向新的艺术和人生的境界。

从光裕社出发

有一次我到一个乡镇的社区活动中心，那里有一个书场，每天下午都有评弹演员来演出，几乎场场满座。看过书场之后，我们又去看了演员歇脚的地方，社区负责人不无骄傲地介绍说：现在条件好了。

从前跑码头的评弹演员，到一个地方住上十天半月，甚至更长时间，是谈不上"条件"两字的，有什么地方住什么地方，茶馆、灶间、小旅社，有的就在舞台背后地上铺个被褥就将就歇了。现在我们看到的这个休息处，床铺干净整齐，冷暖空调，还配有卫生设备，和从前比起来，确实是大为改善了。

但是说实在话，看过之后，心里还是觉得它很简陋，甚至有些寒碜。可能是因为我们这个时代，到处都是星级宾馆，到处都是豪华奢侈，有时候，你进到一个宾馆的房间，五彩缤纷，眼花缭乱，你简直不敢相信这就是给人睡个觉的地方。相比之下，眼前的这个小房间，就朴素到令人感慨了。

这时候，我忽然就想起了一个熟人：盛小云，苏州评弹团的演员。我和她见面的时候，她或者是在台上演出，或者是参加什么会议，所以，在我面前的她，几乎总是盛装打扮，在舞台上演出，光彩照人，像不食人间烟火的仙子；在会场里静坐，端庄安详，似一幅舒缓平和的人物肖像。

其实我知道，这只是我见到的盛小云生活中的一个小片段，一个小场景。更多的时候，作为一名评弹演员，她不是盛装打扮，也不是休闲端坐，而是拖着沉重的行头，和她的同行——苏州评弹团的演员们一起，行走在去往演出场所的路途中。他们要去的那个地方，一定不是金碧辉煌的大剧院，也一定不是花团锦簇的厅堂楼馆，因为评弹这个艺术行档，本身就是存活在最民间、最基层的百姓中的。于是，许多年来，他们南来北往，风雨兼程，不停地行走在去往民间书场的路上。

盛小云是苏州评弹团的一员，她的一言一行，就是这个团体折射在她身上的投影；或者，我们也可以换一个说法，盛小云的举止作为，应该就是苏州评弹团的真实写照。

一个独特的地方曲种，一个在喧嚣繁华的时代坚守着自己独特性的艺术团体，艰难而又辉煌地走过了六十年。无论是有人鼓舞还是无人喝彩，无论是受到追捧还是遭受冷遇，苏州评弹团一如既往地走着自己的路。评弹演员，唱的是自己一生的追求，演的是自己与生俱来渗透在血液中的热爱。

所以，甚至不必怎么鼓动，甚至无须什么奖赏，他们总是在努力，总是在奋斗，观众坐到书场里，就是对他们最大的安慰和激励。如今，他们一年的演出场次是 6000 余场，那么，六十年积累起来的总数，六十年沉淀下来的成果，既是一个惊人的数字，更是一部感人的大片。

他们始终行走在坚实的大地上，为百姓演出，为大众服务，才会有如此顽强而灿烂的生命力；他们把握时代脉搏，融入时代大潮，对艺术精益求精，对书目整旧创新，不断地应对市场，才能有如此生动不衰的艺术活力，他们以自己的不懈努力，为评弹这门优秀地方艺术的生生不息，代代相传，发扬光大，做出了非凡的贡献。

在过去的许多年中，我经常会在下午时分，在苏州的旧街小巷转悠，到苏州的老宅中探望，时有天籁之音飘飘而来，又飘飘而去。六十年来，苏州评弹团的演出，像风一样吹拂着苏州以及苏州以外的许许多多的大街小巷，她美妙的音韵，随着时光，随着岁月，散落在每一寸土地的经经络络之中。艺术的养料，渗透了一处又一处，与此同时，这些地方，又将它所吸纳的这些珍贵的文化气息，经久不衰地散发开来，弥漫开来，让评弹之声，布满和飘动在每一寸土地、每一方天空。

在过去的许多年中，我也时时穿过宫巷第一天门的光裕社旧址，每每这时，似乎都能看到浓浓的艺术烟火依旧升腾而起，能够感觉到故人的精神气仍然在这里行走。六十年，弹指一挥间，苏州评弹团从民间出发，从基层出发，从苏州出发，一直演到了海峡对岸，演到了大洋彼岸，为苏州评弹这部艺术画册，增添着一幅又一幅的新册页。作为一个地方曲种，苏州评弹团这种开拓进取的精神令人感佩，他们为我们的文明社会所作出的贡献，都已经记录在历史的长卷上。

写着写着，忽然又想起一件事，一天晚上我在苏州火车站候车，碰到了评弹团里一批大有名头的演员，团长金丽生，盛小云，吴静，还有好些面孔熟悉的著名演员，他们带着庞大的行头，那是他们的吃饭家什。他们也在等火车，等的是一趟开往天津的普通夜车。在候车室告别的时候，我想到他们年复一年，日复一日的东奔西走，给更多的人送去欢乐和享受，心中充满敬意。

火车开了，他们又出发了。

从光裕社出发，他们一路努力地走过来，今后，他们一定会走得更好，走得更远。

光环背后的姚建萍

2006 年年底全国召开文代会和作代会，我是作代会代表，姚建萍是文代会代表，我们同行。 其实，在这之前，我已经认识了姚建萍，也多少了解了一些她所做的事情，所收获的成果，都是令人赞叹和惊讶的，所以，当姚建萍在文代会上当选为全国文联委员时，我是十分为她高兴的。

当然，这只是她所获得的荣誉之一。 近些年来，姚建萍以自身的不断努力，以她艺术上所取得的成功，赢得了许多赞赏的目光，她获得了山花奖，她当选为全国十大艺术英才，又被联合国教科文组织授予民间工艺美术大师的称号，许许多多耀眼的光环围绕着她，包笼着她。

如果我们被这些光环照花了眼，如果我们不能穿过这些光环走近姚建萍，我们就不能看清姚建萍，不能比较完整地去了解她。

我努力地试着穿越这些光环，甚至拨开这些光环，从光环中把她剥离出来，去看一个光环背后的姚建萍，寻找靠近她的机会，去了解一个真实的姚建萍。

我的目光穿越了时间和空间，来到了三十多年前苏州郊区的一个农家，八岁的农村女孩姚建萍，从母亲手里接过了那根细小得几乎看不见的绣针，开始了她的苏绣人生。 那时候的姚建萍，完全没有对前途对未来的思考和憧憬，她只是一个孩子，受母亲和当地农村风俗习惯的影响和熏陶。 从她开始学刺绣的那一刻起，她只是知道，她就是应该学刺绣的，她就是应该做一个和母亲一样的绣娘，无论她喜欢还是不喜欢，这是她人生必须走的一条路，甚至是唯一的一条路。

姚建萍自己也没有想到，一根小小的针，几缕细细的线，竟然能够为她开辟出如今这么一个大世界和高境界，一个生于农村、长于农村的普通绣娘，凭着她飞针走线的功夫，为苏绣艺术的传承和发扬光大做山了重要的贡献。

大家看见的姚建萍，是功成名就的一个典范，她所获取的荣耀，令人赞叹和羡慕。 但是在我的内心，我却始终觉得，姚建萍最值得庆幸的是——她的职业就是她自己的最爱。 也就是说，她在漫长的刺绣生涯中，深深地爱上了苏绣，深深地了解了苏绣，她是凭着对刺绣的热爱和执着在工作，在创造。 我经常说自己，写作写了许多年，已经养成了习惯，成了生命的一部分，哪天不写作，或者不是在为写作做准备，浑身就会难受，心里就会慌乱。 我虽然没有和姚建萍交流过这方面的体会，但我深信，姚建萍对于刺绣的感觉，跟我对于写作的感觉应该是一样的，除此之外，没有更有力的理由能够让她一再地克服重重困难，去攀登新的高峰。

在姚建萍的艺术馆里，集中展示了姚建萍和她团队的精品，其中有传统的苏绣作品，也有创新的内容，还有部分是"命题作文"，是接受了任务创作出来的。 但这几部分的作品，却又是互相补充、相映成辉的。 即使是传统手法，也纳入了创新的意识，即使是创新的作品，也继承了传统的优秀，尤其像《悠扬琴音》、《美丽春色》这些作品，更是融传统和新意为一体，达到了苏绣艺术的新高度，令人十分欣喜。

姚建萍也早已经不是一个单纯的绣娘了，自从苏州的木渎镇为她建立了以她的名字命名的刺绣艺术馆后，姚建萍肩上的担子就更重了。她的团队越来越壮大，已有一百多名绣娘，创收的任务也就越来越加重，她的名声越来越响，创新的要求也就越来越高，她的作品越来越精，接受的任务也越来越多，经常需要加班加点完成。她为29届奥运会所创作的《奥运中华圆梦》，是苏绣中的一幅巨作，长2.9米，高1.12米，历时三年完成，至今姚建萍谈起这幅作品，还深有感慨。它艺术上的高难度和它紧迫的时间要求，都是姚建萍前所未有的经历，这幅作品付出了许多绣娘艰辛的劳动，但功夫不负有心人，如今，它已被奥林匹克博物馆永远收藏。对于这样的一些任务，经济上的收入是有限的，有时候甚至还要倒贴，但是姚建萍能够辩证地看待这个问题，她觉得这是一个互相作用的机会，多出这样的作品，可以让社会更了解她，也给她提供了更好的机会去提高技艺。

一个从农村走出来的苏州女孩，能够有今天的成就，我在了解和结识她的过程中，有两个字是给我留下了非常深刻的印象的，那就是"奋斗"。但是姚建萍自己，却一直在讲时代，讲机遇，讲社会各界给她的平台，她没有把自己的成果看成是自己个人的行为和骄傲，她的认识令我对她刮目相看，也让我相信，姚建萍一定会在自己的道路上走得更远，走得更好。

水墨水乡

不知是什么原因，也努力过，也向往过，但从小长到大就是没能画出过一幅像模像样的图画来。儿时的美术课也不记得是怎么混过来的，倒是记得儿子小的时候，作业老是来不及做，常急得跳脚，做母亲的实在于心不忍，有一次帮他做美术作业，还很怕老师看出来。结果老师倒是没有看出来，但得的分数，比他自己画的还低，从此倒也不再有代画的麻烦和错误发生。

也许因此，便一直觉得画家这个职业很神秘，对于画家，又总是从心底里生发出敬畏，也就有一点敬而远之，接触甚少，了解也就少，想不明白，他们怎么能将活生生的人和景，就搬到画纸画布画板上去了呢。而且更多的时候，你看到这些真的人和真的景，你没有很在意，忽略过去了，但是你看到画作上同样的人和景，那应该说是假的了，你反倒激动起来，感动起来，心被震撼了，或者笑，或者甚至哭起来？

这就是画家。

这是融入了画家情感和生命的艺术。

杨明义这个名字，是常常听人提起的。虽然隔行，但是在文人的圈子里，喜欢画、懂画的却是不少，他们会常常提起画家的名字，对于我们既是如雷贯耳，也是高深莫测的。 不过最近有机会见到他，透过神秘的光环，看到杨明义，在他的普通公寓里，在他的"近日楼"上，过着并不神秘的日子。

杨明义送给我一本新出的画册《水墨水乡》，我读的时候，肯定是猪八戒吃人参果。 但是我可能比猪八戒稍微聪明一点，猪八戒吃人参果，是不知有核无核，生吞了下去，所以不知滋味；我看了《水墨水乡》，多少还能胡乱说几句，柔中的刚，远中的近，淡中的浓（写着写着，就发现一个窍门，可以专拣反义词用嘛），纤细中的大气，简单中的复杂，灰白中的缤纷，等等。

忽然想到，其实我们写小说，考虑的也是多义多元，讲究的是普通题材和简单故事中折射的意义的多层，于是我就觉得，杨明义的画，恰是这种理论的生动形象的解说。

你看这一幅《水乡情》，阔朗的天地间，只有两种颜色：白和灰。 白即是白，灰是由浅至深，深到似黑，但在我的视觉里，我依然以为它是灰色。 远山，近水，石桥，草庐，信手拈来地建构出一个丰富的世界——牧童，水牛，飞鸟，渔舟，随心所欲地搭建了一片宁静的天地。

再看这幅《秋荷》，是具象的，占据了大半画面的是眼前的荷。 应该说，这个主题既不深远，也不广阔，但是，因为那一片乌重的云，它的大气已存，它的抽象意义也已经升华起来了。

我还留意了，在杨明义的作品中，在他的灰淡的色彩下，在他飘渺的背景前，经常会隐隐地站着一位身材苗条、身着浅红色衣饰的乡村女子，她或者穿着浅红的衣衫，或者打着浅红的雨伞，也或者，头上有一顶浅红的笠帽，她的这一点红，实在是很浅很淡，浅到淡到几乎说不上是"红"。

她的形象，在整个画面中，比率亦是很小很小，小到几乎可以忽略了她，而且，更多的又是她的背影和侧影，线条简略单纯，似乎是画家全不经意、漫不经心随手点上去的，若即若离，似有似无。 但是我想，读这样的画，恐怕谁都不能忽略了"她"的存在。她的形象是简洁的，无足重轻的，她的面貌是飘忽而遥远的，看不清的，我觉得，此时此刻，面对这个画面，也许无需去看清什么分辨什么，我们都知道，这个"她"，是画家对美的诠释，对美的追求，是轻轻的，体现出无限的生命内涵。

从杨明义清淡无言的画作中，我们还能够感受到隐藏在平静背后的激情，那就是杨明义对于故乡浓郁的眷恋。

跟着杨明义的《水墨水乡》，我们去看苏州的雪，看周庄的雨，看湖面上的早晨和稻田里的夕阳，去听春风，沐月光，便将自己对故乡的爱和杨明义对故乡的爱紧紧地拴在一起了。

杨明义远去美国已经十多年，但是他又回苏州来了。 那天我们从杨明义家出来，正是下班时间，新村里有人来车往、大喊小叫的嘈杂，杨明义说，这里的环境，是有些乱哄哄的，甚至有点脏，但是没有办法，我习惯这种气息。 在离家不远的小酒馆，和三两好友，温一壶黄酒，嚼几颗花生，那天晚上，杨明义就是这样带着我们在小酒店里品味埋藏于每一个人心底的故乡风情，感受我们每一个人都喜欢的乡土气息中的温馨。

这样才有一点明白杨明义的回归，也才有一点明白他的画为什么会有如此独特的气韵。 杨明义曾经踏遍了家乡的山山水水，然后远离了家乡，去走遥远而陌生的路，然后又回来，重新再走家乡，经历着"看山是山看水是水——看山不是山看水不是水——看山仍是山看水仍是水"的过程。

杨明义说:"许多年来,我沾了家乡这块水土不少光,古老的苏州不论过去和现在,一直是画家和文人向往、寻觅灵感的地方。"

恰好我也是这么想的。谁说隔行如隔山,这不是英雄所见略同吗?

苏州王稼句

前几天又拿到王稼句的两本书，一本是去年出版的《三生花草梦苏州》，一本是今年的《消逝的苏州风景》，沉甸甸的两本书拿在手里，也不知道至此已经有过王稼句的多少书，只晓得每年在作家协会的统计表上，王稼句的名下，总是有一长溜的书名，真是蔚为大观。 我和稼句在大学念书时就认得，虽然不是同届，但前后只差半年，又都喜爱文学，就熟悉起来。 大学毕业，各自走上工作岗位，对文学的初衷没变，接触的机会也就越来越多。 许多年过去了，见到稼句，总是在各种会议、活动或者酒席上，此时的稼句，或者喝酒，或者聊天，喝得高兴就吹牛，潇洒，轻松，哪有千斤的担子压在身上，可有谁看到他一天又一天坐定在书房里默默无声、辛勤写作的那一幕呢？ 有谁知道他正拖欠着书稿被追得喘不过气来呢？ 这些情形我们看不到，但我们能够想象得出，因为我们都知道，字是一个字一个字写出来的，不是开会开出来、喝酒喝出来的。

朋友们凑到一起时，常和稼句开玩笑，说写信给王稼句，只要写"苏州王稼句"就能收到，这是大家捧稼句，说的是稼句在苏州朋友多，名气大，也有人觉得这个段子用的是文学的夸张手法，带有传奇色彩。 其实这倒是确有其事，有一回稼句的一个外地同学，给王稼句写信，开信封的时候，记不得地址，就先写上"苏州"和"王稼句"，准备查到地址后再填上去，结果给忘记了，就把苏州王稼句丢进了邮箱，最后远在苏州的王稼句还真的收到了这封信。 这说明什么呢，邮局对王稼句的了解，王稼句是个文人，名人，信件多，稿费单多，所以邮局记住了他的名字，知道他住在哪里，没有地址也能送过来。 后来大家觉得还不过瘾，提出来要把"苏州王稼句"丢在马路上，或者也照样能收到？

我觉得，之所以产生"苏州王稼句"现象，不仅因为他认得很多人，更因为他对苏州的热爱、认识和描写。 稼句这些年出的书，绝大部分和苏州有关，苏州已经被他研究得如同自己家中挂在墙上的一幅画，每天看每天想，早就爱之入骨、熟之于灵魂了。 比如这本《三生花草梦苏州》，就是稼句多年积累下来的对苏州方方面面的印象、从古城古园到风情民俗，从人物印象到蔬菜水果，他笔下的苏州，是梦中的现实，又是现实中的梦。 而《消逝的苏州风景》中那些灰黄的旧照片和那些凝重的文字，更是让我们看到稼句对旧苏州、老苏州的深深眷恋和追忆。 稼句喜欢步行，他常常在苏州的大街小巷穿行。 有许多我们闻所未闻的小弄堂，他就像进入自家客厅一样，随随便便带我们走去，而且如数家珍地讲说这里的历史典故，报出它们的出身和家世，令我们这些同样生在苏州、长在苏州并且自以为熟悉苏州的同行目瞪口呆，自愧不如。

稼句自己在后记里说，要歇一歇，好好想一想。 我相信，歇一歇、想一想之后，又会有别样的更精彩的苏州从苏州王稼句的笔下呈现出来。

陶文瑜两三事

喝　茶

苏州人嘴巴刁，吃东西穷讲究，经常听到有苏州人在外地的饭店里惊呼尖叫（是细声细气的尖叫）："这种东西也能吃吗?"就是普通百姓，哪怕青菜萝卜，每天也都要想出点花样来变变的。

苏州人吃茶也一样，要闻清香，要看绿色，要品咂出淡而有味，甚至还要有好看的茶杯。当然，这里边肯定也有一个经济的问题，大家口袋里有了几个钞票，感觉就好起来了。从前我母亲也喜欢喝茶，但买的是茶叶末子，泡出来，水面上黑乎乎的一层，吹也吹不开来，好半天也沉不下去。那时候我还小，也不喝茶，但事情却是记得的。现在条件好些，就有一点随心所欲的意思了。比如我从前一直是喝绿茶的，因为胃寒，听别人的建议，就改喝乌龙茶，但这样虽然对胃有保护作用，却又过不到绿茶的瘾了。每每想起绿茶的清香，就馋得不得了，就想个办法，上午喝乌龙，下午喝绿茶，算是两全其美了。

再说绿茶，我喜欢碧螺春，也喜欢龙井，又喜欢白茶，有时候坐到茶馆，问你挑哪一种，看着那一溜美好的茶名，就恨不得把它们都喝下去。 因为爱喝茶，就爱买茶，每到一处，先要探听此地有什么茶可买的。 有一回去福建泉州，买乌龙茶，被领到一家茶叶店，一看到那么多的茶，就激动起来，掏出一把钞票，要买昂贵的，被女老板说，你又不懂的，买一般的喝喝就可以了。 我有点惭愧，但女老板毕竟是实在的，也就没有记恨她。 一般人大概觉得喜欢喝茶，就懂茶了，其实这里边大概还是有很长的距离的，到底有多长，我不知道。

陶文瑜肯定是爱喝茶的，但是他到底懂不懂茶，我也无法下结论，有时候看到他的茶杯奇大无比，我心里是有一丝怀疑的，但是他写过一本书——《茶馆》，倒是把茶馆和茶写得头头是道，不过我认真看过后，令我赞叹的还不是他关于茶和茶馆的内容写得有多好，因为那对他来说自然是小菜一碟，他竟然忽发奇想，请了近二十人给他写序，真是一朵奇葩。

你们可千万别把陶文瑜想歪了，他可不是那种借名人炒作自己的二货，他玩玩而已，他请的全都是苏州的朋友，当然也多半是文友。 为了更好玩一点，陶文瑜还请了三个文二代一起参与写序，有他自己的儿子陶理（时年约十五岁），车前子的儿子顾天下（与陶理同年）还有我的儿子徐来（那时十九岁），这么多人一起为他的茶胡言乱语、摇旗呐喊，他哪怕不懂茶也必定是懂茶的了。

我在这里摘用朋友们的几段话——

小海：读老陶的《茶馆》，就像在老陶家喝茶一样。

林舟：茶馆也因他而有趣起来。

徐来：茶虽好，但是自饮的确显得美中不足。（此为举贤不避亲哈）

于是我知道了，陶文瑜爱的是茶，更是一种苏州人喜欢的氛围和感觉，他享受茶香的时候，更是在品味着美好的人生。

看陶文瑜写字作画

陶文瑜是写诗的，后来写小说，又写散文，写得都不错，再后来又搞书法，还没怎么的，就已经成了省书法家协会的会员了，接着又画画，不知是不是也要成为美术家协会的会员。真是个多艺的人才。

陶文瑜见到我就说，你买我的字吧，打八折，如果多买一点，批发，折扣还可以再低一点，我说好呀，你拿来吧。但这样的对话已经延续了好几年，我还是没有买他的字和画，不是因为他的字和画不好，是因为他开价太低，不免让人觉得他的字画水平可疑可惑，这是受了"便宜没好货"的老话影响。

当然，虽然没有收购陶文瑜的字画，但我家里却不缺少陶文瑜的字画，大多是他主动奉送的。如果有什么事情要到我家来一趟，他是不会空着手来的，总会带点高雅的东西，或者茶叶，或者就是他的字画。真是个懂礼貌的人。就像在平常的日子里，陶文瑜逢有饭局，也必定不会空着手而去，必定事先准备好字画到场展示一番，让大家在酒足饭饱时，精神也得到滋养。

其实喜欢陶文瑜字画的人很多，大家当着面奉承他，背后也一样说好话。我不太懂字画的好差，我想，背后说好话的人，不外乎是两个原因所致，一是陶文瑜的字画实在是好，另外一个原因就陶文瑜人缘好，而我，则希望这是两好并一好。

我们家的墙上，许多年来一直挂着陶文瑜多年前的一幅画，一根树枝上，有两只鸟，那鸟画得像蛤蟆，黑乎乎的一团。后来陶文瑜每次来我家，看到这画就脸红，要用新的作品来替换，真是个又有上进心又勤学苦练而且进步飞快的好画家，但我们偏偏不换，为什么呢，大概是想让陶文瑜不断地温故而知新吧。

吃

陶文瑜是典型的苏州人，又是典型的苏州文人，所以一个"吃"字他是逃不过的。

为了吃一碗可口的面，陶文瑜可没少浪费时间和汽油（远的地方要开车去），凡苏州做面稍有点名气的饭店，朱鸿兴，同德兴，陆长兴，陆振兴，绿扬，胥城大厦，恐怕就没有他没去过的地方。

红汤面，白汤面，宽面，细面，硬面，烂面，夏天吃拌面，冬天羊汤面，不知道有没有他没吃过的面。和许多老苏州一样，早晨的一碗面，比早晨的觉更重要，为了吃面，可以不睡懒觉，懒觉换面条，换了我，是绝对不肯换的。

至于专程远道去木渎石家饭店吃饭，到藏书喝羊汤，到昆山吃燠灶面，对别人来说，不甚麻烦，对陶文瑜而言，那都是他的家常便饭，跑一点路算什么，吃得惬意才是最重要的。

现在的人都讲究养生，保身，很少吃猪油了，但是陶文瑜依然热爱猪油，用他的话说，香呀，实在香呀。说的时候那绝对是馋涎欲滴的。

只可惜现在用猪做菜做点心的越来越少，商家商贩为了讨好顾客，也和他们一样戒了猪油。

留在我们记忆中的印象最深的猪油大饼，几乎绝迹了，找不到了。

对于我们如此，对于陶文瑜则不同，他照样有本事在苏州的小巷角落里找到带有历史气息的猪油大饼。然后，每天早晨，上班路上，舍近而求远，在车流高峰的时候，绕道去那个地方（据说是双塔定慧寺巷附近，我没有去过，但是我听他说过无数遍），然后，和苏州小巷的老百姓一起，排队，买猪油大饼。

陶文瑜天性散漫，对许多事情不怎么讲究，唯独吃这一项，他是马虎不得的、是重口味的。菜一定要浓油赤酱，还要放重糖，和现代人的养生食品背道而驰，即便是一只普通的咸泡饭，也一定要用骨头汤煮，要加入鲜虾仁，鲜贝，咸肉，大青菜，最后还要加一点胡椒粉，还要趁热吃。

苏州人讲究呀，陶文瑜便是生动的一例。

安得广厦千万间

常常被人介绍说，这是陆文夫的学生。心下暗自得意，想，作为作家的陆文夫老师最正宗的学生大概应该算我一个吧，尽管陆老师再三地否认自己收过学生，对于我的投拜好像也从未正式地承认过，最多也不过一笑，意思说，你们说你们的，我没有学生还是没有学生，但我还是死赖活赖要投在他的门下。为什么呢，却也说不很清楚。

自从许多年前暗自将自己拜为陆文夫老师的学生，便自以为和陆老师有了特殊的一份感情，逢别人提到陆老师，谈论陆老师，不仅脸上光彩，骄傲无比，心中更涌起无限温暖，这不算奇怪吧。

其实和陆文夫老师接触真是不算多，外地许多人都以为你们同住一个城市，还能不常来常往？许多人羡慕不已，说我们想见陆文夫见不到，也有的千里迢迢万里迢迢地来了，却不知陆文夫此时正在你家的那个地方开会呢。也有许多人找不到陆老师的时候，就来找我，说，你替我们引荐一下吧，我便欣欣然，得意洋洋，引领而去，也不知曾经给自己尊敬的老师领去了几多麻烦。

非常喜欢听陆文夫老师讲话，讲课也好，随便聊天也好，是一种难得的享受。陆老师的讲话，既不是冷幽默，也不是硬滑稽，他只讲生活中的最平常的道理，或者也没有什么道理，就说说平时的大事小事，大家谈论的随随便便的话题他都可以和你一起有滋有味地谈论。陆文夫老师的谈吐充满智慧，极富魅力，浸透了人生之悟，只是，我们谁也没有听陆老师说过诸如我看透了之类的话，也没有听陆老师讲过一句禅或者讲什么深刻的哲理。也许，陆文夫老师的悟、他的深邃、他对世界的看法，早已经融入了他的生命，他不必特别地说出来，他站在那里，不严自威的人格力量就是他的形象。

有一回外出开会，和陆老师一起遭遇惊险，我们一大堆人乘坐的电梯突然在中途停了，漆黑一片，人人怕得要命，有的骂宾馆经理，有的怪停电，有的说透不过气来，黑暗中陆老师说，我肚子饿了，我要吃早饭。说得大家不好意思害怕，说说笑笑等待解救，终于我们大家都平平安安走出了电梯，跟着陆老师一起去吃早饭。另一回，陆老师和我们几个人一起吃饭，席间的话题不知怎么绕到做人这个问题上，大家纷纷发表高见，说做人难呀，说做人辛苦呀，说做人就是一种不断学习、不断进步的过程等等，最后陆老师忽然笑了，说，人生一辈子讲究做人，到了我现在这年纪，我该说一声，我不做人了。嘿，这样一位陆老师，真是可敬可爱。

读陆老师的作品，则是另一种享受。尤其是最近读了陆文夫老师的长篇小说《人之窝》，要想说的话很多很多，但想来想去，却又不知从何说起，突然就想到老苏州茶酒楼，这是陆文夫老师在苏州开的一家颇具特色的饭店。

去老苏州吃饭，品尝的是最正宗的苏帮菜。松子虾仁，虾仁都是当天上来的新鲜河虾，从来不进冰箱，而且是那种很小的小虾。老苏州饭店每天请两位老阿姨，从早晨开始，坐在那里慢慢地将虾仁掐出来，虾仁极富弹性，通体透明，真是粒粒皆辛苦，颗颗见功夫。 陆文夫老师写过一篇关于苏州菜的文章里，提到一道绿豆芽嵌鸡丝，在一根根纤细的绿豆芽里嵌入一根根更纤细的鸡丝，这是真功夫。 这让我联想到陆文夫老师写作品，不急不忙，娓娓道来，温火炖肉，辛酸与甜蜜，痛苦与幸福，点点滴滴的滋味全都浸透入字里行间，耐人寻味。 但是，苏州菜和苏州园林一样，精致而未免小巧，这便有了一个"小"字，陆老师的作品也是以小见称，小街小巷小人物小事情，但通篇却透出大气派。 这就使陆文夫老师的作品有别于某些苏州园林和苏州菜了。

陆文夫老师作品中的"大"气却又从不见字面，可以说没有一个字一句话是写"大"的，那么作品的整体大气，从何而来？ 读了《人之窝》，我忽然就有了一个全新的感觉：安得广厦千万间。 纵观陆文夫老师的文章，从来都将人物置于历史的大背景下，写人的命运，写人在最最绝望的时候，不放弃自己的希望，"安得广厦千万间"，这就是大气，这是陆文夫老师作品的灵魂和精华，也正是陆文夫老师活生生的形象。 关于《人之窝》的更多的想法，统统融于这七个字中。 从作品所反映的实实在在的现实生活中，我读出了浓郁的浪漫，读出了崇高的理想，深深感受到"安得广厦千万间"的诗人气质，我想，这大概可以称作举重若轻的大手笔吧。

和陆文夫老师在一起，还有一种愉快的享受，那就是看陆老师喝酒。 陆文夫老师对酒是很讲究的，但他从不重名牌，和他的为人实实在在一样，他对酒的要求也是实实在在，只问酒好不好喝，好喝的，喝了舒服的，就是好酒。 陆老师懂酒，知道哪样的酒是好酒，哪样的酒不是好酒，并且陆老师是真正的爱酒，喜欢喝酒。 不像我等，哪里是爱酒，哪里是喜欢喝酒，不过借酒要耍赖皮，发点儿平日一本正经时不敢发作的小毛病罢。 看陆老师喝酒，如欣赏一幅意境深远的山水画，他慢慢的，咪一口，再咪一口，流水般从不间断，有人敬他，他也是这么个喝法，没人敬他，他也是这么个喝法，不受激将，也不对其他喝酒的人有任何要求，你爱喝不喝，不爱喝，我也不劝你喝。

因为身体缘故，陆老师现在基本上不喝酒了，但是陆老师仍然出现在酒桌上，他满心喜欢地看着我们喝呀闹呀，眼睛是淡淡的、平静的，心却是甜甜的、火热的。 从喝酒到看酒，过来人的宽容、平和，对人类、对世界的爱，安得广厦千万间的博大胸怀，尽在不言之中，陆老师的看酒，似乎比陆老师喝酒更丰富、更有魅力呢。

很想再写一篇文章，叫作《陆文夫看酒》。

在路上

在 20 世纪 90 年代中期的一些年里，我曾有机会经常和陆文夫老师一起上南京开会。我们的情况有一点相似，都在江苏省作家协会挂一点虚名，但又都住在苏州，不肯搬去南京。所以，每到单位要开会了，就是我们一起上路的日子了。起先是坐火车的，进站出站，上上下下，不甚方便。后来陆老师有了一辆车，我就跟着沾光了。车一般会先来我家接上我，再去接陆老师，也有的时候，车到我家门口，我下楼来时，看见陆老师已经笑眯眯地坐在车里或站在车门外了，于是我们相视一笑，就上路了。

那时候沪宁高速还没有建成开通，要走 312 国道，或者更狭窄、更颠簸一些的其他乡村公路，时间比较长，如果交通拥挤，路况不好，走六七个小时甚至更长的时间也是可能的。所以，如果是上午出发，那一天的中午饭，就要在路途中吃了。

于是，在 312 国道常州与镇江之间的那些路边小店里，常常就留下了我们的买饭钱。如果八九点钟从苏州出发，过常州已经是中午 12 点，陆老师会说，我饿了，走不动了，要吃饭了。其实我知道，陆老师这时候是有点想酒了。公路边一排一排的小饭店，大都是当地农民自己建的住房，因为沿了公路，就改成饭店做生意。 许多饭店门口都会站着一两个年轻的女服务员向过路的车子招手，也有的饭店更小，请不起服务员，就是老板娘自己在那里招手了。

开始的时候，我们是没有目的的，看到哪家就进哪家。 陆老师虽然是中外著名的美食家，对吃菜也蛮讲究，平时有什么宴请宴席，吃到最后要请他指点一二的话，他就指着其中的一道菜说，这一大桌子么，就这个菜还像个菜。 这可算是较高的评价了。 所以苏州城里有许多自以为很了不起的大厨师哪天听说陆老师到了餐厅，都是要提点神留点心的。 但在公路边那样的情况下，他倒反而马虎随便了，也因为重点在酒不在菜，只要一两个上菜，一小碟花生米，就喝起来了。

那几年我也算是能喝点酒的，但我的喝酒，与陆老师不同，是一种逞能，是好表现，不是真正的爱酒，所以不到热闹场合，是完全无法融为一体的。 对别人喝酒呢，他也没有要求，你喝也好，不喝也好，他不来管你，只要自己有的喝就好。 不像我们这些浅薄之人，自己喝了两口，就要逼着别人也大杯大杯地往下灌。 所以，当年在公路边的小饭店陪陆老师喝酒的时候，我不是因为酒喝多了胃疼，就是因为人少不热闹，总是象征性地应付一下，这时候就看到陆老师不急不忙地抿着酒，抿着抿着，一杯酒就没有了，抿着抿着，酒瓶就浅下去了，陆老师虽不言语，但他好像在说，看看，姜还是老的辣呀。

也有几次在回家的路上，酒是在南京喝剩下来的，随身带着，碰到这样的时候，因为酒少，陆老师不仅不会怪我不陪他喝酒，甚至还暗暗希望我别抢了他的份额，甚至忍不住乘我不备之时将我杯中的酒倒入他自己的杯里。 在公路边喝酒的时候，他常常跟我说起他的一些酒友，高晓声、叶至诚、汪曾祺、林斤澜等等，他虽然称汪曾祺为酒仙，心里却颇不服汪老的酒量，喝得高兴起来就说，汪曾祺，其实他喝不过我的。还有一次，谈到一位不喝酒、甚至一点也不懂酒的老友方之。那是"文革"刚结束后不久，饱经磨难的老友重逢，陆老师到南京方之那里去。那天到的时候已经很晚了，方之赶紧出去给陆老师买晚饭，结果买回来了一大碗面条，看着热气腾腾的面条，饿坏了的陆老师赶紧就吃，但第一口就发现味道不对头，怎么一股浓烈的酒味？问方之怎么回事，方之说，咦，你不是喜欢喝酒吗，我给你买面的时候，顺便买了一小瓶白酒，省得再把酒瓶拿回来，就把酒倒在面里了呀。这就是劫后重逢时，不懂酒的方之，给喜欢喝酒的陆文夫的一个见面礼。我听了就忍俊不禁，还笑着问他那碗面最后怎么样了，陆老师说，当然吃下去了，那时候，刚刚从农村回来，怎么舍得浪费那么好的一碗面啊。

　　毕竟路边店的饭菜不是那么理想，也有不干不净的，陆老师的夫人管阿姨有些担心经常这么在路边吃，对身体不好。也有一两次，管阿姨给准备了凉菜和馒头之类，不让上小饭店吃。我们就在中途停下，站着或蹲在路边吃中饭，身后的车一辆一辆地驶过，扬起灰尘一片又一片。这么吃了一两次，陆老师觉得过不了酒瘾，很快又恢复了原来的吃法。

　　后来时间长了，次数多了，我们结识了一位路边店的老板娘，她的饭店叫"斌斌酒家"，我一直以为这位比我年轻些的老板娘就叫斌斌，也没有认真去问过她。但一旦认识了以后，我们吃饭就有了固定的地方。并不是说斌斌酒家的饭菜要比其他店的好多少，但这位热情大方的"斌斌"是个文学爱好者，从小就知道陆文夫的大名，如今看到这么有名的陆文夫竟然到自己的小店来吃饭，真是喜出望外，她还能说出她读过的陆老师的许多作品。后来渐渐地传了开去，省作协、省文联的同志经过312国道的时候，也都到斌斌酒家吃饭，一来二往越来越熟悉，才发现"斌斌"还是个业余画家，后来听说省文联的领导还介绍斌斌参加了文联方面的什么活动。

这事情已经过去十年了，1996年秋天沪宁高速开通了，我们就再也没有走过312国道，从苏州到南京，如果路上畅通，两个小时就到了，用不着再在中途停下来解决吃饭问题。和"斌斌"的交往也就从此结束。近十年后的2004年秋天，我忽然接到来自常州的一封信，打开一看，是一张照片，就是当年我们摄于"斌斌酒家"的，照片上有三个人，陆文夫老师，我和"斌斌"。看了"斌斌"写在照片后面的一段话，我才知道，她原来不叫"斌斌"。她在照片背后是这样写的："摄于江苏常州邹区镇'斌斌酒家'。今寄去加印的给你留念。《于老师的恋爱时代》（注：这是我的一部长篇小说）我从《翠苑》杂志上读了，遗憾只刊了节选。我很喜欢这张照片。代向陆先生问安好！小朋友：赵一丽敬上。2004年11月11日。"可惜的是，我不慎将她的信封地址弄丢了，所以一直没能给她回信。她寄来的照片，因为只有一张，我曾想拿去送给陆老师，但又有些舍不得，就一直珍藏在家。

去年11月这时候，陆老师的身体已经不太好了，已经住在医院里。到了年前，陆老师病情好转，出院了，我去陆老师家看望他，因为过春节，他家里人多，乱哄哄的，也没有来得及回忆"斌斌酒家"，想着等到年后清闲一点了，再去看望陆老师时，一定要和他聊聊"斌斌酒家"，他一准也和我一样，以为那个热爱文学又会画画的女老板叫斌斌呢。许多年里，每当去南京开会的通知一到，我就心惊肉跳，因为那时候去南京不是受教育就是挨批判。坐上火车，虽然铁路两边有田园风景，可哪有心思欣赏，只有一肚子的惆怅，考虑的只有一件事：怎么面对这又一趟的南京之行，不知道这一次又要批判哪一篇小说、哪一件事情了，自己该怎么检查怎么捱过去。那种无奈，那种沮丧，那些阴影，一直到许多年以后，还留在陆老师的心里。陆老师始终没有搬到南京去住，他在担任江苏省作家协会主席的时候，也仍然住在苏州。我不知道这是不是与陆老师早年的那许多次南京之行有关，陆老师并没有跟我说过，我也没有问过，只是我的一个猜测。

陆老师一生坎坷，即便是到了后来，每次去南京，也不见得都是高高兴兴的事情，有几次甚至都是给陆老师的老友送别去的。记得一次是送高晓声老师，在悼念会上，由陆老师介绍高晓声老师的生平事迹，刚念了个开头，陆老师就泣不成声，难以支撑了。这么多年的相处，让我了解陆老师，他的情，他的爱，是深深地藏在心底的，当遇到要流露出来时，必定是情到极致不能控制了。

但无论心情是沉重还是轻快，那些年，我们走在路上的点点滴滴，都深深地印在我的心里。这几年来，我的思绪也常常会回到312国道，我一直想问问陆老师还记不记得在路上的那些事情，但我并没有着急，总觉得来日方长。哪曾料到，一过年，陆老师就因病情加重，再次住进医院，每次我到医院看他，看到他病情一日重一日，总是心情沉重，无法多说什么。7月9日早晨，陆老师走了。我想再和陆老师谈谈"斌斌酒家"，谈谈我们当年一起在路上的许多往事的愿望再也不能实现了。 现在我只想找到"斌斌"赵一丽的地址，告诉她，我们敬重的陆文夫老师走了，我们再也不能坐在小饭店里看他喝酒，听他谈往事、谈文学、谈喝酒了。

吴风越韵

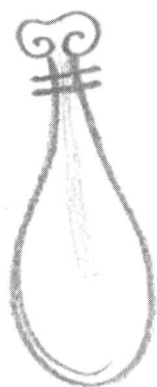

思想的湖

　　那时候大寨人硬是把山劈开来，造成田，种上粮食，这是奇迹，是神话，这个神话惊天地泣鬼神，所以全国人民都向他们学习，把本来不是田的地方变成田。我那时候插队在苏州的太湖地区，赶上了围湖造田以及许许多多、大大小小的水利工程，这些工程，虽各有不同，但大方向是一致的，就是把流淌了千百年的河道填了，又挖，挖了，又填，总之一句话，要多种水稻，多打粮食，折腾得人欢马叫。现在还能从我当年的日记里看到"战斗在工地上"的许多事情。我在日记中写道："一九七四年的最后一天，上午雨大风狂，我和贫下中农一起坚持战斗在工地上。真是暴风雨更增添战斗豪情，雨越大，我们干得越起劲，雨水汗水浸透了我们的衣服，也浸甜了我们的心坎。"

　　那时候的苏州水乡农村，每到冬春季节，到处都是工地，每个生产队，都要派出青壮劳力上工地填湖填河，红旗一插，就干起来，晚上睡的是通铺，一间大草棚，男男女女都住在里边。上级领导再三强调围湖造田的伟大意义，我们干活时也许没有想那么多的意义，只知道是要干活的，只知道湖是要填起来的，因为填了湖，湖就变成了田，明年它就长出粮食来了，多好，手中有粮，心中不慌。　那时候都是这样想的，就算是思想了。

后来思想有了变化，不讲粮食有多么重要了，讲经济发展的重要，讲多种经营的重要，但仍然是要拿湖作本钱的，仍然对着湖下手，围湖开窑，围湖养鱼，围湖做其他许多事情，总之是拿湖不当湖。　因为湖在那里，那么的大，它又不会说话，又不会发脾气，你要拿它干什么，你干就是了。　大家的钱包渐渐地鼓了起来，欢欣鼓舞，说，改革了，开放了，我们的思想解放了，我们的收入增加了，真是靠山吃山靠水吃水。

又后来，无工不富的进步思想又来了，湖边林立起许多工厂，化工厂、造纸厂、皮革厂，什么赚钱造什么。　靠湖吃湖，吃进去的是干净的湖水，吐出来的是有毒的污泥浊水，这中间当然还有另外一个口子，从那个口子里出去的，是令人振奋的经济增长的数字。

再后来，人不仅要在湖边欣赏，还要到湖上去嬉闹，除了在湖上开辟游泳的地方，还建了许多水上游乐场，一到夏天，人都泡进湖里去了，一大锅人肉水饺在湖水里翻腾，把湖水搅混。

再又后来，钱好像越来越多，就更有条件讲究以人为本，重视人居环境。　住城里的高楼大厦已不过瘾，嫌闷，什么地方最适合人居呢？　当然是湖光山色之间，于是湖边就有了别墅，有临湖小区、望湖花园等等，听到人们骄傲地说，我家就在湖边上住。

湖就这样在人的思想和行动中默默地承受着。　湖真的不会说话吗？　湖早已经在说话了，湖一直在发脾气，只是我们听不见，看不到，我们的耳朵被堵塞了，我们的眼睛也被遮蔽了，何止是耳眼鼻舌，我们的心灵又到哪里去了？　人真的很会思考，人一有了思想，湖就痛苦，湖痛苦的时候，就是人骄傲的时候。　当我们骄傲湖为我用，我们听到了湖的思想吗？

许多年以后，我早已经离开了农村，但我知道，现在大家开始把填了的湖重新挖出来，把鱼虾蟹们请出去，把工厂关闭了，把豪华的住宅请到离湖一公里以外的地方，你就远远地眺望吧，你太近了，湖都害怕。可无论如何，退耕退窑退渔退什么都好，湖已经不是原来的湖了。专家说，要治理太湖，让它的水质回到五六十年代的水准，所需的投入，全国人民再咬牙干三个五个改革开放三十年都不够用。

我们曾经那么的热爱劳动，劳动还甜了我们的心坎，我们却没有想到我们的劳动不是创造却是一种残酷的破坏，我们曾经因为创造了财富而感谢我们的好山好水，当有一天我们发现山水已经不那么美好的时候，我们目瞪口呆，赶紧把挣回去的钱拿出来，再去换回本来的好山好水。这样我们又可以骄傲了，我们付出代价获得进步，我们把生态平衡挂在嘴上天天说，我们不再围湖造田，也不再围湖养鱼，瞧，我们的思想境界又提高了。但是，我们今天所做的一切，仍然是为了我们的思想，我们眼中，仍然没有湖。

不能以湖为本，哪来的以人为本？不能以地球为本，生活在地球上的人，又有什么资格和条件谈人谈本？今天我们又努力了，但不知哪一天，很可能又来一次更努力的退什么还什么，因为我们永远只思想着我们的思想，我们从来没有替湖想一想，我们不知道湖在想什么。

什么时候，人的思想能够和湖的思想走到一起去呢？

苏州人与现代生活

　　现代生活是现在我们每个人都身处其中的生活。 当然，我们可以刻意地营造一个过去的古代的生活场景，或者把餐厅和其他一些休闲的场所设计得古色古香，布置得如梦如幻，使人一走进去，就感觉回到了另一种生活里，民国的，清朝的，明朝的，甚至更久远，恣意纵横地徜徉在历史的长河中。

　　这样的场合，你也许愿意身陷其中很长的时间，但到底能长到多久呢，一个下午，茶也喝饱了，话也聊够了，还是回自己的那个实实在在的家去吃晚饭吧。 或者你有一整通宵，温黄酒，念宋词，听古琴，把自己当成唐伯虎或冯梦龙，当东方微微发白时，毕竟你也是呵欠连天，黄酒上头了，头好痛啊，要回到现代来睡觉了。

　　于是，无论你是多么的怀旧，无论你是多么的懒散，别人都走了你还不走，但再过一会你还是得走啊，走下这趟现代生活中的临时慢客，回到我们现代生活的日常快车上来。

　　现代生活就是一趟快客，特快，子弹头动车组，和谐号高铁，每一个坐车的人，望着窗外飞速而去的景色，头晕目眩，对时代发展之迅速有着切肤的感受，似乎已经快到了我们的心跳频率跟不上了，所以心慌慌意乱乱，所以有时候会找不着北，失去方向感。

于是，经常听到感叹，自己的感叹和别人的感叹，忙呀，累呀，安静不下来。白天是连轴转的工作，晚上又是永远也对付不完的应酬，双休日还要加班加点，更多的是说不清道不明看不见摸不着的心理压力。

现代生活是现代人自己创造的，可到头来，现代人却成了现代生活的奴隶，不愿意做奴隶的人们，怎么办呢？

苏州人也在时代快车上，但是他们会有些办法来调适自己的。苏州历来有大隐隐于市的古风，那就在快车上调节好自己忽起忽落的心率，就在快车上放慢自己踉踉跄跄的脚步，就在快车上安静自己乱七八糟的心灵。只可惜，天下哪来那么多"大隐"，即便是苏州人，其中大多数也都是小隐都隐不起来的凡夫俗子。所以，还是让我们借助一个外壳，借助一点形式，借助一次行动吧。

这个行动就是，偶尔地走下快客，去坐一次慢车。选一个自己喜欢和适应的车次和目的地，把自己丢出去，忙里偷闲给自己的身心都放放假。

所以你看苏州人，双休节假的日子里，开上自驾车，带着家人，到太湖边的景观带走一走，在金鸡湖边的广场上站一站，到周边的某处湿地呼吸，在郊外的古镇上买麦芽塌饼；当然，没有私家车也不要紧，公交很发达，许多苏州人会花两块坐到南环路批发市场，挑一点价廉物美的新鲜荤素菜，既节省了家里的开支，又享受独有的乐趣；或者，他们去小巷深处的茶馆坐下来，听一听评弹，这也是一种生活方式；或者你去得更远一点，到远郊的山上，采菊东篱下，也行。

其实就是说，在现代生活中，苏州人虽然勤劳忙碌，但始终给自己一点空间，他们会暂时地拉开一点距离，然后再回来，回到快车上，继续前行。

现代生活是一趟快车，又是一张大网，是由无数的平常日子织起来的一张大网，线头有粗有细，针法有紧有松，色彩有浓有淡，苏州人在这张大网里，把呼吸调到匀称，不要被这张网勒得喘不过气来；现代生活又像一片汪洋大海，但茫茫大海上，有一叶小舟，那是一叶永远不会被波涛颠覆的心灵之舟，精神之舟。

苏州人的心情

在写作的时候，我喜欢在下午四点钟到外面走走，不是为了锻炼身体，也不是要观察社会搜集写作素材，只是无目的随便走一走。这时候已经是下班的时间了，所以街上是很乱的，车水马龙，我走到小巷里去，小巷里也不算安静，但是比起大街上要好得多，我在小巷里走的时候，很有心情一家一家地朝他们的家里看一看。这是老房子，所以一无遮掩的，他们的生活起居就是沿着巷面开展着的，你只要侧过脸转过头，就能够看得很清楚，我无意去窥探他们的生活，只是随意的，任着自己的心情去看一看。

他们在干什么呢？他们当然是在过着平平淡淡的日子，他们在烧晚饭，在看报纸，也有老人在下棋，小孩子在做作业，你就这样东看看、西看看，说来也奇怪，一些不好的烦闷的心情，会慢慢地消失了。

心情这种东西是有些怪怪的，比如因为什么事情开心或者不开心，这是很多的，几乎每天都会有一点，但是有的时候：并没有什么具体的事情，无缘无故就开心了或不开心了，恐怕也是许多人都有过的体验。开心呢自然是好的，怎么都好，但是不开心怎么办呢，情绪不高，不想说话，心里烦烦的。诸如此类，总是要想办法把自己不好的心情赶走，把好的心情请进来。 于是人们会想出种种的办法让自己开心起来，比如常常有女人谈体会，说，心情不好的时候，就去买衣服，给自己购买一大堆的漂亮衣服，心情就会好起来。 这倒是真的，我也有过相同的体会，真的很灵，不妨一试，只是代价可能会稍大一些。 如果想代价小一点的，其实办法也很多，比如你出门走走，看看别人的生活，这不用花钱的，或者花两块钱吃一碗馄饨，卖馄饨的小店，在城市里到处都有。

后来我搬了家，住的地方比较偏僻了。 空间是大了，绿化也好的，但是如果我想看到比较多的人，我就坐上公交车，坐两三站，就到了比较热闹的地方，这里有超市，有点心店，我可以到超市去买一点东西，可以坐到店里吃一碗馄饨，馄饨有好几种，小馄饨，开洋鲜肉馄饨，菜肉馄饨，还有其他点心，小笼包子等等。 这样在回家的时候我对儿子说，妈妈两块钱买了个好心情，儿子说，不止两块，还有公共汽车的车票呢，也是两块，合起来就是四块钱。

苏州人不固执，很通达，会调节自己的心情。

旧家具

在某种程度上说，苏州人虽然具有创造性，但同时他们也有保守的一面，或者说传统的一面，对新事物的认同也比较缓慢，少一点热情，多一点观望和怀疑，所以，不是新潮派。

但在平常的生活中，苏州人也经常碰到需要新潮的时候。 比如，在家具更新换代的问题上，在我家，我是当仁不让的改革派，因此，常常受到全家人的一致反对。 首先是父亲反对，父亲年纪大了，当然有些忆旧，不同意大刀阔斧地把伴随了他一生的东西一股脑儿地都扔了；丈夫的反对倒不是因为什么旧情旧感觉，他是怕烦，因为，每添置一件新东西，就意味着家里的布置又要搬来搬去一回，有时间在家干这些无聊的事情，还不如出去和朋友喝酒吹牛胡吹海聊来劲儿。 所以，他也是一副坚决不赞同的嘴脸；我家的保姆老太呢，通常和我心意相通的，但在这个问题，也基本上不站到我这一边，虽然不好直接反对，但也忍不住露出不乐的表情。

以上三位的态度，其实我都能够理解，也都算正常吧。 而且他们的反对都不算激烈。 也不算过分，有的只是嘴上说说，甚至嘴上也不说，只是脸上有些表情罢了。 因此，也就不能真正阻挡我的改革方针和路线。 这时候就会有一个人跳出来，那就是我的儿子，他是我最强烈的反对派。 十几年来，我对家具更新的诸多设想，没有一个得到过他的赞成。 理由很简单，旧东西不能丢。我弄不懂，小小的年纪，怎么会有这种想法？

真是苏州人的儿子。

当然，因为我是妈妈，他是儿子，妈妈的路线方针政策，如果真的下决心推行，儿子是反对不了的。 所以，常常在反对声中，新东西进门了，儿子看到新家具，也是喜欢的。 他并不反对迎新，但他反对辞旧，他决不向旧的东西告别。 经常从垃圾堆里拣回被我扔掉的什么东西，藏在自己屋里，床底下、抽屉里到处都是。 看到我皱眉，便说："这是我的房间，我爱放什么就放什么。"很独立的口气。 我说："你的房间也不应该是垃圾站呀。"他振振有词："什么垃圾站？ 哪里有垃圾？ 这东西，一点也不破，为什么扔了？ 那东西，还是新的呢！ 为什么不要了？ 你不要，我要。"就这样，许多旧东西都到了儿子屋里，宝贝似的藏着。

家具搬挪的时候，如果丈夫不在家，或者懒得动手，我只得自己拖着它移来移去，沉重的轮子，将地板划出许多道道，这可能是它唯一的功用了。 许多年过去，虽然住房的面积增加了又增加，但家具也添了又添，最后，终于没有了缝纫机的位置，而且缝纫机的面貌也已经老得不能再老了，与整个家庭布置又很不谐调，所以，下决心要送给一个远房亲戚。 那天正在商量此事，被看起来漫不经心的儿子听到了，他心疼了，死活不肯，唠唠叨叨地说，缝纫机我要，我是不送人的。 最后，只得骗他，说亲戚家要用缝纫机，是借给他们用几天。 这样才把缝纫机从他那拥挤不堪的房间里搬了出来。 但此事倒也成了他的一桩心事，过几天就会想起来问，怎么还不还呢。 直至今日，这件事还是一桩悬案呢。

每当听说家里要添置什么新东西了，儿子第一个想到的就是旧的东西怎么办？ 然后担心地问："又要扔了？"

我告诉他，旧的不去，新的不来，他听不进去。 因为儿子从来没有把家里的任何一件东西看成是旧的，拿他没办法。

又想起一件往事，许多年前，我家里有两把藤椅。 还记得是我的两位中学的女同学，撞见一个走街串巷的卖主，拉到我家来的。 母亲不得不付出一笔额外的开支，多少钱已记不得了。 如今回想，同学之所以会将藤椅送上门来，大概多半是看着我们家坐的藤椅已经不成样子了吧。

我那时也已经长大成人，知道要个脸面。 家中大小事情虽有母亲操持，我们没有实权，但有发言权，希望能添两把好一点的座椅，可能在同学面前有所言语，被同学记住，就有了送椅上门的事情。 二十多年过去了，藤椅随着我们家搬来搬去，我们也随着潮流添置了别的座椅，但坐来坐去，总不如藤椅好。 因而藤椅便很受宠，也就破败得更快些。 再加上儿子的某些人为破坏，藤椅终于不能再用了。 扔掉一把，另一把留用，也已经千疮百孔、支离破碎、面目狰狞地在当堂放着。 虽然无安全感，但大家仍然坐着它。 凡来我们家的客人。 并不对我们的新家具感兴趣，却每每有意无意地看看我们的破藤椅。 不怎么熟悉的人，看了也无话；熟些的人，也不说话，只看着那把藤椅笑，我们也一起笑一笑。

就这样，要买一对新藤椅便成了我们的话题，也成了一件不难的难事儿。 如今家具潮流虽然一浪高过一浪，翻新复古，可谓无所不有，可偏偏藤椅难觅。 丈夫在星期天也专门外出到处寻找，回来却说找不到，也不知是真去找了还是溜到哪儿和朋友侃去了，总之，没有买到。 每每留心有没有"藤靠背要伐"的叫卖声，终是不闻。 怀念从前的两位女同学。 想再没有人会撞上卖主替我送来。 世事多变，人间沧桑，有一丝惆怅。

一日外出归家，上得四楼，见家门口端放着一把藤椅，虽不是一把新藤椅，但比起我们家留用的那把藤椅，真不知要好上多少倍。 进门忙问保姆老太怎么回事？ 老太说："你看看，是你儿子替你拣回来的。"

老太继续说，那日听得楼梯上呼嗤作响，并伴有急切的呼喊"阿婆"声，开门一看，孩子大汗淋漓，携他的一个同学，两个人抬着这把藤椅很英勇地上来了。 儿子得意道："垃圾堆边拣的。"老太说，"你怎么变成拾荒的。"儿子道，"这把藤椅比我们家的好多了。"老太道："好也不能去拣垃圾呀。"儿子说："妈妈要坐。"老太笑起来。 向我说："看看你儿子。"欢喜之情，溢于言表。 朋友有闻，戏言你有个孝子。 我却无话，心里忽悠一下。 难为儿子的一点心意。 其实在人与人的交往中，若都能为别人留一点心，那该是一件多好的事呀！

只是我不知道该怎么处理儿子的一点心意，拣来的旧藤椅仍然置于家门口，那儿正好有一个空隙，不影响楼上的邻居走路。 保姆老太说："隔日我擦干净，把它拿进来，家里这把扔了。"

我不置可否，因为，我真的不知道该怎么处理它。 儿子每天上学放学，都看这把拣来的旧藤椅，他不知道我为什么不安置它。

在创建卫生城市的时候，全市大行动，每天电视里都在播放全民搞辞旧迎新。 领导号召大家把旧东西和旧传统一起抛弃，结果许多老太太十分气愤，我叫儿子看电视，儿子不看。

除了对旧家具，儿子对旧衣服也有一种特殊的感情。 老话说，人不如故，衣不如新。 儿子从很小的时候起，就对新衣服没有感情，而对旧衣服则是留恋再三，不肯脱换，害得我这个做母亲的，常常遭到批评。 大家说："你看看你儿子身上，连件像样的衣服都没有。 不是吊在肚脐眼上，就是露出破绽。 你大概只顾自己的事业，不管儿子了吧？"说实话，我放在儿子身上的精力是不多，但是，替他买衣服总还是有心情有时间也有兴致的，只可惜儿子对新衣服天生没有感情，所以，我跟着受冤枉也是活该呀。

儿子的妈妈说起来也不算是个多愁善感的人，他的爸爸更谈不上。 但不知道儿子从哪里来的那么多旧日情感，不用说对活生生的人，即使是对那些没有生命的家具也是一样。

其实，我们家碰到的这些事情，从前在我们的邻居那儿，也是经常发生的，苏州人对于传统文化的固守和情感，就是这样渗透在平常生活之中的。

栖息地

快过年了。

这是一个风裹挟着雨和雪的年。年前的一个下午，我出了一趟门，并不远，只是不到一小时的车程，到苏州近郊的一个镇，一个有着千年历史的古镇，它叫木渎镇。有许多人知道它，也有许多人不知道它，这都没有关系。我已经在路上了。

一路下着雨，是冬天的雨。因为雨，也因为年前大家的忙碌和乱，路上有点挤，车开得很慢。我看着车窗外的雨和骑着自行车在风雨中行走的人们，感觉到了冬天的寒冷，还有一点孤独，但是想到我将要到达的那个地方，古镇上的那一间会议室，就像是风雨中的一块安逸的栖息地，让我的心里顿时温暖起来，空洞洞的心就被这温暖填满了。

这个古镇据说乾隆来过六次，古镇上还有许多历史的遗迹。许多东西我没有考证过，也不用考证，我今天到这里不是旅游，也不是为了历史，更不是为了宣传介绍它，只是一个小小的与文学有关的活动。

参加木渎镇的白云泉文学社的活动，这大概是我一年中参加的与文学有关的活动中的最底层的一个了。再往下面，就是村一级了，我虽然长期生活在基层，但是村一级的文学活动，确实还没有涉及过。农民作家倒是接触过的，但村里的文学活动不太清楚到底有没有。

一个镇的文学社，一次最基层的文学活动，连见报的可能都很小，小到几乎没有，更不用说对社会产生什么影响了。但是这一天的会议室里，真的热气腾腾，群情激昂。与屋外恶劣的天气形成了强烈的反差，大家围坐着，围绕的中心，就是我们的文学。

我到的晚了一点，一进会场，立刻就印证了我在路上的想象，甚至超过了我的想象，在大家都忙忙碌碌、无心做事的年关上，有这么多人顶风冒雨来参加文学社的活动，文学社的凝聚力，出乎我的意料，也让我倍觉兴奋和振奋。

白云泉文学社是十年前成立的，没有人给钱，没有人资助，没有人宣传，甚至没有人知道，但他们坚持下来了，整整十年，每年出自己的刊物，每年出自己的作品，每年有文学活动，每次大家都来。

参加这个文学社团的，都是苏州人，有老苏州人，有新苏州人，外来务工者，银行行长，派出所的政委，农民，离退休的老同志，机关干部，企业家，有年轻的，也有年长的，男的，女的，各式人等。

一位年近七十的老同志，上海人，当年支持三线建设离开了上海，退休以后回不了上海，就在木渎镇落了户口，在上海的边缘苏州定居下来了，成了新苏州人。我听他在会上介绍自己说，退休后的反差、回不了家乡的失落，得了抑郁症，后来听说镇上有个白云泉文学社，就自己寻找来了，来了就参加了，一参加就是十年，结果，不仅治好了病，现在生活得比年轻人还活跃还充实，每天爬山，每天写作，去民工子弟小学上课，还带动其他的离退休老同志一起去上课，真正把余热发挥得淋漓尽致了。

还有一位女作者，向我要了一本《赤脚医生万泉和》，后她写信告诉我，她村子里就有一位年长的赤脚医生，从前给她爷爷看病，后来给她妈妈看病，再后来给她看病，现在，给她的女儿看病，她说赤脚医生的故事太多太多了。我读着她的信，心里深深地感动着，为赤脚医生，也为关心着赤脚医生和被赤脚医生关心着的农民。

他们在最基层坚持着文学，他们是金字塔庞大而坚实的塔基，没有这样庞大而坚实的基础，哪来金字塔尖的光芒和荣耀？

没有谁命令或动员他们写作，但他们始终在写。他们的作品，一般只在自己的刊物《白云泉》上发表，或者最多就在当地晚报副刊上发表，没有更高更广阔的舞台让他们展示才华和才能，但他们仍然孜孜不倦地写作，仍然对文学不离不弃，多年如一日。文学也许没有带给他们更多更实惠的东西，但是他们感激文学，他们感恩，因为文学，他们活得滋润，因为文学，他们快乐安详。

在平常的日子里，他们也有困苦，也有艰难，他们都很平凡普通，但是在文学的那一瞬间，他们是如此的辉煌，如此的令人敬佩，令人感动。他们也是感动中国的人物，虽然他们没有做出惊天动地的事业，他们没有几十年侍奉孤老、抚养孤儿，更没有见义勇为、舍己救人，他们很平凡，但是他们身上有一种神圣，有一种伟大，我因为经常喝酒应酬，胃不好，甚至多次发誓，再也不喝酒了。可是这天晚上我又端酒杯了，跟其中大多数的我并不熟悉的人干杯。怎么不熟悉呢，我们是很熟悉的。在这个风雨交加的冬夜，我们畅饮着，畅谈着。

　　每年参加许多与文学有关的活动，这一次的白云泉之旅，深深地刻印在我的心底。我之所以忘不掉他们，是因为我和他们一样，我们许许多多老苏州人和新苏州人，都有一块共同的心灵栖息地。

文学路路通

　　我的家乡苏州有句老话，叫"苏州路路通"。苏州小巷多，而且纵横文错、星罗棋布，像　个大拱盘，又像　个迷宫。小巷又窄又长，你往里边走着走着，就好像走不通了，好像走到底了，因为它越来越窄，越来越闭塞，前面越来越不像有路可走的样子了。

　　其实，你大可不必担心，因为"苏州路路通"。就在你担心走不通的时候，前面就是拐弯处了。拐了弯，仍然是小巷，仍然是深深窄窄的，但那已经是另外一个世界，另外一番风景了。

　　文学也是一座布满街巷的城市，我们这些写作者，就行走在文学的大街小巷。就像一个人不能同时跨越两条河流，一个人也不能同时走过两条街巷。也许一个人一辈子要走好多条街巷，但在某一个阶段，在某一个时刻，却只能走一条街巷，无论它是宽阔还是狭窄，是畅通还是阻塞。

　　走吧，走吧，无论文学的街巷有多多少少，你只有勇敢地往其中的一条街巷里走去，你才会慢慢地知道，你是走对了还是走错了，你才会慢慢地感悟，这条街巷适合不适合你。

　　经典也是一条路。

　　经典具有引导性，经典能够让你跟着它的指引走向胜利的前方。　但是如果你闭着眼睛跟着经典走，你就是一个盲目的行走者。　曾经有过一个时期，我们在经典的指引下，按照一个模式写作，我们放弃了许许多多街巷不走，去拥挤在同一条小巷里。

所以说，经典是一条路，经典又不只是一条路。　如果你走错了路，你走上了一条不属于你的路，那也不要紧，你可以重新再寻找自己的路，你总能找到那一条属于你的路。　关键是你要发现自己走对了还是走错了。　这时候，经典又像街巷里的一盏路灯，照亮你的脚下，也照亮你的内心。

有些经典是一统天下的，权威的，人人共爱之，个个赞颂之，那是当之无愧的经典。　词典上对经典的解释就是：具有权威性的著作。　但无论它的经典性和权威性有多大，它也只是一条街巷，而不能替代文学这座城市里所有的街巷。

有一位作家说过，他原来是写诗的，到了八十年代末或九十年代初，忽然看到了一大批跟从前的小说完全不一样的小说，他忽然就想，原来小说也是可以不"那么写"的，又想，原来小说也是可以"这么写"的，像一颗星星闪亮天空般闪亮了他的内心，他顿时醒悟了，立刻改行写小说，而且迅速成为一位知名的小说家了。

我绝不是说小说家比诗人更伟大或者更什么，我说的只是一个人的一次转型，我不太清楚诱惑一个诗人成为小说家的那些"这么写"的小说是哪些小说，但我完全相信，在他眼中，它们一定是他的经典，至少是他的某一时期的经典，是他写作生涯转折的一个动力。

在苏州的大街小巷，很少有"此路不通"的标识，在文学的大街小巷也一样，文学路路通。　每一条路上都有路灯，它就是我们的经典。　街巷和街巷是不一样的，路灯和路灯也是不一样的，即使是同一条街巷，你走着和我走着，感觉是不一样的，即使是同一盏路灯，照着你的时候和照着我的时候，也是不一样的。

　　这是一个充满个性的时代。 充满个性不是不需要经典，也不是没有经典。 我们需要经典，经典是一种信仰，是一个榜样，是支柱，是灵魂，但是，经典不是唯一，也不是一统天下，它们是许多盏路灯，同时照亮我们的城市。

简单派与饮食文化

民以食为天。中国人如此，外国人大概也是一样。不以食为天的民族有没有？恐怕没有。区别只是在于各有各的吃法，方式不同。有钱人有有钱人的享受，穷人也有穷人的快活，农妇认为皇帝娘娘最快活也就是吃个柿饼。像一般的平民百姓，没有很多钱，也没有很多闲工夫细细地烹作，不能每日山珍海味的，来一个新鲜雪里蕻炒肉丝一样叫你打嘴不放，弄一盘螺蛳吮吮也是有滋有味，如今许多民间低档菜纷纷进入高级餐馆的菜单，像油炸臭豆腐什么，甚至有些根本不是菜的树叶什么，也充作台湾、韩国或者美国特产什么的上了餐桌，并且还很受欢，真是爱你没商量。

在吃的方面有讲究的也有不讲究的，只要是在自己家里，随你怎么弄都行，哪怕酱油汤泡泡饭也会吃出好味道。但是人却不能总呆在家里，出去走走也是人生的必要的一课。出门在外，常常就由不得你了。我在 1990 年初夏，随中国作家代表团访问前苏联，那时候前苏联的供应已经比较紧张，尤其以食品为甚。对我来说，出访的机会是很难得的，虽不能夸张为千载难逢，但毕竟是十分珍贵，倘若身在异乡他国，十五天没有好好地吃，那总是一件令人沮丧的事情。于是在出访前就有了些担心，后来出去一走，觉得那担心实在是多余，倒是生出了别的许多感想。

首先想到的就是简单派和饮食文化。

简单派又可以称作简约派。 简单派大概可以划在文学的后现代主义的圈子里。 如果要概括简单派的特点，或者要解释简单派的概念，那么望文生义也就差不多了。 简单，就是不复杂，生活原样，从表现到内涵都没有更多更深的寓意什么。

前苏联文学不是简单的派。 从普希金、托尔斯泰、肖洛霍夫到高尔基，再到当代文学，都不是简单派。 前苏联文学是讲究主旋律的，是要干预生活，要承担责任的。 我们同前苏联作家座谈，他们毫不含糊地告诉我们，作家就应该是先知先觉。 这一点他们认为不用怀疑。 所以在那时的戈尔巴乔夫的十五人总统委员会里，居然纳进了两位作家，艾特玛托夫和拉斯普京。 在电视台，几乎每天晚上有作家出来谈自己对政治对形势对现状对前途对一切的一切的看法，为人民为社会指出方向。 他们背负着沉重的责任感、使命感，他们不简单。 所以我敢说前苏联文学与简单派无缘。

但是前苏联的饮食文化倒是有一点简单派的味道。

我从小生长在苏州，似乎养成了一种夜郎自大的不良习惯，常常要用苏州的东西同别人的东西作比较。 大家知道苏州菜是很淡雅的，但那不是简单派的淡雅，而是一种精致的淡雅。 苏州菜的精细讲究，自从陆文夫老师写《美食家》以后，已经为越来越多的世人所知。 陆文夫老师在另一篇谈苏州菜的文章中介绍过一道苏州的名菜——绿豆芽嵌鸡丝。 绿豆芽的细，在一般的菜中也是算得上了，要在很细很细的绿豆芽中再嵌入鸡丝，这道菜的精细，也是可想而知。 也许有人会说，弄这样的菜，吃饱了撑的。 这话一点不错，真是吃饱了撑的，有闲阶级么。 但是在苏州，即使是寻常百姓的家常便饭，也是比较考究的。 不像北方拿七八十来种的菜放在一个锅子里煮，也不像陕西老乡拿馍馍掰碎了泡汤，苏州的百姓即使炒一个蔬菜，也要炒得油汪汪绿生生，叫人看着就好，别说吃了。 至于什么菜该红烧，放酱油再加糖，什么菜该生炒，放盐加味精，什么菜是清蒸的鲜，什么菜是水煮的香，什么菜放粉着腻更入味，都是很有讲究的。

相比之下，前苏联的日常菜饭，确实要简单得多，首先的印象是生冷颇多。 凡是蔬菜必生吃，看着端上桌来的蔬菜，完全保持原样，从它们生长的地方到这餐桌，其中只不过经过一道清洗的程序。 生的蔬菜，根是根，叶是叶地排放着，至少有五六个品种，我认真地看了半天，只认识其中的大蒜和青葱，另一种菜有点像我们的绿苋菜，也不知在前苏联它的学名是什么，有什么俗称。 我挑了半天，才拿了一根生蒜，一嚼，没有什么蒜味，这时候我不由想起家里的清汤面条，宽汤，撒一把切碎的蒜，一搅一拌，真是清香扑鼻。 于是我想，那青蒜的香味原来是经过滚烫的面汤烫了才香出来，那么一般的蔬菜呢，没有比较，不敢妄下断言。 看到我们代表团别的人也和前苏联人一样，大嚼生菜，忍不住问味道怎么样，总是笑而不答，然后看他们寻找一些调料，比如加一些盐，胡椒，芥末，或是浇一勺奶油什么，我是心领神会。

在各种蔬菜上浇一勺奶油，这就是色拉。 这是我们在那儿想到要为色拉正名的缘由。 我们这些人无疑都是些土生土长的中国人，在改革开放的今天，多少也接触了一些洋东西，但是接触归接触，在生活中大凡还都抱守着自己民族千百年留传下来的习惯不肯放，比如喝咖啡不如喝茶舒服，睡席梦思不如睡棕绷床有精神等等，以我自己为例，就是一个比较守旧的人。 对于色拉，当然是吃过的，也曾想自己动手做做，但是终因种种原因没有做成，如果想吃色拉，就到街上店里去吃，苏州小城虽然古旧，个体集体、中西合璧或者纯西味的餐馆并不少，五花八门，各有特色，但是老板经理们对色拉的理解倒是高度的一致，所以始终我也只了解土豆色拉，一直到了那里的餐桌上才知道黄瓜西红柿以及其他生冷菜瓜，只要浇上一勺白色的无味的油，就是色拉。我真是多么的浅陋无知。其实我也知道严格意义上说，拌色拉还应该有其他一些内容，比如肉丁蛋黄什么，那里的色拉并没有这些，这大概就是简单派吧。

简单派的蔬菜以生冷为主，简单派的主食也复杂不到哪里去。我们在前苏联十多天，基本上就是以黑白两种面包为主食，有一次吃到一种小点心，和我们的甜油酥饼差不多，大家感叹，说，又吃到中国点心了。其实点心还是前苏联的，只是和黑白面包不一样罢。在格鲁吉亚共和国，主食除了黑白面包，还有一种大煎饼。我们在一个小镇上参观做煎饼的工场，工人大汗淋漓，十分辛苦，工场里温度至少在四十度以上。大煎饼的制作方法和我们苏州的大饼差不多，比较简单，先揉面，然后把面团压成扁平状，贴在炉膛内，烘至金黄色就熟了，只是这煎饼要比我们的大饼大得多，我们的大饼大约有巴掌大，他们的煎饼却有大的洗脸盆那么大。如果真要叫做大饼的话，他们那才是真正的大饼，而我们的大饼只能叫作小饼了。因为饼大，做饼的工场、烘饼的炉子是往地下埋的，看下去至少也有两米多深。

大煎饼刚出炉时，很松软，很香，但是这新鲜的煎饼我们只是在工场吃了一次，餐桌上的煎饼往往因为时间很长而变得又硬又僵。我们平时在家开玩笑，说什么馒头包子如果很硬，拿来砸狗，能砸得死狗，那么这儿的发了硬的大煎饼，不要说砸狗，就是来一条老黄牛，也能砸它个七荤八素。

荤菜的品种也不多，大概有猪肉牛肉鸡肉鱼肉，做法也比较简单。一天我们参观国民经济展览会，那是一个包罗万象的地方，我们在里边的餐厅吃饭，点了菜，其中有一道煮牛肉。先是上冷盘，再上汤，再就是牛肉。冷盘和汤上来时，大家谈笑风生，边吃边说，都很自在，到了牛肉上来，就要集中精力对付，先笨手笨脚用刀叉把牛肉分成小块，然后叉起一小块放进嘴里，默默地咀嚼，牛肉没有煮烂，怎么嚼也嚼不碎，不能下咽，看大家时，脸上都有类似的尴尬表情。只是因为有主人在场，不好意思直说，不料陪同我们的儿童文学作家纳加也夫却开了口，说，吃这牛肉，让我想起穿旧了的牛皮靴。他的幽默逗得我们大笑，我们中间也有谁接上去说，我们经过二万五千里长征，吃过牛皮带，穿旧了的牛皮靴我们不怕。在逗乐声中，嚼不烂的牛肉也慢慢嚼烂。

在前苏联到处可见的自助餐，更应该算是简单派饮食文化的内容之一，自助餐方便、简单、实惠，对这一点我们体会尤深。出访的日程总是挤得满满，时间安排总是很紧很紧，常常中午只有很短的时间吃饭休息，于是自助餐帮了我们的大忙。自己动手拿几样菜，到计算机上一算，付了钱，两分钟就解决，吃一顿饭不超过十五分钟，还能休息一会，如果要等着吃正规的酒席，恐怕还不等菜上桌，出发的时间也已经到了。

我绝对无意用简单派三个字来概括苏联的饮食文化，我也不可能对前苏联的饮食文化做出什么评价，这实在是我力不能及的事情。文化是一个内涵极丰富的概念，不同的民族有不同的文化，内涵当然也是不同。正如我们既不能有了现代派就打倒现实主义，也不能因为有现实主义就排斥现代派一样。 简单派也好，复杂派也好，都是一种特定的产物，你打击批评也好，吹捧表扬也好，它都按照自己的方式存在于世。 从文学的角度看，我欣赏简单派，也有人认为我的作品就有简单派的意思，我是受之有愧，但心中也许窃喜。 总之，简单派文学也好，简单派饮食也好，自有它们的独特之处，过人之处。

何以为证？

当然也是有一些证明的。 我在前苏联十五天，吃着这些简单的食物，每天觉得饿，可是十五天以后称一下体重，不但没减轻，反而加重了三五斤。 饿胖了，这真是奇怪，是因为心情愉快，心宽体胖？ 还是前苏联的黑面包营养丰富，生蔬菜维他命充足？ 或者两者兼而有之？

时隔一些年，苏联已不复存在，一想起来，竟是有一种说不出的味道，其实许多的想法也许多余，苏联的名称是不在了，但是他们的民族还在，他们的人民还在，他们会有他们自己的明天。

苏州人的口味

　　我吃东西算不算典型的苏州人，这个不敢说，但有一点却是事实，我是被苏州菜喂养长大的。喜欢清淡，甜食虽不多吃，但喜欢菜里有一点点鲜甜的意思，又不能是重口味的，只要哪道菜里盐稍微多放了一点，马上会觉得舌头起麻；糖多放了，也会发腻，难以下咽；最尤其不能吃辣的，别说辣椒辣酱之类一点不能沾，即便是搁一点胡椒粉，都会辣出眼泪鼻涕来。

　　至于菜的品种，那倒不太有所谓，好的差的，都能应付些许，一般别人能吃的东西，我也能跟着吃，只是从来不做第一个吃螃蟹的人，没有那份胆量和勇敢，只会做一些人云亦云的事情，跟着人走便是。但这并不说明我没有自己的爱好，以我自己的爱好，酸甜苦辣，都不怎么稀罕，没有感情，如果能够不吃酸甜苦辣，我当然不会去自找麻烦。

　　于是我家里做菜，也尽量朝我的口味上靠，能清炒的就清炒，能清蒸的决不红烧，汤尽量做成清汤，少加杂货，面也尽量做成光面，不加浇头，少许放盐，长此以往，习惯越来越重，口味越来越刁，对苏州菜以及和苏州菜比较接近的淮扬菜之外的菜，几乎没有什么是我能接受或喜欢的。

到北方吃饺子，我不习惯蘸醋，别人看了也不习惯，说，不蘸醋能吃出什么饺子味来，大有被我糟蹋了大好饺子的意思。但是，若以我的实践经验来说，蘸了醋不就吃了个醋么么，还有什么饺子味呢？其实连吃大闸蟹时我也不蘸醋的。当然，也只是心里这么胡乱想想，并不敢说出口来，完全没有任何理论根据，没有一点能站住脚的道理，常常在某一次的宴席上，上来一道甜点心，便会有人关心起来，道，你是苏州人，喜欢吃甜的，来，多吃点。动了筷子夹过来，堆在你面前的盘子里，我真受之为难，却之不恭。苏州人中也许喜欢吃甜食的不少，但是我不在其中，大概也算是比较特殊一些吧。

其实，像酸啦甜啦什么的，虽然兴趣不大，但多少也能应付一二，我最怕的辣，在生活中也常常绕不开它。开会到成都，到重庆，到武汉这样的地方，可是苦煞了也。辣过中饭辣晚饭，好容易忍饥挨饿到第二天早晨，想早上的点心总不该再辣，谁知竟也无一例外，别说馄饨面，连糖馅包子也是辣的，真正是辣遍天下，辣贯昼夜，终于在某一顿席间，上来一道东坡肉，不顾风度，不讲规矩，立刻狼吞虎咽起来，引得朋友们大笑，吃过之后，居然仍是一嘴的辣味，真是不知何故了。

就这样长期的饮食也许养成了人的某一种性格，或者反过来说，是人的某一种性格决定了人的口味。我的为人处世，一般比较清淡，便爱吃清淡之物；或者说，我吃多的清淡之物，人也便变得清淡些。究竟何为因，何为果，我自己是说不清楚的，也许根本就不存在什么因果，也许根本因果就没有必然的规律呢。

常常看着别人吃辣不寒而栗，看他们被辣得大汗淋漓，张大嘴倒吸冷气，狼狈不堪样，常常想，何苦来着，总是百思不得其解。

有一天，和朋友聊天，不知怎么就说到一个话题，我说我看不明白，为什么许多人对权利这东西那么热衷，怎么夺斗也不肯放弃，看他们累的，我觉得挺可怜。朋友笑道，这就像吃辣的人与不吃辣的人，不吃辣的人，定然不知道辣的美味，觉得吃辣的人完全是自找苦吃；但是从吃辣的人看来，人生若是没有辣这一味，那将是多么的乏味，多么的无聊，多么的空白。人在与人争斗之中会有许多别人难以体会的滋味和感受。

原来，当你可怜别人被辣得狼狈的时候，别人大概也在可怜你的淡而无味呢。

苏州人其实也应该知道这个道理，当你批评别人的菜无法入口时，别人也正非议你的苏帮菜呢，我就亲眼见过许多北方、西边、东北等地来的客人，非常不解地对我说，搞不明白，你们苏州人，样样菜里都搁糖，连面条里也有糖，烧鱼居然也搁糖，真是太不可思议，太让人无奈了。

其实苏州人烧菜并不多放糖，他们吃出甜味来的，可不是糖，那只是清淡，淡出一丝甜味来了。

苏州菜是这样，苏州的性格好像也差不多哦。

苏州羊肉

秋天快过去了，冬天来了，苏州郊区藏书乡的农民就到苏州城里来开羊肉店了。他们在苏州的大街小巷租一间旧的房子，门面都是沿街的，店堂里放几张旧的方桌和一些长条板凳，靠门的地方也有一张桌子的，桌子上有一个碗橱，里边是烧熟的羊肉，羊杂碎，有红烧的，也有白烧的，还有羊腰子这样的东西。

冻羊羔是比较贵的，天气不太冷的时候，它也能冻起来，冻成方方整整的一块，刀切下了去，也仍然是方方整整的。桌子上还有一块砧板，是用来切羊肉的，砧板很厚的，上面有一层油腻，用刀刮一刮，可以刮下很多的，但是他们一般也不去刮它的。一只很大的木桶坐在炉子上，总是热气腾腾的，有的人买一份羊肉或者羊杂碎，要加两次汤，还有的人要加三次汤，所以羊肉汤一定会保证好的。旁边的碗里有一碗碧绿生青的大蒜，切碎的，吃羊汤的人可以自己动手抓大蒜的，也有的人不吃大蒜，但是一些吃大蒜的人总是说，喝羊汤不放大蒜怎么吃法。每一张方桌上都有辣椒和盐，也都是由吃羊肉汤的人自己放的。在大冷的天气里，人在外面走路，冻得缩缩抖，走进羊肉店，喝一碗羊汤，就暖和了，心情也会好起来，精神也焕发了，走出去的时候，就像换了一个人。

　　羊在乡下的羊圈里养着，到了时候，就把它们拉出来杀了。家里的人把刚刚杀死的羊装在蛇皮袋里，坐中巴车，把羊送上来，在店堂后面的灶屋里，他们把羊肉烧熟了，就拿出来卖。 羊肉是新鲜的，不是冷冻肉，经常吃羊肉喝羊肉汤的人一吃就能吃出来的，所以到秋天的时候，羊肉店开出来，生意十分的好。 李时珍在《本草纲目》里说：羊肉，甘，苦，大热，无毒，可以医治很多病的。 从前在中药里边，用羊肉做主料的药方也是很多的。

　　这样的生意可以维持几个月，等寒冷的冬天过去，开春了，不等到春暖花开，他们就要关门回家。 这间房子就由东家收回去，再租给别的人开其它的店，一般人家只能开到十月份，那时候，羊肉店又要来了。

　　每年到那个时节，某个农民就会到街面上租房子，他就从农民成了一个临时的老板，香喷喷的羊肉味道飘到街上，会有很多苏州人进来，喊道：羊汤，羊肉，羊杂碎。 生意是很好的，天越冷，生意越好。

　　老板抓了羊肉，称了，在砧板上切碎，加汤，端到桌上，然后他重新回到砧板边坐下，一只苍蝇在砧板上飞来飞去，他不会很在意。

　　如果有吃客讨厌苍蝇，老板就伸手去赶一赶，过一会儿苍蝇又来了，毕竟，这里又香又暖和。

　　老板常常笑眯眯地看了看那只苍蝇。 但他知道城里人喜欢干净，他从墙上摘下一个苍蝇拍子，去打苍蝇，那只苍蝇正停在砧板上。

　　喔哟哟，有个妇女吃客尖叫起来，她说，这样打死了，更加恶心的。

老板正犹豫的时候，苍蝇飞起来，飞走了。

天气还不太冷，所以还有苍蝇。

这位临时老板如果是年轻的，那么可以想见的他的父辈爷爷辈早就在苏州城里做羊肉生意了，也许这个店面都是他父亲或爷爷都租过的。 但这种可能性并不大，因为苏州的城市建设变化很大，冬天的羊肉店一定也是随着搬迁、又搬迁的。 只是无论它搬迁到什么地方，总是有人进来吃羊肉喝羊汤。

羊肉店的店面不能算是新租的，但也不能算是常租的，它是季节性的。 现在苏州羊肉的店已经开到其他地方去了，上海有，南京也有，但是在其他地方吃苏州羊肉，吃不出苏州的味道，这也不能算是奇怪的事情，毕竟水也不一样，火也不一样，环境也不一样，吃的人也不一样嘛。

羊肉店一般在晚上的生意要比白天更好，苏州人喜欢夜里、甚至是很深的夜里出来吃羊汤，他们夜里在街上行走，看到羊肉店，会有回家的感觉，很温馨的，他们会停下脚步，或者从自行车上下来，走进店堂去，一碗很便宜的热腾腾的一点也不膻的羊汤下肚，真是赛过神仙日子。

苏州人待客

在春天的温馨和秋天的潇洒中，常常有客人来。

一般说有客人来，可能大多是指远方的客人，或者不一定很远，但是至少不是住在同一座城市的。

远方的客人就不是这样，他们在来之前多半有一封信或者一份电报，后来更多的是打一个电话，懒得写信也懒得上电报局，也是十分方便。这样主人也就有了精神准备和物质准备的余地，比较害怕的是一些不速之客，突然地到了苏州的火车站长途汽车站，或者从天而降似地站在了你家门口，真是叫人措手不及。

接待客人的程序并不很复杂，一般有两三步过程也就完成了。一是接站，如果是熟识的，没有话说，出站的时候他或者是她还在东张西望，多半我已经抢先迎上前去；可是另外有一些客人我并不认识，或者多年来只是神交而从未谋过面，或者甚至是第一次接触，连性别年龄也不清楚的，那就要事先约好接头地点和接头暗号。地点当然是在车站出口处，暗号却是丰富多彩，有以穿着认人的，也有以手中持物作辨别，最实在最简单也是最可靠的是举一块牌子，上写被接人的名字，这基本上可以做到万无一失。对上暗号，握过手，这第一步就算胜利完成。

当然也不是没有意外，接不到站的或者说来又没有来的也是有过的，比如有一次我就收到这样一份电报，说：我的朋友某某次车某某日抵苏请接站。 既不知道"我"的朋友是谁，也不知道"我"是谁，让人哭笑不得。

请吃饭是待客的一个重要内容，高潮什么多半在这里掀起，虽然大家明白菜是次要的，吃的是一份感情一份真诚。 但是每有客人来，苏州人家总是要认真地做几个菜，接着又很豪放地陪客人喝几杯酒，苏州人常常嘲笑上海人小气，说上海人坐慢车去北京，带一只螃蟹可以从上海一直吃到天津，还有说一个上海人请客，叫了小听啤酒，要了两只酒杯，说，朋友，我们今天来个一醉方休。

苏州人不是没有小气的地方，但苏州人请客，还是上路子的，要派场讲面子的。 许多年来，我家也来过许多的客人，基本上没有一次不是酒足饭饱，心满意足的，以至于十多年，甚至二十年后，还会在一些场合，忽然有个陌生人跟我说，我到过你家，吃过你先生做的菜，真好吃，还喝醉了。 我真是一点点印象也没有了，别说那顿待客之宴，连这个说话的人，我都不记得他是谁了。

我先生老家不在苏州，从小也没在苏州长大，他应该算是新苏州人，但是他很快就融入了苏州文化的方方面面，时间不长，就烧得一手正宗地道的苏州菜，被众人所夸赞。

亦可见苏州文化的力量呵。

后来我的许多朋友都知道我丈夫做得一手好菜，其实我也不是不会做菜，我实际上也是很愿意为我远方来的朋友客人做一些好吃的，只是我丈夫嫌我做的菜没有水平，剥夺了我的这一权力，他也许是想把我塑造成一个懒婆娘的形象罢。 懒婆娘也好、勤快婆娘也好，苏州人家总是客人不断。

吃饭是大事，但是接下来的事情也不小，那也是一堂必修课，到苏州园林去。苏州的主人在早几年就已经把苏州的虎丘拙政园之类走得很厌很厌了，以这种情绪去陪客人游玩，多半不会有什么好的兴致玩出来，无论春花有多美，无论秋风有多爽。最聪明的做法就是恕不奉陪。你去玩你的，你没有来过苏州，你对苏州园林有兴趣或者仅仅是有一些新鲜感你就自己去感受吧，我负责给你解决交通工具，负责给你指明大方向，保证你迷不了路，误不了事，你自己去。

苏州人心安理得地在家里喝茶。

真是很没有人情味，真是的，每次在客人们走了之后，苏州人也许是要后悔的，想想人家千里迢迢，投奔而来，实在有些是不应该，很不应该。

这是在后悔吗？当然是的，但是千万不要以为后悔了下次就会改变自己，如果你来到我这里作客，我还是不陪你去玩苏州园林，要去你自己去。

当然，苏州人在家里接待的，最多的还是本埠的客人，朋友，同学，熟人，或者不太熟的，甚至也有根本不认识的，是经过了朋友中的谁谁谁介绍来的，反正林林总总，各式各样，客人总是不断。苏州人就是这样在天长日久的接待中体现出苏州人的精神来。

就说我们家吧，我家几个人中，谁的客人也不比谁少。本来大家都觉得我是吃写作饭的，交往应该多一些，家中如果是我的客人最多这也正常，但是事实上我父亲和我丈夫他们的客人也不见得少到哪里去。找我父亲的，大凡有这样几种，棋友，老的少的都有，一来就是大半天，倒一点也不烦人，他们在父亲的屋里你争我斗也好，作谦谦君子也好，与我们一无影响。我父亲的客人中还有许多他从前的老同事，老朋友，一来之后，不光父亲要陪着，我们做小辈的也要上前见过，也要待在一边坐，听他们说说我们小时候这位老伯伯是怎么抱我们的，那位阿姨还带我上大街玩过，倒也不失为一种愉快的追忆。再就是乡下出来的办事情的农民，乡镇企业的厂长什么，他们都是我父亲的朋友，过来随便坐坐，也或者有什么事情相求，也或者没有什么事情相求，若在饭前，当然是要留饭的，他们倒也不是在乎吃这一顿饭，总觉得乡下人到城里还有人请饭那是很开心也很有脸的，虽然他们现在到处有饭吃。他们若是去上馆子，也不是吃不起，但他们还是愿意留在我家里，简简单单的几个菜，弄一点白酒啤酒，喝得脸红脖子粗，十分的惬意，送他们走的时候我们嘴上都说着欢迎下次再来的词，其实心里多少是有点烦的，绝不是舍不得花不多几个钱弄几个不像样的菜，主要是精力和时间有些耗不起。

相比之下我丈夫的客人更是多得多了，真可以说各式人等，一应俱全，各条战线，各个部门都有他那么几个朋友，政府有政府的人，公安有公安的人，经济部门人来人往也多，也有新闻界的朋友，也有文艺界的来宾，还有他心爱的体育事业上的同志，城里的熟人多，乡下的朋友也不少，总之哪一天我们家若是没有个把客人上门，一家人就会觉得少了些什么似的，或者觉得有什么事情没有完成似的，心老是悬在那里。

找我丈夫的人有许多是托他办些什么事情的，我丈夫脾气好一些，比较耐心，对人也还算真诚，倘是朋友托办事情，他多半是要尽全力去办起来的，于是名声传出去，大家都知道他有办法又热心，都蜂拥而来。 大学毕业分配工作，孩子考高中，考初中，甚至报名念小学，上幼儿园，部队干部转业安排，自己的工作调动，爱人的工作不理想，还有解决夫妻分居两地调动的事情，还有想和单位说说要停薪留职的，还有报户口的，农转非的，办驾驶执照的，办工商营业执照的，或者是执照被没收了要想取回来的，甚至还有办出国护照的，公证什么事情的，打官司的，犯了什么事情被局里抓了要想放人的，住房困难想分房子的，生活困难想要补助的，生了病要找个好医生的等等等等，真是举不胜举。 甚至有同单位领导闹了矛盾的也来说说，或者老婆在单位关系搞不好的也要来谈谈，夫妻之间有了矛盾的也来诉诉苦，和别人相处不好的也来讨教讨教，好像我们家就是一个百管部似的，好像我们家就有着一种万应灵药似的。

有人来了看到我丈夫在写东西，走上去就说写什么写，玩玩，玩玩，于是放下手里的笔就是吹牛，也有的时候隔夜没有休息好，第二天中午想小睡一会，客人进门一问说是在睡觉，返身就走的也不是没有，但多半是要喊起来的，于是就起来，做什么，还是吹牛，于是一天天就在这许多说说谈谈中过去，友谊也就是这么建立，时间也就是这么耗去。 虽然他们并不是来找我，可是我也常常被弄得心烦意乱，但又不能对别人怎么样，即使是我自己的客人，也不好直截了当地请人开路，只好说说自己家里人，说我丈夫好胃口，好人缘，好脾气，不是反话正说，就是正话反说，极尽冷嘲热讽之能事。 我丈夫也不是听不出来，可是就算听出来他又能怎么样，他也不能站在门口用身体挡住门对朋友说你不要进来了，他也不能站起来拉开门对客人说你走吧。

从我自己来讲也是有许多客人的，但是多半不是来托我办事，大家知道我除了写写字别的本事实在也是没有什么，尤其是办实事的本领和为人民服务的自觉性远远不如我丈夫，找我办什么事也多半是办不成的，所以有一些人本来是要找我办事的，了解我的特点又了解了我丈夫的特色之后，干脆就直接去同我丈夫说，千斤重担由他去挑起来，我这真有些转嫁危机的意思呢，也乐得我轻轻松松、自自在在地写我的字儿。 直接来找我的人呢，大都是与文学有些关系的，或者来聊聊文学，也或者来谈谈对我的某个作品的看法，这是很好的事情，多听听别人的总是有益无害，也有的是拿了自己的作品来请我"指教"，我则谦虚地说指教谈不上，互相学习取长补短罢了。 然后就随便地说说文学，说说文坛上张三李四的近况，说说一些朋友熟人的事情，最后请他把大作留下一定负责推荐云云，推荐当然是一定要推荐的，要不然不好向朋友交代。 但是推荐以后的前途我一般不能保证，比起我丈夫那种对人负责到底帮人帮到底的精神，真是自叹不如。

还有一种客人是有些让人头疼的，那就是徐庶入曹营，一言不发，来也来了，坐也坐了，也不是不认识不熟悉的，但就是不肯开金口。 你若是说话，他就听你说；你若不说话，他也没有什么感受，陪着一起坐，任你怎么诱发，怎么启示，他高低没有什么话说。 问他有没有什么事情，头摇得拨浪鼓似的，绝对没有事情，只是来坐坐罢了，你也不知道他心里到底在想什么，也不知道他到底要做什么，你别无选择，只有干坐着陪他。 有一次大夏天晚上来了一个人找我丈夫，两人坐在没有电扇的屋里，只听我丈夫偶尔有几句话说，没有听到那人半点声响，就这么汗流浃背地坐了很长时间。

苏州人好有耐性啊。

有时候很愿意客人来，也有的时候很怕客人来。一个人独处孤独时，希望有人来解解闷，或者生了病而病情又有所减轻正寂寞难耐时，也愿意有客人来在你的床前坐坐，发生了一件什么事情，有满肚子的话要向人说，偏偏家里人又没有时间或者没有心思听你说。于是觉得来个客人跟他说说也是很痛快，写作正写得酣畅淋漓，思如泉涌，听得有人敲门，那真是要命，好容易有了一个一家团聚的机会，梳妆打扮一番，孩子在一边欢呼雀跃许久，正准备上动物园去玩玩，开门的时候，见客人赫然立于门前，那味道也是不怎么样。一部惊险电视剧正看到紧要关头，凶手正在露出真相，忽报有客上门，于是起身相迎，终不知那凶手何许人也，遗憾多多，总之家里的客人就是这样，让你喜欢让你愁，其实生活不也是这样么。

从前说秀才不出门，能知天下事，这对搞创作的人来说，从来都是要力避的。不出门你能了解社会了解人生么，不了解社会不了解人生，你能写得好文章么，闭门造车能造出什么好车来呢？那是当然，不过，有时候我想想，像我这样家里客人不断的，各种各样的信息，生活的浓浓的气味，世界的大大小小的事情，时代或快或慢的发展，都随着我的客人涌进了我的家门，也涌过了我的心里，所以我说一句感谢客人，也是真心诚意的。

客人来多了我嫌烦。

没有客人来我寂寞。

只不过，这都是十多年前、二十多年前的事情了。如今的苏州人家，也没有那么多客人上门了，有什么事，短信、邮件、QQ，就都搞定了。现代化的进展，高科技的发展，拉近了人与人的距离，又拉远了人与人的交往。

苏州房和车

　　大概连续有好些年了，苏州的经济总量一直排在全国第四位，紧随几大都市之后，现在苏州又要率先并且提前实现现代化，小苏州似乎可以扬眉吐气，称自己为大苏州了。

　　按照现代社会的发展规律，一个地方经济发展得好，物价也就必定会紧紧跟上，而物价之中，最最令人胆战心惊的当是房价了。

　　可是苏州的房价却是一个奇怪的特例现象。有一次我和南京的一位朋友走在苏州的街上，他看到一个广告牌上做的房产广告的价格，惊讶得站定了脚步，说，怎么可能，怎么可能？我还记得那个价格好像是三千元多。我说，做广告都是这样，虚头很大。他却坚持说，虚头再大，就算翻个倍，也只是南京的一个零头。

　　最近又有一个南京朋友劝我说，你苏州金鸡湖边的那个新地标大楼，不要太便宜噢，你还不赶快去投点资。

　　不知道更多的苏州人对苏州的房价怎么看，反正我经过和南京的对比，和北京的对比，和上海等等的对比，我一直为苏州房价的平稳感到奇怪。

　　买了房的，希望房价涨起来，投资了房的，更希望房价大涨起来，没买房的，买不起房的，希望房价落下去，但无论谁怎么想，苏州的房价一直就是那个样，涨似乎也涨了，但涨得不痛不痒，跌似乎也跌过，但跌得不伤皮毛。

如果再细算一笔物价飞涨、货币贬值的账，那么苏州的房价之涨，更只是个骗骗自己的小数字而已。

全国各地处处呈现的"地王"之类的现象，很少在苏州的房地产业界出现，所谓的天价楼盘似乎也一直和苏州无关，除了太湖附近的少许高档别墅有"天价"之说，其他区域，即便是寸土寸金的古城区，即便是拥抱未来的工业园金鸡湖，也从来不称自己为天价。

当然，即便是称了天价，苏州人口中的"天价"，在北京人、上海人、南京人还有杭州人看起来，简直、简直不要便宜得太过分哦。

当然，我不敢保证我不是一叶遮目，不了解全面情况，也许苏州是有天价楼盘的，也许苏州的房价也有令人瞠目结舌的，但是，即便真是天价，苏州人也不会说自己是天价。

这就是苏州人的性格，从前造园是这样，现在造房也是这样。

我在其他地方经常听到别人谈说自己的房子怎么怎么大，怎么怎么好，苏州人也不是没有好房子，也不是没有大房子，但是他好在自己家，既不与别人一起享受，也不让别人听了心里添堵，羡慕嫉妒恨。用一句典型的苏州老话，叫"闷声大发财"，到底发没发财，苏州人自己心里最清楚，但闷声不响那是必须的。

从房说到车，苏州人有钱吗？按照经济发展来看，应该是有一点钱的，但是你到苏州的大街、大马路上去看看，苏州豪车真不多，苏州街上一溜排的经济型小车，实在不能令人扬眉吐气呵。

不怕不识货，就怕货比货，哪天有机会，你站到北京街头去看看吧。

　　苏州人是理性的，低调的，苏州人不露富，不张扬，从前就是这样，现在也还有这种遗风，这算是小家子气吗？

　　似乎在某些方面，苏州仍然还是小苏州哦。

　　只不过，小和大，到底谁好谁不好，到底谁强谁弱，这都不是绝对的。

沾点小便宜的苏州人

我一直说苏州人是大气的，但是再大气也总有他的软肋，说点苏州人小气的事情。

先说看戏。

苏州人看戏，从来都喜欢"不出铜钿看白戏"——这是一句苏州俗语，再恰当不过，如果实在不行，弄堂里偷听隔壁戏也是好的，总之不愿意自己掏钱买戏票。

记得我小时候，跟着外婆到观前街玄妙观后面的戏院去看戏，戏票是父母亲的机关里发的。许多苏州人都是这样和戏结上缘分的。坐等发票，如果发不到票，轮不上，不够格，那就开口讨要，一点也不怕难为情，因为那时候的票，本来就没有进入市场，许多都是无价的。

但是后来时代发展了，情况不一样了，大部分的演出，无论是戏剧，还是后来越来越火的歌星明星演唱会，都进入了商业操作时代，那门票动不动就上了千，而且赠票根本就少之又少，几乎全无。在这样的情况下，你开口向别人讨要门票，等于是在向人讨要钱财啊。

可那又怎么样，苏州人照样讨票，照样通过各种各样的关系，想尽各种各样的办法，钻天打洞地讨要门票，完全没有讨票就是讨钱这样的意识。

这怎么是钱财呢，这不就是一张门票吗。

而且，他们似乎总能成功，他们似乎总有办法通过苏州人和苏州人之间的千丝万缕的联系，最后如愿以偿。

我常常不能理解，说他们是为了省这几个钱吗，未必，现在的苏州人应该不缺文化消费这几个钱。

你说是节省吗？ 也不是，苏州人在该花钱的地方并不吝啬的。

你说他们是为了显摆自己有路子，有朋友，有能耐吗？ 似乎也不是，苏州人性格中这种显摆的因子并不多呀。

应该是习惯成自然吧，而且是难以改变的旧习陋习。

小家子气终于有地方裸露出来了。

当然，这种习惯不仅限于苏州人，我南京的朋友对南京人最深恶痛绝的一条，就是不肯自己掏钱买票。 因为凡不是自己掏钱买票的演出场子，无论是哪种场子，无论哪类演出，通常都会不大讲文明，比如听音乐会，场子里孩子大哭小叫，大人的手机铃声此起彼伏，常常闹出演员罢演的事情。 试想如果真是人们喜欢的艺术，又真是自己买的票，舍得这么糟蹋吗？

苏州人自己锻炼身体，也都想由别人买单，各种锻炼场所，被讨要健身卡的甚多，无论是健身房的，游泳馆的，打网球羽毛球的，无一幸免。

我想这可能还是多轨的问题吧，如果所有演出、健身之类的消费，都像如今的电影院线那样操作了，恐怕不再会有人跑到电影院门口去讨要电影票吧。 那些有票有卡可讨要的地方，肯定本身是有漏洞的，既然你有漏洞，我喜欢沾点小便宜的苏州人自然会来钻洞的。

还有一景，苏州人买菜。

我们不说女人，我们说男人，一个苏州男人在菜场买菜，经过讨价还价，经过斤斤计较，还仔细看过了秤，苏州男人终于买好了菜，付过了钱，可他临走的时候，手一伸，还要从农民的菜筐里抓走一棵菜，抓不着菜，抓一棵葱也是好的，惹得农民老大妈"哎哟哟哎哟哟"地叫唤。

唉唉，苏州人，又大气，又小气。

苏杭班

　　早些年，苏杭班是仍然在航行着的，但是乘船的人比过去少了，虽然航船上的设施比过去好，有卧铺，也很干净。从苏州到杭州，是一个晚上的时间，天黑的时候离开苏州，天亮的时候就看到杭州了，所以有些节省时间的人，他们还是会乘航船的。他们是些什么人呢，我们也不太了解了，据说有一些出来旅游的人，他们会乘苏杭班的，好像报纸上也登过苏杭班的消息，我们只是偶尔经过轮船码头，这时我们会看到有一艘苏杭班停泊在岸边，它叫沧浪号，或者叫平江号，船身是白的，但不是通体雪白，也会有些其他的颜色相间，岸上会有几个人在走动，他们可能是工作人员。

　　现在还不到开船的时候，旅客还没有上码头呢，到检票的时候，才会有人从栅栏里边走出来，但是他们不会是蜂拥而出的，不像在火车的站台上，也不是在长途汽车站那里，现在坐船的人总是少数了，他们零零星星地穿过候船大厅，走到码头上，他们走上码头后也许会四处看一看的，但是码头上没有什么好看的，甚至有一点败落的景象，有一点萧条的样子，石缝里有几根野草长着的，也有几个烟头，但是不多，所以看上去也不脏，不脏的地方可能会有一点意境的，但是乘客们也可能不去注意意境的，他们就上船去了，船就停在他们的眼前，脚下会有一块跳板的，不过不是从前那种狭窄的一条。 现在乘船的这些人里边，有没有过去曾经在农村里呆过的人呢，也可能是有的，他们会想起从前在乡下时的事情，如果河滩比较浅，船不能靠岸很近，这样跳板就要很长的，那个跳板又长又软，有弹性的，走上去晃来晃去，胆子小的人会叫起来。但是农民是无所谓的，他们好像是走在平地上一样，仍然可以大步大步的，从城里下来的人，他们开始不太习惯这样的跳板，就心惊肉跳，他们走跳板的时候，总是跨了很小的步子，农民说，你这是踏蚂蚁呀，农民会传授经验给他，他们说，越是晃得厉害，越是要走得快，就像下雨天走泥地一样的，越是滑呢，越是落脚起步要快。 但是，不管农民怎样传授，他们还是不敢大步的走，就这样他们慢慢慢慢地练习，后来也许他们慢慢地习惯了，但是也有的人，在乡下呆了好几年了，还是不敢走跳板，看见跳板，他们就会慌起来的。

我们都有很长时间不再回到农村了，我们也不知道现在农村里还用不用跳板，那个跳板是不是从前那样子的，但是现在轮船码头的这个跳板是宽宽的，厚厚的，大家走过的时候，都没有把它当成一个跳板的这种想法。

这就是轮船码头，它是一个比较老的码头，它的位置好像好多年都没有挪动过，在我们小的时候，如果要乘船，也是从这里出发的。 现在我们都已经是中年以上的人了，我们仍然是要从这里上船，只不过，现在我们也不坐船了，虽然我们常常会想起从前乘船的事情，也常常会在心里涌起一点感想。 我们想，其实乘船是一种浪漫的情调，有时候会有一种忧伤的情绪，船的汽笛声，把我们带到很远很远的陌生的地方，我们这么想着，就会向往乘船的日子，又怀念乘船的时光，但是毕竟我们不再去乘船了。

其实乘船也不是一件难的事情，如果我们决定要乘船，也是方便的，我们就到轮船码头去买票，就上船了，就是这样简单。可能我们中的许多人还记得年轻的时候，会有三五结队的诗人和文学青年，突发奇想地在某一个夜晚就出发了，走到哪里就停下来了，坐了一坐以后可以继续往前走的。

现在我们出行的脚步比从前沉重一些，苏杭班仍然是在开着的，仍然会有人步履轻松地来到轮船码头，他背着一个包，带着一点钱，还有几包烟，就出现在售票的窗口了。

梅埝。

到梅埝吗？售票员的口气有点奇怪，好像有点不理解他的行为，或者觉得没有听清楚他的话，所以她重新又问了一遍。

但是售票员的口气并没有影响到他，梅埝，他说。

一张吗？

一张。

停靠梅埝的苏杭班不是下晚出发早晨到达的苏杭班，它是苏杭班里的另一种，是每一个小码头都要停靠的苏杭班，它的终点也是杭州，但是它十分的慢，几乎要走二十四小时才能到达，我们要有足够的耐心呀。

它沿途停靠的码头是这些：

吴江

同里

七都

南麻

屯村

黎里

梅埝

铜罗

桃源

……

以上是属于江苏省的，属于浙江省的有这样一些：

嘉兴

嘉善

湖州

乌镇

塘西

西塘

余杭

……

另有一班更慢的苏杭班，现在肯定已经停航了，它停靠的站埠更多，除了以上这些，至少还有以下这些：

尹山湖

庞山湖

南塘

塘南

……

这些是在江苏境内的一部分，还有浙江境内的，比如像余墩、严墓、窦庄等等等等。

这些站点，是在运河上的，或者是在与运河相沟通的岔河上，在我们有兴致的时候，不妨阅读这些站名呢。

有关运河的知识是这样的：

1　大运河，即京杭运河，简称运河。我国古代伟大的水利工程。北起北京，南至杭州，经北京、天津两市及河北、山东、江苏、浙江四省。沟通海河、黄河、淮河、长江、钱塘江五大水系。全长 1794 公里。

2　始凿于公元前五世纪（春秋末期），后经七世纪（隋）和十三世纪（元）两次大规模扩展，利用天然河道加以疏浚修凿连接而成。

3　全程分七段：北京市区到通县称通惠河，通县至天津段称北运河，天津至临清段称南运河，临清至台儿庄移交鲁运河，台儿庄至靖江段称中运河，靖江至扬州段称里运河（古称邗沟），镇江至杭州段称江南运河。

4　向为历代漕运要道，对南北经济和文化交流曾起重大作用。

5　十九世纪（清中叶）后，因南北海运兴起，津浦铁路通车，其作用逐渐缩小。黄河迁徙后山东境内段水源不足，河道淤浅，南北断航。

6　新中国成立后部分河段已进行拓宽加深，裁弯取直，增建船闸，已可通航，并建有江都、淮安等水利枢纽工程，使大运河成为"南水北调"的主要通道之一。

现在乘客已经上船来了，船是一艘旧船了，油漆是斑斑驳驳的，坐凳也有些七跷八裂，不过他并没有很在意，他随便拣一个座位坐下，船就快要开了，船上有几个农民，他们互相是认得的。

老八脚啊，上同里啊。

丝瓜筋啊，回南麻啊。

他们都是短途的旅客，跨上船，坐一站，至多两三站，他们就要上去了，然后又有另外几个农民上船来。

阿六头啊，交茧子啊。

阿妮毛啊，拷头油啊。

在他们说话的时间里，汽笛已经响起来。

到了。

到了。

再会啊。

再会啊。

他们又上去了，船稍稍地停一停，等候上船的人上来，船又开了。

只有这一位乘客是一个像模像样的乘客，他身背行囊，脚上穿着旅游鞋，农民朝他看了看，咦咦，他们想，这个人是干什么的呢。

从前像乘客这样的人在船上是经常出现的，他们可能是下乡工作的干部，是插队的青年，是走乡下亲戚的城里人，是从别的地方到这里来外调的人，是读书的学生，是来画画的画家，是什么什么人，但是现在船上没有这些人了，所以这一个乘客就显得比较突出，农民们会互相地探询一下。

陌生面孔啊。

陌生面孔。

从苏州下来的。

苏州下来的。

要到哪里去呢?

不晓得的。

要去干什么呢?

不晓得的。

他们也许可以问一问他本人,这样他们的疑团就解开了,但是他们并没有去问他,因为毕竟他和他们是没有什么关系的,农民并不一定知道萍水相逢这个词语,但是这个词语的意思他们是融会贯通的,他们不一定要去关心一个陌生的人,他们还是愿意谈谈自己的事情。

街上头油也拷不到了。

人家现在不用头油了。

今年茧子又不灵了。

不灵的。

辛辛苦苦的。

辛辛苦苦的。

苏州运河的两岸,从前是有许多桑地的,现在也还有一些,养蚕的人家比过去少了,但也还是有一些,他们在早春的时候到镇上的茧站买蚕种,用棉花捂着,然后看着蚕种慢慢地变成又瘦又黑又小的蚕,再然后这些小蚕就慢慢地长大了,变成又白又胖的蚕,它们吃桑叶的声音是沙沙沙沙,如果家里养蚕养得多,这声音听起来有些壮观的。

乘客是不大了解这些内容的,这是江浙农村的生活,与他的老家是不一样的,那么他的老家是在哪里呢。

农民间忽又会议论他一两句的。

看起来人高马大的,不要是北京人啊。

山东人也高大的啊。

大概不是广东啦什么的,他们想,广东什么的,还有福建那样的，人都长得矮小，现在改革开放以后，农民的知识也多起来了，他们甚至还会学一两句广东普通话。

生生（先生）啦。

稍载（小姐）啦。

农民笑了笑，汽笛又响了。

到了。

到了。

再会啊。

再会啊。

他们有的下去，有的上来，上来的先看一看有没有熟悉的人，如果没有，他们就不打算多说什么，有一个人往地上吐了一口痰，一个妇女把一个包紧紧地搂在胸前，并且有些警惕地看看别的人。

有一个船上的服务员来扫地，她可能看到地上有许多瓜子壳，觉得有点脏了，就过来扫一扫。她扫的时候，大家自觉地把自己的脚抬起来，让她的扫帚从脚底下过去，只有那个陌生的乘客他没有注意到，因为他的目光一直是看在船窗外的。在看什么呢，可能是运河两岸的风光，也可能是天空，但是天空灰灰的，并不好看呀，所以服务员有些不高兴地说，喂。

他这才惊醒过来的样子，学着其他农民，也把脚抬起来，等到服务员扫过他脚底下这一块，他问她：请问。

什么?

到梅埝是什么时候?

下午五点。

服务员走开去了，听到他问答的农民们想，噢，原来他是到梅埝的。

他们又想，咦，梅埝有什么呢?

他到梅埝去干什么呢?

他们这么想着，就会发出一些议论的。

梅埝又不是旅游古镇。

梅埝又不是工业发达。

梅埝又不是什么什么。

梅埝说不上什么什么的。

他们的说话，那个乘客可能是听不懂的，因为从他脸上表情看起来，他是没有知道他们在说他，至少是与他有关的话题，他的脸色有些茫然，也许他也想听听他们说话，消解掉一点坐船的枯燥和单调，但是因为语言不通，他无法介入他们中间，但是他对他们是友好的，他是和他们同舟共济的，他从心底里觉得他们质朴亲近。

因为他们都是上上下下的短途旅客，所以现在坐在船上的他们，几乎没有一个人是和他一起从苏州上船的，他们中间已经有了时间和空间的差异，不过这一点乘客却不是太清醒的，在他的眼里，虽然也看着他们上来下去，但他并没有牢牢地记住谁从哪里上，谁又从哪里下。

记住记不住，都无所谓，他只是一个乘坐苏杭班的普通乘客而已。

在从前苏杭班航行的时候，这样的人，这样的情形，就是苏州生活中的一幅常景图。

那一年，我头一回去上海

　　我住在苏州，离上海不远，况且我是出生在上海的郊县松江，虽然很小就离开了那里，但思绪却常常飘回我那个地方，那一所旧了的学校，那一排五十年代的平房，房前的篮球场，母亲怀着我，坐在门口看父亲打球。 但是地理上的近加上心理上的近，却并没有让自己成为上海的一个常客，去上海是很难得的事情，这么多年来，如果不算上去虹桥机场坐飞机的次数，正式去上海，大概不会超过七八次。

　　其实苏州人是很喜欢去上海的，尤其是在结婚前，小夫妻是必定要去一趟上海的，好像这一趟上海不去，会很没面子，女孩子还会生气。 当然那是在从前，商品不富裕的时代，去上海是因为上海的东西好。

　　可惜我结婚的时候没有去上海，不是不喜欢上海的东西，是因为没有钱去买那些好东西，光看不买还不如不看。 现在苏州人，已经不仅仅是去上海购物看西洋镜，我认识的好些年轻人，都辞掉了苏州的工作，去上海发展了。 听说上海工资，要比苏州高出好多倍呢。

　　我头一回去上海，已经二十多岁，是大学两年级的暑假，那时候我父亲在吴江县委工作，去上海是为县里搞化肥，所以是去找他几十年前的老友，上海农委的一个同志，就介绍在大世界附近的一个小招待所里住。　旅馆很小，房间却很大，因为是大通铺，我住的那个女间，有二十多张上下铺，客满的话可以住四十多个人。　现在回想起来，也已经记不清那个晚上是怎么过来的，只是知道，从前的人，吃得起苦，而且吃苦的时候也没有觉得是苦。　不像现在，娇贵得不得了，稍有一点热就喊热死了热死了，就要进空调房间去了。

　　对于上海的印象，是更早的时候就有的。　我在乡下读书的时候，有一个女同学，她的父亲在上海的工厂里当工人，在当时，这种荣耀差不多能把小伙伴羡慕死。　有一回她告诉我，她爸爸从上海给她买了一双宝石蓝的高统套鞋，把我彻底地搞蒙了，因为我不敢相信这世界上还有这样的套鞋。　那时候我连一双普通的元宝套鞋也没有，只要一下雨，从来都是光脚走路的。

　　大上海就是从那一双宝石蓝的高统套鞋开始走入我的印象的。

　　所以后来当我终于有机会来到上海，在条件稍稍许可的前提下，自然就要去看一看女孩子们最钟情的服装店了。　是在淮海路还是南京西路的店，已经记不太清了，只记得走进去的时候，那个柜台上有一个男顾客在买东西。　我一眼就看中了一条浅灰稍带一点蓝色的涤纶裤子，就想买它。　营业员问我，你腰身多少？　接下去，最可怜的事情发生了。　可怜我的，已经长到二十多岁了，居然无知到对衣服的尺寸毫无概念。　明明不知道，还偏要不懂装懂，假作内行地说，二尺七。　就在那一瞬间，女营业员和那个男顾客，爆发出惊天动地的笑声，啊哈哈，啊哈哈。　我傻傻地站着，我知道我是说错了，但不知道错在哪里，甚至不知道是说大了还是说小了。

按我的性格，肯定是要拔腿逃跑了，但这一回我却没有跑，唯一的理由就是那条裤子太吸引我了。也幸亏我坚持下来，买下了它。后来穿上它，走在校园里，就感觉自己像个仙女，要飘起来了。这种飘飘欲仙的感觉，就应了这条裤子，一直持续了很多年。也就是说，过了好些年，这条裤子仍然是时髦的，仍然是出众的。

难怪，从前苏州人都要到上海去买衣服。也难怪，从前苏州人结婚前，一趟上海之行是绝对少不得的。

晚上回到那个大统间，虽然没有客满，但也住着不少人，都是全国各地来上海的妇女，她们在说话，说的什么我当然记不得了，但我想，其中有许多话题，是和衣服有关的。那一年夏天很热，我躺在燥杂的旅馆小床上，心里却很清凉宁静，那条"二尺七"，陪伴着我度过了有生以来的第一个上海之夜。

三十多年过去了。常常的想起那一个夜晚，在上海一家小旅馆的一个大房间里的事情，恍若隔世。

我是喜欢上海的，上海有我的不多的回忆。回忆多了，就会不当回事，所以我不会经常去上海。

流觞曲水

迷路在甪直

多年前，我还不知道甪直，也不知道甪直有很多名船缆石。从前的甪直人，将普普通通的、让船家停泊系缆所用的系船孔雕得出神入化，千姿百态。 我的一位写作的朋友，正在创作一部历史题材的长篇小说，从外地赶来，要去看一看甪直的船缆石，我算是地主，理应陪同前往，我们到长途汽车站坐上乡村班车，就往甪直去了，很方便。

这是我第一次到甪直。

到了甪直，便发现，我们面前，只有一条路，沿河而行，别无选择。 甪直镇是一座典型的水乡古镇，镇外湖荡星罗棋布，镇内河道纵横交错，贴水而街，临水成市，小桥回转相连，条石驳砌的河岸边，排列着一个又一个的船缆石，雕出形式各异的图案——如意，寿桃，蝙蝠，猫眼，象鼻，对桔，双榴，立鹤，卧鹿，芝草，蕉叶，又是狮子滚绣球，又有刘海戏金蟾……栩栩如生，一个，两个，三个……朋友在他的本子上记着，画着，我想他一定激动，我们慢慢地往前，似乎永远只有一条路，不必找人问路，也不必费心记着该怎么往回走。 街道狭窄，房屋纵深而低矮，我们很快就被甪直古老而静谧的气氛吞没，默默地穿行在古镇超市阴幽的小街上，浑浊的眼睛闪出光彩。 船缆石吗，老人说，用直有句老话，到了用直勿看桥，等于用直勿曾到；老人顿了一下，道，还有一句，到过用直看过桥，勿看船缆也白跑。 我们和老人一起笑起来，我们没有白跑，我们看了桥，也看了船缆。

后来，我们在镇政府旧陋的老楼里稍作休息，又在镇政府简单的食堂里吃了一顿简单的客饭，一菜一汤，因为饿了，吃得挺香，米也挺好。

古桥，旧街，老屋；

小河，轻舟，船缆。

第一次到用直，我留下这么十二个字，记忆犹新的应该是船缆石，本来，我们就是为它而去。

我不怎么明白从前的用直人为什么要把平平常常的船缆石做成艺术品。 常常想，如此精雕细刻，逼真细腻的船缆石，恐怕早已超出美观和实用的意义，也不仅仅是讨个好口彩，图个吉利，我总感觉到，在这小小的船缆石里，已经体现了某种文化的意味。

什么文化呢，水乡小镇特有的文化，用直文化？

如果是，那么，这船缆石所代表的用直文化，却是一种细腻、小巧、精致的文化，一种典型的、封闭的庭院式苏州文化。

在以后的十多年中，我总是隔三差五会往用直去，陪着远方来的朋友和客人。 我们去看用直的桥，去感受"小巷小桥多，人家尽枕河"的古朴素静，我们去看用直的保圣寺，看一看始建于一个半世纪以前的古泥塑像，敬仰杨惠之"江南北诸郡所不能及"的神技，我们去看陆龟蒙墓，遥想陆龟蒙在池边养鸭，作《江湖散人歌》，散人者，散诞之人也。 心散，意散，形散，神散，想鲁迅先生给陆龟蒙"并没有忘记天下"的评价……

这些年里，我还专门来甪直采访过甪直的党委书记顾子然，为他写过文章，对于甪直，总以为是很熟悉很了解的了。

却在今年春天，在甪直迷了路。

印象中只有一条小路的甪直，用她许许多多的大路将我迷住。

我迷失在许许多多的房屋中，我走不出甪直人用高楼、别墅、厂房砌成的迷阵。

迷路时，我突然想，我被甪直抛下了，甪直走得太快，我赶不上。

古老而静谧的甪直还在，古桥，旧街，老屋还有小河，轻舟，船缆依然，却在古镇旁，平地冒起了一个崭新的甪直。在我还以为我闭着眼睛都能走通甪直的时候，在我还来不及为甪直的明天想象一番的时候，古镇甪直却已经迎来了她的明天，还踟蹰在今天的我，迷失在明天的甪直，也就不足为怪。

我无意对新甪直作过多详尽的描述，盖了多少楼房别墅，开了多少工厂，建了多少游乐场，办了多少合资企业，创多少汇，积多少资金，我的文章里没有数字，有的只是那许多数字给我带来的感想。我想，身处古镇的甪直人，看似平静、散淡，但是他们从来"没有忘记天下"，他们从精雕细刻的船缆石中跳出来，他们从古老封闭的苏州文化中走出来，创造了大气魄、大手笔、大开放的全新的甪直文化。

从迷失中走出来，我又想到十二个字：

古镇，新区，宝地；

小桥，大厦，故里。

远山近水皆有情

　　宋代有一位诗人，王禹偁，山东人，在京城工作了几年，后来到苏州来做官了。　王禹偁虽然出生农家，但毕竟为官多年，少不了到处跑跑，看看，也应该是见多识广，曾经沧海难为水，除却巫山不是云。　哪里想到，到了苏州，看了苏州的园林，竟然惊呆了，竟然流连忘返了。

　　他看了虎丘，说，"珍重晋朝吾祖宅，一回来此便忘还。"把虎丘当作自己的家了。　他到了南园，转了几圈，不忍离去了。　以后于政事之暇，常常邀人来南园喝酒，喝着喝着，终于忍不住想把南园讨来做自己的归宿。　他说，"他年我若成功后，乞取南园作醉乡。"王禹偁可能对自己的馋恋有点难为情，为了挣回一点面子，他对朋友说，我现在算是知道了，园林是什么？　园林就是造出来的山山水水啊。　你们这里不像我的老家山清水秀，所以你们喜欢造山造水。　苏州朋友听他这样说，就不高兴了，说，王大人你也太不了解苏州了，你是盲人摸象，你是一叶障目，如果没有苏州许许多多清嘉自然的真山真水，苏州人能够造出那些名甲天下的假山假水吗？

　　于是乎，王禹偁一边做着乞讨南园的梦，他的小船却已经摇上太湖，畅游三万六千顷，饱看七十二峰青。 此是秋天，万顷湖光里，千家桔熟时，美不胜收的太湖景色，玩到天黑也不想回去，"平看月上早，远觉鸟归迟。"王禹偁一鼓作气登上太湖东岸第二高峰阳山，他去访问阳山的僧人，感叹多多，"坐禅为政一般心"，告诫自己做官要和和尚一样安宁，不去骚扰人民。 这一天，王禹偁心情出奇的宁静、出奇的好，好像是太湖水洗却了身体的劳顿，好像是阳山松拂拭了心头的尘埃，王禹偁甚至十分担心别人不能真正欣赏和领略这平易可爱的自然景象，说："近古谁真赏，白云应得知。"

王禹偁最终也没有能乞得南园作醉乡，但是苏州的远山近水却永远地留在了他的心里。

是谁最早题咏太湖，赞美"湖中有湖，山外有山"的万千气象，如今恐怕已难考证，我们且沿着诗人当年的行迹，行舟向前，到东山，到西山，到杨湾，到明月湾……

洞庭东山是太湖中的一座半岛，是一个以花果丛林和明清古建筑为特色的山水风景名胜区。 东山的紫金庵彩塑罗汉，东山的启园，东山的莫厘峰，东山的橘子杨梅碧螺春，真所谓"遥指东山多故旧，遨游或不叹途穷。"面对层出不穷的历史遗迹、如画景色，我们目不暇接，有一点手足无措了，蓦然抬头，发现已经踏在了杨湾的青砖古街。 始建于六百多年前的轩辕宫，雄居山垣、面迎太湖，村前港口的演武墩，相传是吴王率兵训练的地方，站在这里怀想当年，真是让人感慨多多。 杨湾街上有许多古代建筑，在这里穿行，好像就走回古时去了。 到小小的茶室里泡一壶茶，那个紫砂的茶壶，算不得上品，却也细腻得很，入味得很，喝着茶，看着老街上偶尔走过的乡人，这是你我心灵的港湾吗？ 穿过古街出来，又重新面临浩浩太湖，真不知这不息的万顷太湖和平静的小小杨湾是一种反差还是一种和谐。

如果说东山是美丽大方的姐姐，那么与她隔水相峙，遥遥相望的西山，更像是一位深藏闺中的妹妹。石笋如林的林屋洞，"白银盘中一青螺"石公山，明月湾古村，无不隐约在茫茫湖水中。值得一说的是，1994年建成的全国内湖第一长桥太湖大桥，轻轻地撩开了西山掩隐了数千年的神秘面纱。

太湖是一位胸怀宽广的母亲，七十二峰，是她的孩子，母亲永远拥抱着孩子，养育着他们，滋润着他们。离太湖约二十公里处，常熟城西的虞山和尚湖，更似一对有情人，它们相依相傍，相映成辉。在虞山上俯瞰尚湖，平静如镜；在尚湖眺望虞山，巍峨峻拨。而虞山的风采，更在于它的人文内涵，浓郁的文化品位和浓重的历史足印，充溢山间，仲雍墓和言子墓，读书台和兴福寺，"五六月间无暑气，千百年来有书声。""解脱开门谁肯入，浮生梦觉自知归。"无不写照出虞山独特的个性。

水乡的水是永恒的主角，苏州的山是水的配角，主角与配角，同声吟唱：明月清风本无价，远山近水皆有情。放眼望去，在青山秀水的不远处，奔腾着的是我们的大运河。点缀苏州大地的山水是一曲淡雅的清唱，拍打苏州命脉的运河则是一首雄浑的交响乐。每天每天，行走在运河上的船只，是交响乐中最生动最富有创造力的音符，凌驾于运河上的古桥，侧立在运河边的古驿站，又是乐曲中不可或缺的装饰。

梅花驿站

很久很久以前，有一个人，他上路了。从此之后，他就一直走在路上。

他或者步行或者骑马，或者乘船或者坐车，他走呀走呀，走了很长很长的时间，他已经记不清走了多少路，甚至已经不知道从哪里走到了哪里，但是路仍然没有尽头，征途遥遥无期，曾经储备了无穷无尽的力量，也曾经以为自己永不疲倦，但忽然间，他感觉到了累。

累，是一个念头，也是一个事实，它缠上了他，他甩不掉它。因为背负了沉重的"累"，他走不动了，也不想走了，他情绪低落，精神郁闷，路上的美景再也打动不了他，对目标的向往也不再能够鼓舞他。于是他明白了：我该歇一歇了。他对自己说，找一个驿站停下来吧。

停下来以后，歇过以后，再继续走，还是不再走，他现在还不能给自己答案，一切都还都是一个未知数。

他是一个爱花的人，他不知道在前边的路上等待着他的驿站是一个什么样的驿站，但他心里暗暗期望，能够找到一个花的驿站。

他果然找到了一个花的驿站。在尽情绽放的四月天里，他来到了牡丹驿站。 牡丹妖娆欲滴，艳压群芳，羞杀玫瑰，虚生芍药，没有人能够对天骄花王说三道四指手画脚。 许许多多的路人在这里驻足，久久不舍离去。

他也一样喜欢牡丹。 他喜欢牡丹的灿烂热烈，他敬仰牡丹的壮观大气，他感谢牡丹把美丽带给了人间，但是他知道牡丹不是他的驿站，他没有停下来。

继续走，就走进了夏季。 炎热的一天，太阳当头照，汗水洒在脚下，他热了，渴了，来到一片水边，埋头喝水洗脸，清清凉凉一抬头，眼前便是"接天莲叶无穷碧，映日荷花别样红。"

出淤泥而不染。 面对荷花的品格，他感动着，忙着检点自己的言行，深深觉得自己做得还很不够，差距还很远，他要给自己更多的时间去修正，去提升。 而这一种修正，这一种提升，应该是边走边做的。

知了叫得急，云也密起来，快要下雨了，他得上路了，去走，去修正，去提升。

吩咐秋风此夜凉。 离开荷花驿站，他远远就看见了，前面，满城黄花正等候着他。 他是一个爱花的人，和喜欢牡丹、荷花一样，他也是喜欢菊花的，怅对西风、尺素扮金秋。

可是，秋风起了，菊花黄了，香渐远，冬天的信息也就紧跟着来了，冬天是一个终极，冬天是一个句号。

一想到句号，他的心就乱了，一年就这么不知不觉匆匆忙忙地走过了？ 好像什么也没有留下，好像什么也没有收获，这个句号怎么画得上？ 他着急了，我花开后百花杀，菊花让他站立不安，停留不下，还是快快地走吧，时不我待，机不再来，再不努力向前，一年又过去了呀！

他又走了。

他走得疲惫又疲惫，寒冷和肃杀又夺走了他最后的动力，他的脚，他的马，他的船和车，都熄火了，他的心也快熄火了，忽然间，墙角一枝梅点亮了他暗淡的心：梅花驿站到了。

来不及赏梅咏梅，一头扎倒呼呼大睡，他做梦了，梦见自己变成了一株梅花，在悬崖上，因为站得高，他看见了百花的家乡，看见了人间的一切，烦躁的心情宁静了，焦虑的目光悠远了，依稀中，听到有谁在问：百花之中，你是最早开，还是最晚开？ 他笑了，梅花从不在意是最晚开花还是最早开花，也不争春，也不争宠，只是年复一年把春报。

从梅花梦中醒来，周身舒坦，身体的劳累和心灵的疲乏都被洗净了，他找到了答案，知道自己该怎么办了，他要重新上路了，继续走，一直走到下一个梅花驿站。

2007年初春的一天，我也找到了我的梅花驿站，它深藏在苏州太湖西山飘渺峰的一个山坞里。

看茶去

清明前的一天，我们去苏州洞庭东山的茶村，看茶农采茶。天气阴郁着，时时飘下些细碎的小雨，春寒犹在。而我们中的好几个人，因为今天要来看茶，头一天特意听取天气预报，结果上了当，因为天气预报说，今天晴天，气温也高，大家便换上春装来看茶了，这就被冻着了，但是情绪却是高的。因为要拍电视，茶农先集中在一处，到差不多的时候，就四散到茶树中。茶农大多是些妇女，年轻的，也有年纪稍长的，穿着随意的衣服，在绿的茶树丛中，点缀出许多色彩。她们灵巧的手上下飞舞，像歌里唱的那样，"姐姐呀，采茶好比风点头，妹妹呀，采茶好比鱼跃网"，将嫩绿的细小的卷曲着的叶子摘下来，扔进背篓，她们对我们提出的问题，笑眯眯的一一解答，她们的笑容和吴侬软语，就很像一杯清香的碧螺春茶。

同行中有一个人在说，从前释迦牟尼坐在茶树下悟禅，苦思冥想难以得道，释迦牟尼就摘了几片茶叶塞进嘴里咀嚼，茶的苦涩清香洗净了心肺的浊气，释迦牟尼顿悟。他说了之后，就有好些人，也将随手摘下的一两片、两三片茶叶嚼了起来，品咂着未经烹炒的生茶的天然意味。

有一位朴实的老茶农，带领我们去看他的试验田，他试验的无根迁移栽培法获得了成功，使得碧螺春茶叶的产期提前了，产量也有所提高，他说，现在全村的茶农都跟着他学呢。我们说，全村的人学你，那你又是跟谁学的呢。他说，我是看电视看来的，电视上的农业科学节目，讲的是其他地方，讲的是无根迁移栽培别的农作物，他就想，别的农作物可以，我的茶叶行不行呢，他就试了，试着试着，就成了。后来雨越下越大，我们纷纷跑回停在村口的汽车上，茶农就骑上了他的那辆破旧的自行车，沿着山路下去了。我不知道他姓什么叫什么，认不认识字，或者是文盲？我从车窗里看他的背影，看到他的套鞋上裤管上，沾满了泥巴。

看茶的活动继续着，我们还要去看最精彩的炒茶，去看炒茶前的拣剔，去看茶农的那一双神奇的手，怎么在180度的热锅里将茶叶搓揉成形，搓团显毫。然后，我们还要品茶，要谈一谈与茶有关的文化现象和经济现象，只是且慢，此时此刻，站在洞庭东山的山坡上，放眼望去，万顷太湖碧波浩渺，我们的思绪，也已经飘荡去很远很远了。

洞庭东山在太湖边，这个伸入太湖的半岛上，长满果树，掩隐着许多的明清古建筑，茶叶就生在这些果树下，古屋旁，所以它们悠久，又香，从前曾经被叫作"吓杀人香"。那时候它还是野生的茶树，就长在山壁间，农民经过的时候，闻到它的香味，惊呼道："啊呀呀，香得吓杀人。"后来康熙皇帝来了，当地的官员拿这种香茶请康熙，康熙喝了茶，大加赞赏，但是想了想，他觉得这个名字不雅。康熙说，别叫什么吓杀人了，你们看这茶叶，又是碧绿的，又卷曲如螺，又是早春时候下来的，我看就叫碧螺春吧。

据说，我们看到的，已经是明前的最后一次摘采了。茶树是非常慷慨的，仅明前的日子里，就能供茶农摘采好几批，而且，采得越多，它们就生长得越快也越多。过了清明，在雨前（谷雨前），也依然还能采好几次，再往后，茶叶老一些了，还能做成炒青，浓香，而且经久耐泡，所以有人说，虽碧螺春名闻天下，这里炒青，也是独树一帜的。

　　茶树尚是如此，我们站在茶树前，应该有人会想到，我们如何努力过自己的人生，为自己也为他人多作一点事情呢。

水清蟹肥泊太湖

多少年前有了太湖，或者有了太湖的雏形？ 我们平时一般就用"很久很久以前"，或者"自古以来"来表述太湖的悠久历史。但是太湖的形成和成长，是有专门的专家考证的，是有根有据的，也已有了定论公认的。 那么，太湖里的生物，比如鱼，比如虾，比如太湖的螃蟹，又是从什么时候开始游出或爬出它们自己的历史的呢？ 毫无疑义，这一定也有过严谨认真的考证，只是我不太清楚考证出来的结果，也不知道这些结果最后有没有得到公认。

我们曾经饶有兴致地探讨过一个话题，人从什么时候开始吃蟹，或者在这之前有没有过人蟹共处、甚至蟹吃人的历史呢，这样的话题带了点荒诞的色彩。 人之看到有蟹，到人之开始吃蟹，书上都有记载，但谁也说不准，我们现在看到的这些记载，是不是最早的记载，而它记载的内容，又算不算是人类与蟹的最早的关系呢？ 本来倒是想找些资料来查核一下，增添一些知识，但这个念头很快就被自己放弃了，因为我意识到我要的不是太湖里鱼虾蟹们的过去，我喜欢的是它们的今天，我有点薄古厚今了。

还是赶快撇开这些乌七八糟的想法，还是回到现实，回到现在。 现在我们正踏上一些小快艇，小快艇停泊在太湖边，这许多小艇都是渔民自家的，开快艇的小伙子是渔家的儿子，看起来他们一个比一个帅，但不是"好男儿"的那种帅，不是白净清秀、细皮嫩肉的帅，而是黝黑健壮男子气十足的帅，他们载着一批批来看蟹吃蟹的远方的客人，开着小艇在太湖里飞驰而去又飞驰而来，甚至有点横冲直撞，如入无人之境，好像不仅这小快艇是他家的，连整个太湖，也都是他家的。

太湖确实就是他家的。他们世世代代在太湖生长、生活，生生不息。太湖是他们的母亲，太湖水是丰腴的乳汁，喂肥了他们的鱼蟹，当丰收的季节来到的时候，他们的笑意荡漾在水面上，而我们，就沐浴在他们纯朴的笑意中了。

小艇载着客人去往太湖中的一块地方，这是太湖蟹的集散地，蟹在这里集中、分类，然后被分头送出去。送出去的是一只一只的太湖蟹，是渔民辛苦劳动的结晶，更是一份声誉，一份光荣，一份关于太湖和太湖蟹的鲜活的广告。

分类的过程是一种艺术，看分类的过程就是一次艺术的享受，看着他们眼到手到，手到心到，一起一落，一落一起，不由让人想起姐妹们采茶的情形，收蟹人在蟹篓里捉蟹，好像心灵手巧的采茶姑娘，更有一份举重若轻的感觉，就在蟹抓到手的那一瞬间，蟹的分量就已经掂量出来了，一只一只又一只，看得我们眼花缭乱，又心生怀疑，难道他们的手，比秤还准？可如果你不信的话，可以放到等称上过一过，几乎不差毫厘。

在这么一个秋风送爽天高云淡的美好日子，我们吃蟹游湖，各人想着各人的心思，有许许多多的心思从这里走开去了，又有许许多多的心思在这里停下来了，泊心泊志泊太湖。让填满了的工作日程里，有一点空间，在绷紧了的现代节奏中，偷一点清闲，太湖蟹，不仅让我们满足了味觉，也使我们的心情得到了调适。酒香也怕巷子深，有好蟹也要吆喝几声。品尝过太湖蟹的人，一定会情不自禁为太湖蟹吆喝几声。

走胥口

早春三月，乍暖还寒。迎着春天第一缕淡淡的阳光，我们行色匆匆地走了一回胥口。其实胥口离苏州城并不远，半小时车程，且因为城市的日益扩展，因为乡村的迅速城市化，就使得这半个小时更短更精致了，似乎只在大家寒暄的当儿，还没有拉开谈话的架势呢，胥口就已经到了。我们就看到了著名的渔阳山，看到它曾被取走了山石但又正在被覆绿的身姿；虽然离太湖尚有一些距离，但我们听到了太湖的声音，感受到太湖滋润的气息。于是想到，原来，这山，这水，似乎就是在家门口，只是我们长期埋头在繁忙的工作和日复一日陈旧琐碎的日子里，似乎已经忘记了在这些工作和日子之外，在远的和不远的地方，还有着另一种新鲜的生活，另一种能够让我们的心情和思绪都暂且松弛、暂且潇洒起来的环境，比如胥口，就是这样一个不远的地方。

这一天在胥口我们认识了一位苏州老人刘老师，刘老师来的时候，带了厚厚的一叠照片给我们看，这是他许多年来精心搜集的，有自己拍的，也有别人拍的，一块墓碑，一座古桥，一道山景，一棵老树……刘老师四十八年前从苏州城里来到城郊的胥口，做过老师，在文化站工作过，也曾经在县里的民政部门，做过恢复地名的工作。 第一眼看到刘老师，感觉他是个比较内向甚至有点木讷的人，但是一谈起胥口，刘老师简直就像变了一个人，他滔滔不绝地引出一个接一个的话题。 他一口一个"我们胥口"，让我深深感受到，胥口的历史，胥口的山水，胥口有形的和无形的文化，又何止是收在了这些照片里，它们早已经融入了刘老师的生命和灵魂之中了，所以，当有人介绍刘老师说他几乎踏遍了胥口的每一寸土地，说他是胥口的活地图活史册，我们一点也不觉得这是一种夸张。

虽然我们不可能像刘老师那样花五十年甚至更多的时间、几乎用整个的人生去走胥口，但刘老师给我们打开了胥口的历史之窗——那些延绵了数千年的传说，伍子胥，范蠡，西施，吴王，越王，他们的故事，至今仍然在晓窗里、在夕阳村，在后塘桥演绎着、继续着。 我们还看到了后塘桥上的桥联：愿天常生好人，愿人常行好事。

那一天因为人比较多，关于胥口的话题也多，使得我竟没有得空问一问刘老师的名字，但是我在刘老师拍摄的照片背后，看到了刘老师的名字：刘慎安。 这一个普通的名字我不敢说自己能够记住一辈子，但是人的一辈子中，有过这样的交往，有过这样的经历，和没有，是不一样的。

如果说刘老师的人生是在叙述着胥口的历史，那么我要说的另一个人、胥口镇党委许书记，恰恰是站在胥口厚实的历史基础上，带领着胥口人民，努力建设着胥口的未来。 许书记很年轻，他与我过去接触过的乡镇干部有许多相同之处，也有许多不同之处，他的工作思路，超前而踏实，他的用心，细致而周到，有一年他到浙西安吉去，看到了那里的竹海，也尝到了那里的竹笋菜。 竹笋菜给他留下了极深刻的印象，他的与众不同之处，就在于他吃了，赞美了，但并没有停留于此。他突发奇想地做了一件事情，把当地饭店里又便宜又好吃的竹笋菜，每样都买了一些，带回胥口送给亲戚朋友。很快，在胥口的许多饭店，安吉的竹笋菜被搬上了餐桌，受到了一致的欢迎和好评。在胥口的那一天我们也亲口尝了一道清蒸竹笋，原汁原味原样，菜端上来的时候，感觉这竹笋鲜活得还在竹林里长着呢。只是那一天他因为忙，在一席之间，赶了几个场子，最后饭还没吃完，就不得不匆匆上路。他没有时间像我们那样，细细地品尝竹笋的鲜美。

有许多海内外人士来胥口安居，投资，创业，我想，吸引他们的，是胥口这物华天宝之地和这块宝地上弥漫着的浓郁人情味，正是胥口独特且厚重的历史基础、丰富的文化内涵以及政府对文化历史的重视，让他们动了心，也让他们坚定了来胥口发展的信心。

据说从前的时候，香山帮的匠人外出做活，每到过年，河道里浩浩荡荡的船队，载着他们回家，蔚为壮观。今天的胥口，是文化部命名的中国书画之乡，还有胥口的藤器、胥口的刺绣，胥口的历史遗迹等等，都使胥口的知名度经久不衰。尤其是对于苏州的老百姓来说，胥口可能并不陌生，但如果你能够到胥口走一走，你对胥口的感觉，就不仅是不陌生了，你会觉得，好像胥口就是自己的一个家。

你也许没有机会见到许书记和刘老师他们，这不要紧，因为每一个胥口人，都像刘老师一样，他们都会拉着你走胥口，他们都会如数家珍地告诉你，胥口的从前和胥口的今天，是怎么样的。

天然长卷

　　太湖里有一座西山岛，她的神秘和美丽，大家都藏在自己的心里。 西山的一些风景区，我们偶尔也是要去的，或者来了远方的朋友，或者自己忽然产生了悠闲的心情，都可能会说，走，到西山去。 西山就是这样常驻在我们的心头，也常常走进我们的生活。在石公山，在林屋洞，在包山寺，我们会碰到和接触到讲解员、导游、景区的工作人员，但不知道哪一位是马安沧。 也许我们曾经擦肩而过，也许我们从来无缘相遇，但是我们毕竟踩着同一片土地，呼吸着同样的空气，带着清香微甜的的宁静的空气。

　　我没有见过马安沧，应该说并不认识他，但是因为一本书，却相识相知了，这可能就是文人间比较典型的交往，文章就是我们相遇的桥梁，对文学、对生活的热爱和痴情就是我们的连接线。 这根线永远也不会断，也许几年几十年都不曾谋面，甚至再退一步，小马即使没有把他的书交到我的手上，甚至小马也不知道我，我也不知道小马，但是我相信我们之间的神交是与生俱来的，与生同在的。

　　读马安沧的文章，不如说是跟着马安沧又去一趟西山，更是跟着马安沧的眼睛和心灵去看西山。 于是，这一次的西山之行，方才让我知道，从前我们对于西山的了解，才是多少的一点点皮毛，我们对于西山的感情，又是多么的浅和薄。马安沧深爱着家乡，熟悉了解家乡，使得他的一些本来是属于介绍性的文字，充满了文学的韵味和魅力，正是这些充溢着作者精神气、也充溢着西山精神气的文章，引领着我踏入了另一个西山——马安沧笔下的西山。文章与山水共美，现实与心灵交汇，写古村落的《古村明湾》、《东村访古》等，牵着我们走进虽然破旧但风骨依存的老宅旧街，走在狭窄阴暗的备弄，感受历史的气息。尤其值得称道的是那几篇写人物的散文，渔夫阿牛，支书阿福，陈老师，还有那个用苏州农村的土话问作者吃过饭了没有的乡间老妇，还有那些一辈子都没有走出过古村落的老翁老姬，他们的朴实和超然，难道不像是一面镜子？在这里，人与景是融和的，马安沧用自己的爱和感悟，描绘出一幅天人合一的天然长卷。

我曾经写过一篇关于写信的小文章，我说与一种朋友相交，从来就没有书信往来，写信的人从来不写，收信的人也从来不收，但是信依然是存在的，它在时空中飘来飘去，让写信的人知道信已经发出，让收信的人知道信已经收到。

尽管如此，下次去西山，我想我会去寻找马安沧的。

擦肩而过莲花岛

春天的时候，来了几位北方的朋友，坐在苏州的茶馆里喝茶，说苏州，说着说着，就说到了阳澄湖的大闸蟹，害大家开始偷偷地咽唾沫。 他们是经常走南闯北的，苏州也不是来过一两次了，只要在秋天来，都能吃到阳澄湖大闸蟹，吃过也不止一次两次了，但有一个人有一点疑问一直在他的脑海里，因为大家都说阳澄湖大闸蟹好，他却不敢说出来，他怎么感觉不怎么样呢？ 直到去年秋天，他又来了，这一回不是在宾馆饭店里吃大闸蟹，他被领到阳澄湖里的莲花岛上，吃了大闸蟹。 于是他说，我这才知道什么是阳澄湖大闸蟹。 原来从前吃过的，都不是阳澄湖大闸蟹。

用现在通行的写文章的方法，要找出以上这段小故事的关键词，我觉得有三个，一，阳澄湖，二，莲花岛，三，大闸蟹。 阳澄湖我是知道的，近距离地接触过，亲近过，感受过它的水花在脸上飘飘点点。 曾坐着快艇在湖上转圈，开快艇的是一位在阳澄湖边生活的台湾来的企业家，他说有一次他一个人在湖上兜风，天渐渐黑下来，就找不见来路了，只看见远处星星点点的灯光亮起来，水面上波光粼粼，却照不着他回家的路，于是赶紧打手机问人，请人指点迷津，可水上的路和岸上的路不一样，没有路标，没有红绿灯，不那么好指点，结果绕了很长时间，才绕了出来。虚惊一场之后，回味当时的感受，却成了永久的美好记忆。我还记得在湖上我们碰到一些卖鱼卖虾的渔民，我们买了新鲜的虾。正是夕阳的时候，我想起了那一段烂熟于胸的唱词：

朝霞映在阳澄湖上，芦花放，稻谷香，岸柳成行，全凭着劳动人民一双手，画出了锦绣江南鱼米乡。

再说大闸蟹，也一样有话，我曾写过一篇文章叫《蟹和蟹不一样》，这题目看起来很废话，但却是真话，也是被假阳澄湖蟹骗过后才写出来的。记得那一回我是特地请外地的客人吃阳澄湖蟹，事先还大吹特吹了一通，结果吃到的蟹，大概是长在阴沟里的，我在无比羞愧之下，自然要把责任推到店主身上，结果店主还据理力争，说这就是正宗的阳澄湖蟹，这一下我更是无地自容。他越解释，我越丢脸，在我的吹嘘中隆重出场的阳澄湖蟹，就这熊样？螃蟹本来不会说人话，更何况它现在已经死了，颜色不红不绿的，它不能站起来为我证明什么，也不能为店老板证明什么，其实如果它真能够证明什么，我倒也有些后怕的，万一它收了店主的好处费，张开口说，我就是阳澄湖的大螃蟹，那我可就惨到家了。所以，我后来的那篇文章，无疑是替阳澄湖大闸蟹说好话的，如果我的外地客人看到，他们下次还会来，让我带他们去吃正宗的阳澄湖蟹。

最后一个关键词就是莲花岛了。莲花岛是我向往已久却一直未能去到的地方，有一次已经走在去往莲花岛的路上，走到一半，差不多快听到湖的声音了，却忽然因为另有事情，中途返回了。还有一次，也已经约好了朋友去莲花岛吃螃蟹，结果朋友却把宴请放在了城里的饭店了。一次一次与莲花岛擦肩而过，使莲花岛在我的心里越来越神秘，诱惑也越来越大，忍不住向一个去过莲花岛的朋友打听莲花岛,他说,莲花岛啊,除了你可以想象的湖光水影,农家风景,鲜鱼土菜,还有一道风景煞是壮观,家家有快艇,河面像街道,快艇来来往往,就像船开在街上,两边围起来养蟹的围栏,就像是城里的高楼大厦。这道奇特的风景线,愈发地牵动了我的向往,我想,到今年的秋天,我的这个愿望应该实现了吧。想象着,秋风渐起天高气爽的那一天,呼朋唤友去阳澄湖上的莲花岛品尝阳澄湖大闸蟹。

我把三个关键词都说了,但我的话还没完,因为最后也是最关键的,我要把三个关键词做一个加法,把它们加起来,就是两个字:相城。

相城是我心底里特别崇敬的一块土地,曾何几时,它尚是苏州的"北大荒",但它以快得令人难以置信的速度在这张一穷二白的纸上画出最新最美的图画。如今的相城,是水和绿的组合,是历史和现代的交汇,在走向现代化这幕大戏中,它隆重地闪亮登场,赢得一片片喝彩。

阳澄湖边是我家

从实际距离说，我的家，或者更确切地说，代表"我家"的那个房子，并不在阳澄湖边上，这中间是有距离的，站在我家的门口，是看不见阳澄湖的。如果驱车前往，大约要半个小时，我才能看到阳澄湖。

这个距离并不算很近，但不知为什么，当我要写这篇与阳澄湖有关的文章时，"阳澄湖边是我家"这个题目一下子就跳了出来，在酝酿和写作文章的过程中，我曾经几次想换一个其他的题目，却怎么换也不能让自己满意了。这真是一锤定音，一见钟情了。

这就说到了"家"，在阳澄湖边的这个"我家"，是一种心理上的感觉，是一种情感上的印象，说得更实在一点，就是觉得，和阳澄湖很亲近，没有距离，零距离，于是，就把"我家"拉近到了阳澄湖边上，把阳澄湖放在了我的眼前，印在了我的心底。

这是一个精神的过程，或者说是一个精神享受的过程。其实它并不是凭空跳出来，也不是毫无依据的，它是有前提，有预兆的。

记得那是好几年前的事情了，有一天忽然听朋友说，阳澄湖上有个小岛，叫莲花岛，岛上绿荫覆盖，岛民养鱼养蟹，是一个难得的世外桃源，那里有农民的老宅院，可以卖给城里人，而且据说价格也不算贵，靠写文章为生的文人，如果稍有些积蓄的，也能承担得起，不用像买新房那样贷多少多少款，做多少多少年的房奴。不听则罢，一听之下，心里就激动起来，立刻就有了一种寻找的心情，寻找什么呢？似乎是要寻找一个"家"，一个另类的、简单的、能够摆脱开纷繁复杂、远离世俗的去处。

冲动之下，立刻前往，但结果在半途因为其他事情耽搁了，最终没有上得了莲花岛，没有寻找到那一个令人向往的"家"。

其实后来才知道，那一次即使上了莲花岛，也是买不到这个"家"的，因为有关宅基地的政策，还因为其他种种的原因。所以，传说只是传说，现实就是现实。

从此之后，在莲花岛买"家"的念头就渐渐地打消了。大约过了一年，或者一年半，忽然就有了个机会，上莲花岛了。在踏上莲花岛的那一瞬间，那个已经淡去了的寻找一个"家"的念头又回来了。所以，那一天在莲花岛上，我到处走动，一直在东张西望，凡经过一些老宅院，总是忍不住朝里边探头探脑，并且将自己的心情融进这些旧宅老院中去，似乎真的很想在这里的某一个老宅院里安定下来。

在这些旧宅老院中，狗安详地趴在树荫下，鸡安静地找食，岛民们在干活，修补渔网，或者种树，或者修整岛上的小路，他们分明忙碌着，却是一种安详的忙，宁静中的忙，忙出一种岛外少见的宁静，他们把繁忙和安详写在了一起，写在脸上，写在树上，写在老宅中，写在阳澄湖上。

我忽然想到了，这大概就是阳澄湖的魅力，是我心中最向往的一个去处，这也许就是我愿意在这里寻找一个"家"的原因。

那一天，我们依依不舍地离开了莲花岛，从上岛到离岛，我自始至终没有提及心里的那个念头，没有开口询问，甚至都没有旁敲侧击。 后来我又有一些机会靠近阳澄湖，靠近莲花岛，但是我再也没有萌动这个念头，因为我觉得我离阳澄湖已经很近很近，越来越近，我和阳澄湖也已经很熟，越来越熟。 到这时候，在阳澄湖、在莲花岛有没有一个老宅院，有没有一个"家"，都已经不重要了，重要的是我的心里已经有了，阳澄湖边，莲花岛上的"家"，已经落户了，已经牢牢地筑在了我的心底深处，它是我们心灵的"家"，是我们精神的存托之处，它会伴随我们一生，永不离弃。

想起多年前一个夏天的傍晚，我们坐上一艘小快艇，在阳澄湖上冲浪，遇到一只小渔船，船上有渔民卖虾，我们停下来买虾，挑大嫌小，称斤称两，那正是夕阳西下时，湖面上波光粼粼湖，一望无际，这一幅既生动又安静的画面，定格在我人生的相册里。

今日相逢

几百年前，苏州城外，阳澄湖边，一个叫宅里的地方，一个小村落，小溪，石桥，三五古树，数间茅屋，那时候沈周已经烧好了泡茶的水，备好了温酒的壶，端正好了纸笔砚墨，站在自家的屋门口，朝门前的小河张望。

河水轻轻流动，他渐渐地听到了橹声。橹声近了，更近了，他的朋友们来了。

是唐伯虎，是文徵明，或者他们呼朋唤友一大群人起来了。日复一日，年复一年，隔三岔五，他们就要过来坐坐，好像不过来坐坐，心里就不能踏实，下面的日子就不知道怎么过了。春天，来听雨，秋天，来品蟹，夏天也可以来，冬天也可以来，一年四季，每月每日都有他们的话题，都有他们聚会的由头。

这是古代苏州文人的生活，是他们休闲潇洒的日子，也是他们努力耕作的时间。他们在纸上耕作，在随随意意、率率性性的谈吐间就播撒了种子。一幅幅的字画，一篇篇的诗文，就在这个角角落落的小村子里诞生出来了。这时候，沈周知不知道，他们的聚会，他们的文化耕作，将成为航行在未来海洋上的帆船？其实，知道或不知道，都是无所谓的，重要的是，他们创造了，他们写下了历史。

几百年以后的某一天，初春，阳光明媚，微有寒意，在忙碌浮躁的世俗生活中的这一刻，我们忽然间就站到了沈周的墓前，忽然间繁杂的心情就纯静起来，恍惚间就像遇见了沈周，走进了当年在宅里村的聚会，这是一次历史的相逢，是一个意外的惊动。他们的气息，历经数百年风雨的洗刷，仍然感染着我们，仍然振奋了我们。

此时此刻，站在沈周的墓前，我们在心里默默地感谢他，感谢他和他的朋友们，为今天的苏州留下了这么多无价之宝，给今天的苏州提供了如此丰厚的文化遗产，更是让生活在今天的苏州文人和苏州人，不感到寂寞和孤独，在富饶的光怪陆离的物质世界里，不觉得文人生涯的贫穷和单调。这是因为许许多多的沈周们，极大地丰富了我们的精神世界。正如明代吴宽给沈周诗稿写序时说：

盖隐者忘情于市朝之上，甘心于山林之下，日以耕钓为生，琴书为乐，陶然以醉，倏然以游不知冠冕为何制，钟鼎为何物，且有浮云富贵之意，又何穷云？

另一位明代诗人高启诗曰："东津渡头初月辉，南陵寺里远钟微。主人入夜门未掩，蒲响满塘鸭未归。"沈周和沈周的家乡湘城镇，就这样在诗中在画中流传了下来。

镇子还是从前的模样，以济民塘河为中轴线，河岸两边就展开了湘城镇百姓千百年来的日常生活。和周庄，和同里，和许许多多的江南古镇老街，几乎是一个模子里刻出来的。据说湘城镇的这条老街的模式最早形成于春秋战国时代，这个说法到底有无考证，我没有去深究，也不想去深究。走在这条老镇的小街上，我第一感觉，它就是尚藏闺中的周庄和同里，它是一块未经开发和调理的处女地。许许多多的古镇老街，它们曾经是那么的相像，河为中心，沿河而筑。但是现在它们渐渐地离得远了，它们不太相像了。湘城镇的老街上有许多错落无致并且老化了的电线，有许多斑驳的老墙和透风漏雨的窗口，比起旅游热线的周庄和同里，湘城镇的这条老街，少了一点规整，少了一些人气，也没有大红灯笼和旅游团队，几乎完全停留在那个朴素而单调的年代。唯一一幢稍有规模的房子，是建于七十年代的一座饭店，也是当地人永远不会忘记的镇上曾经在几十年里唯一拥有的饭店。水泥的墙面，老式的结构，为我们保持了一份朴素的感情，给我们留着一段亲切的记忆。

离得远一点，相差大一点，它看上去似乎没有踩在时代的节奏和步伐上，但却带来了另一种效果，它走着自己的路，它有着自己的节奏。

也许，过不多久，它也会改变，也会有导游挥着小旗，带着远乡的游人来了。我只是希望，能够让他们走一条和周庄和同里不一样的老街。从一样中找出自己的不一样，从相像中发现自己的不相像，保持住自己的东西，保留住应该保留的东西。这样，如果有朝一日，沈周回来了，沈周就不会因为找不到自己的家乡而苦恼，沈周会高兴地说，从前我就是住在这里的呀。

虽然现在宅里村改名为沈周村，虽然现在湘城镇改名为阳澄湖镇，但是一切的变也许都是为了一个不变，这个不变，就是对历史负责，这是一种自信，这是一种以不变应万变的风度。

走出老街，就到了水码头，莲花岛的村主任正在小艇上等着我们，他笑眯眯地跟我说，我知道你写过我们莲花岛，那篇文章叫《擦肩而过莲花岛》。想不到两年前的一篇小文章，他还能记得清楚。莲花岛确实是我向往已久却一直未能去到的地方，无数次想象着，秋风渐起、天高气爽的那一天,和三五好友或和远方的客人去阳澄湖上的莲花岛品尝阳澄湖大闸蟹。但是那一年的秋天我还是没有去成莲花岛,也许我与莲花岛的缘份还未到吧。但是我相信我和莲花岛是有缘的,不必费心安排,也不用刻意组织。有缘就一定能够相逢。

果然,相逢的日子就这么不知不觉地来了。

莲花岛比我想象中更繁忙一些。这是一个不繁忙的季节,但家家户户都在做着养蟹养虾的准备工作,蟹笼虾笼铺得满地都是。小艇安静而有序地停泊在河道里。到了金秋蟹肥时,它们就不再安分了,它们腾空飞跃破浪前行,到岸边,把客人接回来,安顿在自己家里,让他们饱尝螃蟹的美味,吃一顿农家餐,来一回农家乐,让他们的心情,让他们的思绪,回一趟童年。

沈周写过一首《渔庄村店图》:

渔庄蟹舍一丛丛,湖上成村似画中。互渚断沙桥自贯,轻鸥远水地俱空。船迷杨柳人依绿,灯隔蒹葭火影红。全与我家风致合,草堂亦有此遇翁。

这就是莲花岛的从前和现在,这既是诗与画的莲花岛,又是现实生活的莲花岛。

初春的这一天,我们只在沈周的家乡湘城镇逗留了半天,离开的时候,大家都意犹未尽,这是一个值得来了再来的地方。

我们还会再来的。

咏相城

　　大家都在讲文化底蕴，大家也都知道，苏州是一块有文化底蕴的地方。 那么，文化底蕴到底是什么，它体现在哪里？ 它在哪里和我们相遇？ 它到底是在什么时候走进了我们的生活呢？

　　我想，所谓文化底蕴，既可以体现在少数人的象牙之塔里，从顶尖的大师到精粹的艺术，无疑都是文化底蕴孕育出来的；同时，文化底蕴又普通地存在于在大地之上，在青山绿水中，在田间地头，甚至就在老百姓的院前屋后。

　　苏州的北大门，相城，就是这样的一个地方。 就是这样的一个文化底蕴浸透而又与都市中心保持了一定距离、不事张扬的地方。

　　像一位饱学的智者，又像一位历经人间沧桑的隐士，远远地看着，静静地一个人呆着。 对于他来说，世人的来与不来，世人的知与不知，都是无所谓的，重要的是他就在这里。

　　从地理上讲，从前的相城，在苏州城外，正所谓"何言五十里，已不属苏州"。

　　从风格上看，相城又是独特的，它既不同于繁华的阊门，也不是热闹绵长的七里山塘，它既不是名人故居遍布的平江路，也不是古风浓郁的沧浪亭。 相城就是相城自己，它从来也不会和别的地方相同相似。

在名城之外，在许许多多的古迹之外，相城活出了它自己的风采，它拥有不可攀比的特色。

相城，就是乡野之城，就是普通百姓的民间生活。

相城是一片平静的水。 水边只有渔家，渔家的船上只有水产。 但这片水孕育了相城的文化；

相城是一块普通的地。 地上只有古树，老桥，农居，但却是一块渗透出无尽意韵的土地。

这个意韵，可以用一个字概括：静。

说一个地方的好，可以有各种的好，古代人和现代人的标准和想法也许不尽相同，但有一点却是一致的，都希望能够居住在一个不太吵闹，不太喧哗的地方。 不需要太大的地方，不需要豪华的装饰，只求一滴秋雨般的娴静。

这就是相城。 在这里，寸寸土地，滴滴湖水，无不体现一个静字。 宁静致远，寂静安详。

在相城，这些宁静而又醉人的日子，随走随拣，遍地都是，还有阳澄湖，恰好就是相城这种风格的写照。 阳澄湖边，听春雨，赏秋月，品螃蟹，看菊花，"远树濛濛野岸迷，渔翁斜笠板桥西。 轻舟渡雨闲凝望，一片村烟篁画溪。"

这是最佳的人居之处。 从前沈周住这里，唐伯虎、文徵明他们隔三岔五就来相聚，后来他们走了，但是他们留下了文人的气息，留下了历史的瑰宝。 他们的艺术作品是瑰宝，他们的日常生活，同样也是他们留给后人的最有价值的宝藏。 就这样，曾经生活在相城的古代文人们，他们的身影，他们的言谈，他们的每一个脚印，一直延绵到了今天。

明朝诗人杨循吉曾作诗："一宿江乡俗事稀，小春天热换棉衣。偶然来到水云立，惊起田间鸦乱飞。"这是细小甚至琐碎的日常生活，却渗透出无尽的诗意，得于诗人的功力，也得于相城的魅力，"惊起田间鸦乱飞"，这在遍地珠玑的姑苏城中，是难见的情形，但是在相城，它就是一幅挂在寻常百姓家里的画了。

看一看古往今来文人墨客为相城留下了多少精彩之作，就知道相城这幅画，是多么的耐读耐品；想一想今天的相城大地成了一座花城、一座最适宜人居之城，就不难知道，这一幅画，从古代挂到了今天，历经风雨，不仅没有褪色，还常挂常新。

生田游园如梦

在苏州黄桥生田村，有一座小园，在一个阳光普照春暖花开的日子里，我们踏进了这个小园。一时间，以为是走进了苏州的某个园林，或者，是苏州老街上的某座老宅的后花园，景廊，曲桥，鱼池，垂柳，亭榭……一时间，似梦似醒，竟有些不知身在何处的疑惑和迷茫。

梦之一

从张庄村到生田村。

二十世纪八十年代的一天，我父亲对我说，黄桥有个张庄村，张庄村有个支部书记姚根林，无论是那个村子，还是那位村支书，都值得我们去看一看。我就跟着父亲去了张庄，在后来我们父女俩合作完成的长篇报告文学《虎丘山后一渔村》中，我们这样写道："沿着虎丘山脚向东，汽车颠簸着开向张庄。是的，去往张庄的路是不平坦的，正如张庄这许多年走过的道路一样不平坦……"

这部作品出版于1987年，距今已经整整二十五个年头。

　　二十五年后，我又来到了黄桥，我虽然没有再到张庄村，但是我到了生田村。从地理位置来说，生田村和张庄村应该是很近的，但是当年我从张庄出发，今天走到了生田村，用了二十五年的时间。

　　二十五年，如梦如幻。

　　二十五年，黄桥发生了多么大的变化，我应该用很多很美好的形容词来形容，来衬托，美好的形容可以让人们产生无限的遐想，也可能会激起人们亲眼目睹的愿望。

　　我也可以用数字来说明，来佐证。数字表面看起来是枯燥的，是死板的，但其实数字里有温度，有感情，也充满了无数鲜活的故事。

　　但是我既没有用形容词，也没有用数字，我用的是自己的脚步，从张庄走到了生田，从二十多年前的一个典型，走到今天的另一个典型。

　　正如我们在二十五年前对张庄的描述："张庄村不是一夜之间富起来的。张庄村是一天一天富起来的。张庄不是暴发户，张庄是殷实富户。"

　　这应该也是今天生田村的写照。这里曾经是苏州的北大荒，是苏州这片富庶土地上一个几乎被人遗忘的角落，田穷水瘦，粥少僧多，因为水网交织，导致长期交通落后，生田人出门，无论到哪里，都得摇一只船，都得在河道里缓缓而行。

　　这样的速度，怎么赶得上现代化建设的步伐？

　　但是生田人硬是凭着自己的艰苦努力，赶上了时代的步伐。

　　这中间的千辛万苦，是留给后人的宝贵财富，是社会发展的宝贵经验，它已经牢牢地刻录在黄桥、生田的历史史册上了。

现在，我们穿过高大的石牌楼，就进入生田村了。我听到身边有个人在说，现在不是生田，都是熟地了。

生田熟地，这是时代人变迁的鲜明标志，是社会大发展的真实写照。果然的，在这片成熟的土地上，生田村处处展现出它欣欣向荣的景象，这是一个独特的花园式的新农村。在看过村民的文化活动中心，污水处理站，看过了村民的居住和日常生活后，我们看到了建在乡村的那个园林。

难怪生田村的村民会说，我们的日子，就像从前生活在园林里的大户人家，开门有景，推窗见美。

他们说得不错，生田的园林虽然不大，却让生田村的村民过上了过去做梦也不敢想的日子。

梦之二

唱歌的妇女是我吗？

一阵歌声和乐曲声惊醒了我的痴想，有人在小园的亭榭里风雅弹唱。

他们不是达官贵人，不是才子佳人，是一群土生土长的村民，他们衣着朴素而洁净，面色黝黑但健康，他们的神态，闲适而又饱满，淡定而又积极，凡有感受者，无不动心。

这是一群上了年纪的村民，他们操持着各种乐器，一位妇女在唱《苏州好风光》。

苏州好风光，春季里杏花开雨中采茶忙，夏日里荷花塘琵琶叮咚响，秋天里桂花香庭院书声朗，冬天里腊梅放太湖连长江……巧手绣出新天堂。

我忽然想起，就是在这个地方，几百年前，一个小村落，沈周烧好了泡茶的水，备好了温酒的壶，端正好了纸笔砚墨，然后，状元吴宽来了，宰相王鏊来了，奇才文徵明来了，或者他们呼朋唤友一大群人一起来了。日复一日，年复一年，隔三岔五，他们就要过来坐坐，他们信手涂鸦，他们借酒吟诗，他们相似相同的意念，顷刻间已融化于他们的画作之间、体现在他们的诗书之中了。

如果说沈周们的吟诗作画，全为吐露自己的心声，那眼前的这位妇女，更是唱出了生田村村民们无尽无限的心情和感慨。

一时间，我又有些迷离了。

我驻足观望。一直看着那位唱歌的妇女。

其实对于歌声，听就可以了，为何我如此直逼逼地盯着她的脸仔细看呢？

因为在那一瞬间，我忽然觉得，她和我长得很像，她就是我的一个亲人，一个同乡，一个从小一起长大的姐妹，也许，她就是我。

怎么不是呢。

早先我在农村插队的时候，参加过文艺宣传队，虽然我不擅长歌舞，只负责编写小脚本，却有很多农村的女孩极有文艺天赋，就在简陋的乡村舞台上，施展她们的艺术才华。我们摇着一只船，到东到西演出我们的节目，那一幕一幕的往事，此时此刻，就鲜鲜活活地浮现在我的眼前了。

我沉浸在自己对往事的追忆中，没有上前去询问这位唱歌妇女的经历，但我相信，当初，她一定是农村宣传队中的一员。即便她不是，我也愿意相信她是。

我这才意识到，今天在生田村，最打动我的，不仅是村里的新楼，不仅是干净的河水,不仅是衣食不愁的生活,不仅是这样一座精致的游园,更是他们精神上的富足。

生田村所在的黄桥,就是这样一个地方,它跟别的商业气息浓厚的喧嚣的古镇古村不同,它的美,不仅在于风光,不仅在于环境,更迷人的是它内在的气质和意韵,那种渗透在地方文化血液里的元素,渗透在百姓精神生活里的情怀,不经意间就成了这个地方的符号和灵魂。

忽然就想起一句诗:面朝大海,春暖花开,从明天起,做一个幸福的人。

对于生田村人来说,幸福就是每一天的日子。

梦里水乡。

生田村不是孤立的。

黄桥这地方到处都是水。即使一个小小的生田村,也是水网遍布,水路四通八达,更有一条后泾港河,绕着整个村子蜿蜒伸向远方。

水网交织,曾经是困扰这个地方的最大的难题,水多,路就少。要想富,先修路,在没有路尽是水的地方,怎么富得起来?

但是现在不一样了,现在的水,就是宝。

就在生田村的周围,有生态植物园,有荷塘月色湿地公园,不远处,又有虎丘湿地公园,梅花园等等,无一不以水为主题。就在黄桥的这片土地上,有三分之一的内容是湿地。

它是苏州的肺,苏州的呼吸,因为这块土地而舒畅。

今天,我们行走在黄桥,行走在生田村,接了地气,受了洗礼,吸纳了大量空气中的负离子和精神上的负离子。我相信,今天晚上,我做梦,一定是一个五彩的梦、一定是一个滋润的梦,就像花卉植物园怒放的郁金香,就像荷塘湿地千朵万朵含娇欲滴的荷花。

永远的故乡

　　在 1970 年前后的两三年里，我们一家下放在苏州吴江桃源公社新亭大队。 新亭在桃源的最南边，桃源在吴江的最南边，吴江在苏州的最南边，苏州在江苏的最南边。 从地图上看，桃源和新亭都陷入在浙江的包围之中，如果觉得这样说比较被动，反过来说也一样，桃源和新亭，是江苏伸入浙江腹地的一个尖尖。 我就是在这个尖尖上，渡过了从少年到青年的人生的重要阶段。 农闲的时候我们也和农民一样要上街。 离我们最近的街，就是桃源公社的所在地戴家浜，但因为当时戴家浜的商业不发达，我们就向往起比戴家浜繁华一些而且稍有点名气的铜罗镇了。

　　那个时候大家并不管它叫铜罗，却是叫作严墓。 我们上严墓的街，是摇船去的，去过多少次，不记得了，但第一次却记得很清楚。 那时候我们全家刚刚下乡来，新亭三队的农民对我们十分友好，今天你送几个鸡蛋，明天他送几个团子，而且一形成了风气，还互相攀比，弄得我母亲手足无措了，说，这怎么好意思，这怎么好意思。 母亲和父亲商量，要上街去买东西还礼，我们就去了严墓，在南货店里买了几十包红枣和柿饼，是用很粗糙的黄纸包的，扎上红绳，放了满满的一大篮子。 父母亲还要在严墓办别的事情，就吩咐我蹲在街角上，守住那个大篮子。我老老实实地蹲在那里，过了不多久，有人走过，就朝我看，又有人走过，又朝我看，还朝我的篮子看，再有人走过，看过我和我的篮子后，他终于忍不住了，问我，你是卖什么的？那时候我们才下放不到一个月，我还不会说乡下的话，不敢开口，只是惶惶地摇头。人家也不跟我计较，就走开了。我就那样蹲在严墓的街角上，眼巴巴地朝父母亲消失的方向看着，巴望着父母亲及早过来带我回家。

到了1971年，我去震泽中学读高中，路途颇多周折，要先从桃源新亭大队走到铜罗，再乘船去震泽，于是在那一年多的时间里，便有了无数次的往返，往返于桃源和铜罗之间，一路金黄的油菜花，一路青青的麦苗，一路红色的紫云英，至今都还历历在目。

从桃源到铜罗，途中是不是要经过青云公社，我不太清楚，但是在震泽中学时，我有几个家住青云的同学，他们曾经向我描述他们家乡的种种情形，于是，青云公社也就和戴家浜、和严墓一样，留在我的记忆深处了。

这是近四十年前的事情。快四十年过去了，有一次我又站在严墓的街上了，我不知道这是人生的偶然还是生活的必然，但事实上我又来了，我朝街头一看，就看到了我自己，一个刚从城里下乡来的小女孩，茫然地蹲在异乡的街角，看守着那一篮红枣和柿饼。我已看不清我穿的是什么衣服，也看不清我梳的什么头，但是我清楚地看见，包红枣的纸，蜡黄蜡黄的。

那一天严墓街上人很少，街是旧的，房屋是旧的，人是安静的，有一些老人坐在街边说话，打牌，看街前小河的流水。他们本来就很轻微的声音被安静的小街掩盖了，他们和他们所做的事情，对我来说，更像是一幅画。站在这幅画前，我没有多问一句，没有打听严墓有没有喧闹的新区或者发展中的工业园区，也没有打听严墓有多少历史和传说，我只是和严墓的老街一样安静地站在这里。

也许，严墓的名人故居正深深地隐藏着，严墓的历史遗迹正在悄悄地呼吸着，即使我们一时看不见它们，我们也知道，严墓是历史的，是值得我们流连忘返的。我看到的是许多普通的老宅民居，历史的沧桑落在它们的面庞，时光的印记刻烙在它们的脊梁，在这里我与它们的交流，让我觉得更亲近，更自然。走进名人故居，面对名胜古迹，我会升起敬意或小心翼翼，但走在这个普通的旧了的小街上，我收获的是自由和放松，拾起了自己的少年，就像在自己的家，不用肃然起敬，也不要用心听讲解员刨根追底的讲解。

这里没有很多的游人，也没有很多的旅游纪念品，甚至连他们闻名的黄酒，也藏在深巷小街和村里乡间。但是酒香飘了出来，我们闻到了。从小街乡间飘来的酒香，让我深深嗅到了安详和谐的气味。这种感觉，陪伴着我，温暖着我，一直到前不久，收到了桃源镇给我发来的《吴风越韵溢桃源》这部书稿，在这部丰润厚实的书稿中尽情徜徉，我再一次收获了我的桃源铜罗青云给我的心灵滋补，再一次享受了第二故乡给我的精神抚慰。

许多年以后，我才知道，"桃源"这个充满诗意的名字正是取之于"问津桃花何处去，为有源头活水来"的著名诗句；我又欣喜地了解到，在青云这片土地上，许多古桥保存完好，桥上的对联，比如"北望洞庭，山浓如翠东连笠泽，水到渠成"、"冰鉴一奁秋水影；渔歌两岸夕阳村"等等，宁静纯洁的品味，让我犹如置身在一个天然的文学氧吧之中；而铜罗和严墓的名称更替，更是别具意味：铜罗曾经是严墓的前称，后来因为发现了西汉严忌的墓，从此铜罗便改称为严墓。 1957 年严墓区划分为铜罗、青云、桃源三个乡，此时的严墓又成了铜罗镇所在地的地名。 现在情况又发生了变化，严墓之称已经真正消失，而铜罗镇也已成为桃源镇铜罗社区。

桃源、铜罗、青云，虽然是三个不同的名字，但它们是相依相存的，它们的气息是相同相通的，它们有着同一样的肥沃滋润的土地，有着同一样的悠久灿烂的历史，有着同一样丰厚的文化底蕴，它们共同扛负起这个江苏最南端地区的繁荣发展的重任。

历史可以变革，行政区域可以重新划归和变化，但这些都无法改变一个人对故乡的深情。

就说铜罗吧，许多年来，岁月流逝，铜罗消失了，变成了严墓，岁月又流逝，严墓又消失了，变成了铜罗，岁月再流逝，铜罗镇消失了，变成了铜罗社区。 但是，我们知道，在这个世界上，凡有消失的，就必定会有不消失的。 无论是铜罗也好，严墓也好，是镇也好，区也好，就像改成了桃源镇的戴家浜，就像改成了青云社区的青云公社一样，永远留守在我们的心底深处，家乡安详和谐的美好形象，在我们心里永远不会改变。

师俭堂

中央电视台的鉴宝节目，据说收视率蛮高，现在老百姓都爱宝藏宝，掀起了热潮。苏州现在也有免费的鉴宝日，我没有去过现场，据说每次都是人山人海。大家带来了家里的宝贝，请专家看一看，无论看出来是宝不是宝，是价值连城还是不值几钱，大家都小心翼翼地捧回来，小心地藏好了。就这样也不知是谁发动的，也不知有没有人发动，似乎就有一点全民藏宝的意思了。这真是好事情。以前有个顺口溜，说政府让你养猪，你就种粮，政府让你种粮，你就养猪，准错不了。现在政府也没有发动全民藏宝，全民就自己在那里藏宝了。

这是劫后余生的宝。劫的时候到底劫掉了多少，这是一个不能想的问题，一想心就会颤抖，虽然宝不是我家的，但我心里也一样颤抖，一样的难过。前几天去了震泽师俭堂，在那里看到一些在夹缝里偷生、在劫难中残存的宝。

1972年我在震泽中学念书，那时候哪里知道有师俭堂，只知道震泽有个塔，到底去没去玩过，已经忘记了。推想起来，在长达一年的时间里，应该是去过的，但当时塔是个什么样子，一点也没有印象。如果试着想象一下，可以想象得出，塔肯定是封闭着的，里面藏满了恐怖和迷信。 倒是在后来的文学作品中，我写过这个没有留在我印象中的塔，真是闭门造车，凭空造塔。 那时的师俭堂更是被生活的苦涩海水淹没了，里边住了三十多户人家，多半是日子艰辛，唠唠叨叨，嫌住房太拥挤，嫌房屋太破旧，但就是在这狭小的空间，他们生活着，成长着，努力着，贡献着。 这就是人民。

那曾经是一个全民灭宝的时代，但奇怪的是，它也从另一个角度保护了一些东西。 我们在师俭堂看到从前主人卧室门外的藏宝密洞，它们的盖板完好无缺，打开来，下面是一块带锁的石门，同样毫发无损。 讲解员告诉我们，住在这里的居民，几十年都没有发现这幢大宅里的密室和藏宝洞。 其实，那一块活动的地板与周边固定的地板有着相当明显的异样，可为什么住户竟多年不曾发现其中的秘密？ 没有人能够回答我。 我们找不到当年的住户，不知道他们迁出师俭堂后都住到哪里去了。 就算知道他们住在哪里，我们也不可能去找到他们问这个问题。 于是我后来自己给了自己一个答案：家具将它遮盖了。 是不是写小说的人都喜欢自以为是地推一下理？ 因为我也曾经有过一家五口同居一室的经历，连家里养的两只鸡也住在一起，它们呆在鸡笼子里，鸡笼子就放在我的床前，家里就没有一块能够让我们转个身的空间。 好在那时候我们都还小，白天只是在外面野，晚上才知道归家，一回来往床上一滚，一天就过去了。 如果有个不喜欢出门的孩子，那他的日子肯定是比较沉闷的。 在一间堆满了家具的屋子里，别说一块密洞的盖板，就是遍地密室，恐怕也是发现不了的。

师俭堂的书房里有四块落地板门，一面是漆雕，一面是木刻，漆雕以画作为主，木刻是诗作。 是谁在1860年代或1870年代刻下了这些诗，这还是一个谜，还有待考证。 希望他们是一些名人、文人，当然，如果他们只是一些普通的工匠，也一样，因为在我们眼里，他们也一样都是名人文人。所以，我觉得不考证也无所谓。有人说这四块板门的价值抵得上整座师俭堂，不知道有没有什么依据，师俭堂占地 2700 平方米，有六进几十间屋，四块门板如果真能抵上一宅子，被收藏家见了，眼珠子都会发绿。

让我们再回到当年，一个年轻的女孩和她的家人一起住进了这间书房。当然他们不能称它为书房，那个时代几乎没有谁家家里是有书房的。过去师俭堂主人家的书房，现在就是她全家人的家。女孩看着这四块黑乎乎的漆雕门板，觉得阴森森的，还觉得有些脏兮兮的，女孩爱干净，就用纸将它们糊上了，这样女孩觉得好受些了，房间里洁净多了，也亮堂多了。女孩就在那里渡过了她的青春时代。

许多年过去了，女孩和她的家人以及住在师俭堂的所有人家全部搬出去以后，人们将女孩糊上的纸撕下来，发现了这四块门板，它们被保护得完好无损。

女孩和她的家人邻居，就这样与宝贝擦肩而过，与此同时，他们也踏踏实实地走过了历史，走过了自己人生的某个阶段。因为他们的不识宝，更因为那个时代教育他们，宝就是罪，所以他们与宝擦肩而过，一无牵挂地走了。

这四块门板没有被人拆下来带走。假如我们设想它们被拆走了，或许哪一天在鉴宝节目中我们能够看到它。可现在它们安守在原来的位置上，时间走过了一百多年，它们没有移动，没有坍塌，没有破损，没有挂到别人家的新房子的墙上去做装饰品。

走过震泽

1972年，我从家里出发，到震泽去。

我家在震泽南边的一个地方，苏州吴江县桃源乡新亭大队第三小队，这是一个典型的江南的村庄，而我家，却是一户非典型农户。

背着母亲给我准备的炒米粉和外婆腌的咸鱼，走乡间的小路。一个小时后，我走到了震泽南边的另一个乡镇铜锣镇，到铜锣的轮船码头，坐上航船，航行在京杭大运河上，又一个小时后，我到达震泽镇，上岸，穿过震泽的街巷，来到我就读的震泽中学。

我曾经写过一篇文章，写震泽师俭堂的，用的题目叫《擦肩而过》。其实，我和震泽，也很可能会擦肩而过的。假如我们全家没有下放到农村，假如我们下放农村后父母亲不再为我们念书的事操心，假如我们下放的桃源乡有我可以念的高中，假如……我就和震泽擦肩而过了。

但是没有那么多的假如，只有那么多的现实。现实就是，我们全家下放了，下放以后父母亲希望我们继续念书，哪怕是在农村的学校；现实就是，我在农村初中毕业的时候，桃源乡的农高中，在头一年招收了一个高中班以后，再也没条件招收新一届的高中生了。于是，我们的目光，我们的希望，我们的前途，只有一个，那就是震泽中学。可是，分到我毕业的那所新贤初中的高中名额只有两名，其中必须有一名贫下中农子女，我和另一名下放干部的孩子，成为激烈的竞争对手，父母亲和老师都为我奔波求助，最后终于争取来了第三个名额，后来，我们踏上了震泽这块土地，参加了入学考试。

就这样，在许多因素的作用下，我没有和震泽擦肩而过，而是和震泽相逢相遇了。

1972年，我在震泽中学读高一。这一年中，在家和学校之间这样的往往返返有多少次，已经记不清了。留在记忆中的，是一些零碎的片段，是一些模糊的影像，后来我的一些小说，像《杨湾故事》、《洗衣歌》、《上学去》等等，都是从这些零碎的片段中拾起来，是由这些影像组合而成的。

震泽有著名的"震泽八景"，震泽有浓郁醇厚的民俗乡风，震泽有无数的名人古迹，震泽有遍地的宝藏。于是，在许多年后重回震泽、和朋友们一起在震泽街头徜徉的时候，他们多次问我，你当年在这里读书的时候，来过师俭堂吗，到过慈云塔吗，走过思范桥、禹迹桥吗？

我无言以对。

我不记得我是否曾经穿过宝塔街，经越师俭堂，去到慈云寺，但有一点是可以肯定的，那时候的师俭堂，只是一座挤入了几十户民居的破旧老宅；那时候的慈云塔，紧紧封闭，周边一片荒芜，即使在大白天，胆小的女生也未必肯靠近它；而我们走过思范桥或者禹迹桥的时候，也从来没有思考过"思范"和"禹迹"的意义价值所在，它们只是江南水乡最普通最常见的供人过河的石桥而已。

1973 年初，我转学了，离开了震泽，也将那许多未曾识得的历史精华留在了震泽。

幸好还有后来。

后来，大约在二十多年以后，我开始重新走回震泽，在近几年中，更是多次来到震泽，让我有机会寻回曾经丢失和错过的东西，有机会弥补因为无知和愚昧造成的损失。沧海桑田，许多东西变化了，许多东西消失了，但是，也有许多东西，经历了漫长的埋没，反而凸现出来了，比如震泽的师俭堂、慈云寺，还有许多东西，则通过另一种方式留了下来，比如震泽八景，无论今天还剩几景，我们都能从文字中了解它们，认识它们，熟悉它们，向往它们。

四十年前，我在震泽中学读书，近几年里，我在震泽的宝塔街重新读书。震泽这部大书，读你总不厌。

我最终没有错过震泽。

历史和时代，给了我第二次机会。

横扇风华

我在从少年到青年的成长过程中,从城市来到农村。这个农村,就是以后许多年里一直提起的、牢牢地印记在我心底深处的苏州吴江县。我在吴江待了整整十年,曾经到过吴江范围里的很多地方,生活过、长住过的地方就有桃源、震泽、松陵、湖滨等,去过的地方就更多了,同里,黎里,芦墟,梅堰,七都,八都,屯村,盛泽,铜罗等等,偏偏就没有去过横扇。

但是我对吴江的每一个寸土地似乎都有着一种天然的亲切的感觉,有一种说不清道不明的喜欢和偏爱,横扇就是其中之一。前十年,没有机会去横扇,后来的三十年,也仍然没有去横扇,也许是机缘未到。我想,有没有去过并不要紧,重要的是我心里有这块地方,知道这是太湖边的一处冲积平原,知道这里水网密布,风物清嘉。在过去的许多年里,尤其是在吴江生活的那些岁月里,我也许曾经想象过这个熟悉而又陌生的横扇,想象着太湖在横扇那里的样子,和它在别的地方所不同的样子,也想象着横扇在太湖边上的样子,和其他紧临太湖的乡镇村寨的不同之处。这种想象,是空想,是虚构,却也让横扇这片我所未曾踏上过的土地,在我心里有了着落之点。

　　我可以尽情地想象，这里的土地是多么的肥沃和滋润，这里的物产是多么的丰盛和富足，鱼虾肥美，蔬果鲜甜，等等等等。但是，当我前不久看到《横扇风华》的书稿，说实在的，内心是有点意外的，甚至是有点震惊的，事实大大地超越了人的想象，横扇不仅是一块水肥土沃的地方，它竟有着如此悠久的历史，有如此多的值得骄傲、作出贡献的人物，而辉煌的历史和杰出的人们，又给横扇留下了如此有价值有意义的宝贵财富，让后来的一代又一代的横扇人，可以沿着祖先的足迹，汲取取之不尽的源泉，去建设和创造新的横扇。

　　事实上，后来的一代又一代的横扇人确实没有辜负先人的期望，在这片古吴越战场的遗址上，他们用心尽力地保护着历史的遗迹，"四都村崇吴教寺内的那棵银杏树不仅是横扇年岁最久、生长仍茂的一棵，而且是迄今为止为全市最大的银杏树。该树高达6.10米，树干直径1.84米，圆周5.8米，四五个人伸双臂合抱才能抱尽。树冠依然高大，遮天蔽日，它就像一位永恒的智者，伫立在一片废墟上，默默地述说着久远的故事。"事实正是如此，银杏古树也好，四都古村也好，如今犹存也好，已经毁损也罢，它们都默默地向今人叙说着横扇，叙说着横扇的昨天；而丰盛的特产，白鱼白虾太湖蟹；美丽的风景，太湖水街景观带，又委婉而响亮地吟唱着横扇的今天，召唤天南海北的人们，到横扇来，看一看，走一走。

　　从民间俚语"沧州荡畔贯横港，蚂蚁漾边锁扇形"，两句中各取一字，合成的横扇，已经牢牢地刻印在我心里了。而且，它在我心里越来越生动，也越来越牢靠，它不再是单凭想象虚构出来的一个形象，它已经是一个实实在在的有血有肉的横扇镇。

　　当然，一直到今天，我对横扇的认识，还停留在书本上，也仍然要靠着想象去支持，去完成，于是我想，什么时候，将梦想照进现实，到横扇去走一走，看看自己的想象，到底有多少是与现实吻合的。　只是我想。　生活的伟大从来都是超越人类想象的，无论我的想象是怎么样的驰骋，是怎么样的展翅飞翔，现实中的真实的横扇，一定会带给我许多意外的惊喜。

七都在哪里

七都在太湖边上。

这是我早就知道的，因为早些年，在我从少年长到青年的一段时间里，我就在苏州吴江县生活，前后大约近十年，对吴江的几乎每一个乡镇，都是耳熟能详，都是满心向往的，都感觉很亲切的，七都就是其中之一。尤其是吴江人对东太湖这个概念比较重视，于是，沿着太湖东岸伸展的"七都"这两个字，很早以前，就深深地印在我的心里了。同时，伴随着我对太湖的想象，七都就像是湖面的风帆，是那样的恣意纵横，是那样的富有诗意。

当然，这一切，一直是停留在想象中的。

在从前的一些日子和后来的许多年中，我曾经去过吴江的许多乡镇，有的地方是长期居住，有的地方是临时路过，也有的地方是慕名而去，屈指一数，大概不下十几处，和七都，却似乎一直没有缘分。

但是这种缘分其实一直是存在的，只是未到时机，你看，时机一到，缘分就来了。

在夏天到来的时候，天气有点闷热，我们走在七都沿太湖的道路上，这不是新近建成的景观大道，这只是一条许多年留下来的泥泞的小道，歪歪斜斜的，没有任何修饰，不加任何点缀，让人觉得，也许它从前根本就不是一条道，是因为人们愿意走在太湖边上，愿意一边近距离地看着太湖，一边想着心思，一边聊着话题，或者既不想心思，也不聊天，就这么靠着太湖走着，才渐渐地走出来的一条道。

走在这样的一条小道上，你才知道七都的朴素和远离喧嚣，你才感受到自己的内心和灵魂其实并没有你想象的那么浮躁那么焦虑，你发现原来在你的心里，始终保留着应该保留的一些东西，尽管它们经历了时代的磨砺，尽管它们饱受了岁月的冲洗，但它们依然如故地默默地守在那里，一旦遇到气味相投的人，或事，或地，它们就鲜活起来，跃跃欲试了。

正是内心的这些无以冠名的"东西"，让我们和七都相遇了，相知了，相融了。在七都的短短的一两天时间里，我们无数次地重复着"七都"这两个字，我们看到七都的林林总总，了解七都的方方面面，我们得益匪浅，但是却没有杂乱或繁复的感觉。我们接受到的信息是丰富的，同时又是简单的，我们得到的收获让我们感动，同时又让我们倍感平静。

这一个早晨，我们平静地走进了七都木偶昆曲的一个表演场所，这里没有华丽的舞台，没有炫目的灯光，也没有大腕名角，几个年轻人，刚才还在给来客做导游，做讲解，这会儿他们已经在准备演出了，尤其是几个女孩，换上了戏服，却没有化妆，朴素又简单。这情形忽然让我有些担心，通常我们知道，有许多演员在台上时你看他们光鲜亮丽，光彩照人，但是下了舞台，卸了妆，就是一个再不普通不过的平常人，无论容貌和气质，可能都不及你的邻家小妹大姐，如果他们下了舞台，卸了装，却又穿着华美夸张的戏服，那恐怕更是撑不了场面了。 眼前这小小的简陋的舞台上的女孩，她们的朴素简单，她们的自然随性，又会有什么样的效果呢。

效果就这么出来了，她们平平淡淡地镇住了观众，她们轻而易举地压住了舞台。 她们的朴素是那么的大气，她们的简单让她们散发出一种出奇的安静；她们的容貌算不上特别漂亮，却是那么的耐看；她们的眼神，远不如专业演员那么灵活，却透出一种动人的恬淡，她们手提十多根线，操纵着木偶的一招一式，却纹丝不乱；她们的昆曲配唱，更是缠绵婉转、清丽悠长。 应该说，这场木偶昆曲的演出是安静的，但是当我们离开那里的时候，内心又是不平静的，我们被打动了，简单朴素的木偶昆曲让我们感动，让我们有所思，有所想，有所悟，有所获。

于是，我们知道了，七都在哪里，七都就在木偶昆曲的表演中，那是独一无二的一个祖传戏种；七都就在太湖边的那条小道上，那是独一无二的一条无人打扰的小道，七都就在我们每一个人心里最独特的地方，那是最敏感最柔软也是最能守得住的地方。

其实，我们每一个人，每一个地方，原本都应该是独一无二的，但这是一个复制和克隆的时代，独一无二变得那么的珍贵和稀缺，幸运的是，我们结识了一个真正的独一无二的七都。

文章至此，我随手把桌上的一本七都湖风文学社的刊物《湖风》拿过来翻看，奇怪的事情发生了，第一翻，我就翻到了一篇文章，文章提到了我，说我在新千年初，来七都参加过一个会议，苏州市青年作家创作会议。

呵呵，原来，我和七都却是早有交往的，只是从前的那一次，我们走进一个别墅群中的一座房子，坐在一个会议室里，开一个文学的会议，然后就匆匆离开了，没有能够真正地走进七都，连七都依靠着的东太湖也没有看到，于是，挑剔而苛刻的记忆功能，就毫不留情地将那一次的相遇废弃了。

　　我有些惭愧，又有点自信。从上一次到这一次，时间过去了十多年，人又老去了十多岁，记性也大不如前，但是我还是相信，这一次的七都之行，我不再会忘记。人生总是这样的，让你忘记一些事情，又让你永远地记住一些事情。

退思补过

被称为江南水乡明珠的水乡小镇同里，到底是怎么个明珠，我也是到后来才明白的。早几年我插队在离同里不远的地方，常常到同里镇"上街"，我们江南乡下说的"上街"，大概就和北方的赶集什么差不多罢，也就是说在农忙过后，会放一两天假，让大家上街看看热闹，买些生活用品。碰到这样的日子，一般都是很开心的，只可惜那时候谁的身边也不会有很多的钱，上街去当然是看得多，买得少，也不失为一种乐趣。

在"上街"那一天，我和乡下的姑娘们穿上自己最好的衣服，当然那时候最好也不过就是的确凉，我们穿着的确凉，打着洋伞，沿着大运河，快快活活地向同里去，一路上我们可以饱览水乡风光，满眼可见碧绿生青的秧苗，也可见打谷场上堆着金黄的稻谷，有一群小鸡在觅食，一只小狗在树荫下打盹，真是一派田园风味，只是在我们眼里这风味什么也不是，因为这些绿色金黄色，都是经过我们自己的手创造出来的，也就没什么味道了。

我们倒是对小镇上的东西感兴趣，小镇上有商店，商店里琳琅满目，让我们一个个看花眼，恨不得什么都要买上一点，只是钱不够。小镇上有照相馆，我们曾经一起去照过合影，几个乡下姑娘咧着嘴对着镜头傻笑，其中有我一个，这照片永远地留在我的相册也留在我的记忆中。我们在小镇上当街的小吃摊上每人要一碗豆腐花，鲜得咂嘴，很想再来一碗鲜肉小馄饨，但是考虑半天终于没有舍得。我们在小镇上走累了就很随便地在一座桥的石阶上坐下歇歇，也不知道这桥有些什么来历，是哪个朝代建造，哪一位大诗人是不是为它写过千古绝唱，我们走在小镇的小街上，看到那些深宅大院，也没有任何感觉，对一些精雕细刻的门楼花窗什么更是熟视无睹，我们真的很轻松很愉快，我们是一群浑然无知的乡下姑娘。当我们开始往回走的时候，心里还惦记着哪一家店里有一件自己心爱的商品，不知道下一次再来那东西还在不在，若是还有得卖，一定要买下来，于是我们慢慢地走出小镇，踏上归程，我们再一次地回头看看，这就是同里。

过了好多年以后，我又到了同里，我觉得自己已经不再认识同里，我再找当年的那种感觉，却是荡然无存。这时的同里已经不是那时的同里，那时的同里，只是我们乡下姑娘赶街的一个小镇罢，现在我再到同里，同里已经是江南水乡的明珠。其实同里始终是江南水乡的明珠，只是我自己从前不能明白。

我再过同里的桥，就会有人介绍，这是一座宋桥，始建于某某，重建于某某，修复于某某，你看这桥的桥栏，石刻多么传神精致，出之名匠之手，你看这桥的桥对，句式多么严格工整，出之大家之笔，你再看这桥的气势，多么的古朴逸秀。我再走同里的小街，大家就说，这一宅是谁谁谁的家宅，那一幢是谁谁谁的财产，这一宅又是典型的什么什么风格，那一幢又是杰出的什么什么遗产，在同里镇上我看到庄重古朴的深宅大院，也看到精雕细作的华丽宅第，更有小巧玲珑的园林小筑。还有一些与名人故居有关的住宅。 至于这小小的同里镇，不显山不露水的，怎么会汇聚了这许多出色的古代建筑呢？ 这和同里的地理环境有着密切的关系，同里地处水乡泽国之中，以往交通闭塞，历史上很少兵燹之灾，从前一些有钱的人，都愿意把家宅建到这里来，而且许多年下来，既保持着明丽古朴的水乡风貌，又保存了一大批文物古迹，这也是今天的同里吸引外人的一个重要原因吧。 再游同里，真使我大开了眼界，增长了知识，想想从前的孤陋寡闻，想想从前身在宝中不识宝，真是惭愧。

在同里镇上最有名的当然要算退思园，《左传·鲁宣公十二年》中有"林父之事君也，进思尽忠，退思补过"。 取退思为园名，意思也全在里面了。

围于黑漆高墙中的退思园，也和许多江南园林一样，通过理水、叠山、绿化、建筑、陈设、装饰等形成以建筑为中心的综合艺术，创造出诗情画意的城市山林之意境，可以说凡是典型的江南园林所具有的特色，在退思园一般都能看到。 比如主要建筑傍水临池，倒映生辉，比如利用山木屏障，给人层出不穷之感觉，再比如以漏窗借景，耐人寻味，这些特色，在退思园自是比比皆是。 此外，退思园也有自己的独到之处，比如它是横向布局而非常见的纵向，比如它与众不同的走马楼，雨可不走水路，晴又可遮荫避阳，等等，这些都是很有价值的。

其实我对于退思园的感觉也和对苏州别的许多园林的感觉差不多少，我当然佩服这些园林造园艺术的登峰造极，萝卜青菜各人所爱。 佩服不等于喜爱，我感兴趣的倒是它的园名，退思，就像我对苏州的拙政园、半园等园名也有一些兴趣。 退思园，原本是要退思补过的，却要在坐春望月楼看满眼间又是花木如盖，玉兰飘香，又是池荷莲花，鸳鸯戏水；或是明月之夜，独步楼前，踏月吟咏，陶醉然然；或是于初春细雨之中，看一叶芦苇，几枝菰草，燕雀穿梭其间，顿觉野趣横生，真所谓"凉风生菰叶，细雨落平波"。若在盛夏酷暑，于此间剖瓜尝荷，真是心静自然凉，烦渴尽消，若秋雨突至，雨打芭蕉，声如玉珠弹跳，坐于桂花厅中，秋景如画，到了冬天自然又有冬天的趣味，总之一年四季，都是别有意趣的。于这样的环境之间，是退思补过呢，还是坐享其福呢，我却不能知道。我们现代的人，恐怕多半是不能了解过去的事情了。

其实以我的想法，退思补过，并不一定是要在落职归故或者是落魄带罪以后，即使是在当朝任上，即使是在进取上升时期也是时时可以退思补过的，这是一；第二，也并不一定非要雨打芭蕉，风鞭芦叶，才能静静地闭门思过，于烦躁的尘世间也是一样能够退思补过的呀，真正需要静下来的不是环境，而是人心，这大家都知道。

我曾经在一篇写自己的文章中写道：现在在我的内心，有一种畏惧，是对人生，对命运，对社会，还是对他人，我说不清楚，我感觉到这是一种宁静平和的畏惧，我想这种畏惧是文学给我带来的。

有了这一种畏惧，我常常需要退思补过，我不到乡间小镇上找一僻静处，我也不到乡下农舍去寻求安静，我就在我自己的家里，在我的工作岗位写字台前，在我孩子的吵闹声中，在邻居家的卡拉OK声中，我退思补过。

我绝没有觉得退思园本不该造这样的意思，真是一点也没有，退思园它在造园艺术以及其他许多方面的价值和意义，都不是我这样的外行浅薄之人可以说得好的，对于历史留给我们的许多东西都是这样，历史早已经作出了公正的评价。

同里，江南水乡的明珠，这同样也是历史对这一座小镇作出的最好的评价。

看得见屋顶的房子

在从前的相当长的一些日子里，我们晚上躺在床上，就看见了自家的屋顶，当然这不是屋子外面朝天面的一块。 这块地方，有房梁，有椽子，有满砖，是立体的。 它不是天花板，天花板总是雪白雪白，平面的，很单一。 天花板是晚上都在看着的同一样东西。但是从前的屋顶却是不一样的，它比较丰富多彩，由各种各样不同的木料筑成，油漆的色彩也不一样的，满砖亦不尽相同，就这样我们在每一块屋顶下面做出来的梦也是大不一样的。 虽然看得见屋顶的房子多半简陋，一层的平房，很旧了的，摇摇欲坠，但是我们曾经在那里边幻想过许许多多美好的事物，比如我们幻想住楼房，住看不见屋顶的新房子。 随着日子的流逝，这些幻想真的成了现实，我们搬进了新区，住进了公寓房，甚至买了别墅，我们离看得见屋顶的房子越来越远了，然后呢，然后这些越来越远的东西又重新成为我们向往的东西，重新来到了我们的梦中。

我们十分的怀旧，怀念看得见屋顶的房子，但是我们到哪里去住看得见屋顶的房子呢，看得见屋顶的房子在哪里呢？ 其实不用着急的，说不定哪一天你就真的又住上了。 比如有一天我们来到同里，同里就有许多这样的房子，民居客栈，我们可能是很随意地走进了其中的一家，这一家叫敬仪堂。听敬仪堂这样一个名字就能想到很悠久的历史和很丰厚的文化，但我们不一定是来体会历史和文化的，我们只是来住一住看得见屋顶的房子而同里有这样的房子，我们有这样的愿望，于是就有了缘分。

敬仪堂就是我们从前曾经住过的那种大院，在城市，在乡村，我们都住过那样的地方，从大门往里走，会有好几进的房子，前一进房子与后一进房子之间隔着的是天井，天井里有树和盆景，也会有些家禽或者别的小动物，房东的孩子好像有七八岁，从前我们也差不多有这般大小，现在我们又回来，在房东孩子的身上，我们会看到自己童年时的身影吗？

那一天我住的是西厢房，西厢房出乎意料的大，是个套间，外面有沙发可以会客，里边是两张床，像宾馆的标准房，还有配套的卫生间，因为装了热水器，天天可以洗澡的，外间和里间的门边，竖着一根红漆的木门闩，晚上我用木门闩拴门的时候，心里有一点轻微的涟漪，接着我就躺下了，看见了想念的屋顶，看见了很久很久没看见的房梁、椽子和满砖，是又熟悉又陌生的，是又亲切又有些距离的。

我们在敬仪堂的客厅里吃乡村风味的饭。踩着古老的青砖，王鹏还将我们带到后院，他准备在后院种葡萄，到时候你们再来，王鹏说，就可以在葡萄架下喝茶说话，王鹏的曾祖父是一位负责太湖水利的官员，敬仪堂好像就是他上班的地方。一百多年后，我们来到这里住了一个晚上，生活真是无状，王鹏给了我一张名片，名片的背后写着：身处明清院宅，体验古镇幽静，亲临民居生活等等，但是在我的思想里，我们就是来住一住从前住过的看得见屋顶的房子，谢谢王鹏给了我们这样的一个机会。

我们到李市干什么

李市，隶属于苏州常熟古里镇的一个小村落，既普通到不能再普通，又典型到不能再典型，小桥流水人家，老街旧檐古墙，年轻人外出了，留下少许不愿离开的老人在村子里继续着他们平静而漫长的生活。

有一天，我们一群人，忽然来到了这个小村子，但是并没有打乱这个安静的世界。这个世界有它自己的气场，这个气场，我们打不乱它的。

有零星的鸡叫狗吠迎接我们，"蝉噪林愈静，鸟鸣山更幽"。我们走在李市的老街上，我们走进李市的一些旧宅老屋，说话声音都放低了，连脚步都是悄悄的。我们交头接耳，窃窃私语，生怕惊动了什么。

那是什么呢？

那是用"真实"沉淀下来的生活，那是用"朴素"积累起来的氛围，那是经过时间过滤、经过历史洗礼的一幅长轴画卷。

现代社会的快节奏，使得我们的心，也悬浮了起来，对生活对人生对世态，常有一种不真实感，不确定感，于是，我们来到了李市。

进入这幅长卷，我们的心，闲定下来了，我们的情绪，安稳起来了，这里的一切，都是那么的踏实，那么的确定，游离我们而去的真实感，一下子回来了。

细细长长的老街上，很长时间，一个行人都没有，一眼望过去，这里像一座被废弃了的村庄，又像一处森严壁垒的临战的阵地，有些空旷，又有些阴郁，有些神秘，似乎隐藏着许多奇特的故事。

既然街上没有人，那就将注意力转移到沿着街巷的一扇又一扇的窗和门。这一扇扇的门，没有一扇紧闭上锁的，大都半开半掩，于是，我们轻轻的推一下，"吱呀"的声音起来了，这美妙的声音，抚摸着我们的精神和灵魂，召唤着我们去寻找些什么。

这才知道李市并不神秘，也没有奇特的故事，我们推开的是一段平常的日子，推开的是一个正常的生态。有年老的妇女正在灶间烧煮，有老先生坐在院子里看天，他们家的墙壁倒是有点特别，有些零碎而仍然精致的砖雕嵌在中间，这是劫后剩余的历史，村民舍不得废弃，拣起来，在砌墙的时候将它们砌了进去，打造出一道特殊的风景。

一位老太太站在家门口朝我们微笑，她已经八十六岁，清爽干净，说话也很清晰，她的孙子在镇上当干部，其他的小辈也都住到外面了，只有老太太自己愿意继续留在李市，这是她生活了大半个世纪的地方，她的根，早已经深深地植入李市的泥土中了，她不能把自己的根拔起来重新栽种，哪怕栽种到一个美丽的大花园里去。对她来说，李市就是她的一辈子。

一位年逾七十的老先生，在自己的小铁铺里打铁，打造一些简单的农具和生活需要的小铁具，打一件铁器可以有二十元左右的收入。 但他不是为了这二十元才打铁，他打铁只因为他从前就是个铁匠，现在仍然是铁匠，好在还有许多和他一样上了年纪的村民需要他的工作，老铁匠的心愿是收一个徒弟，但是他不可能实现这个心愿，没有人会来李市做一个小铁匠，于是，打铁的老人，就成了最后的一道风景线，

我们继续往前走，一直走到了村的尽头。 人，仍然很少，村，仍然寂静。 虽然人少，虽然寂静，生活的烟火始终在这里弥漫，历史的回光依然在这里升腾，这是我们儿时的生活场景，这是中国社会曾经的写照，我们来到李市，重温了许许多多的东西，足够我们在今后的漫长路途中慢慢回忆，久久品味，

就这么一路走着，走在一个旧了的村落，我们忽然就使出了乡音，忽然就降低了智商，忽然觉得，一个粗糙的淘米箩，一个开裂的小板凳，都能够激荡起内心的细微的情感，是不是因为，这些年来，我们将这些普通而又朴素的情感丢失了，遗忘了。

那一天，那一个下午，我们在李市流连忘返，我们在这里找人说话，我们在这里拍照留念，其实，那是我们自己在和自己的童年说话，那是我们自己留给自己的自我抚慰。

天色有些阴沉，飘过几滴小雨，愈发的使李市散发出李市应有的气味，就使劲地闻着这熟悉而又亲切的气味，忽然想：

古里从前叫作菰里。

李市明天还叫李市。

到虞山去喝茶

虞山是一座山。不高，因此也不险，也因此，这里没有无限风光在险峰。

但是虞山是有风光的，它的无限风光，在缓缓的进程中，在坦坦的山道上，在平平和和的不知不觉中，就进入了你的内心深处，并且永远地长留长驻了。

这不仅是虞山的风格，苏州境内的山，多半就是这个样子的。

对于虞山的这种特殊的不求其高不其险只求灵性相通的情感，让无数文人梦回萦绕，千百年来，许许多多人来到虞山，有名的，没名的，留下名的，没留下名的，写了诗文的，没写诗文的，他们将虞山的气息融进了自己的生命，同时，他们也将自己的气息交给了虞山。

于是，在千百年以后的今天，我们走进虞山，我们感受到的，虞山是山，虞山又是人，是与我们精神相通的一座人文的山。

在我的熟人、朋友里，我所了解的，但凡是到过虞山的，好像没有不想再去第二次，第三次，第 N 次。凡没有去过虞山而听说过虞山的，也几乎没有不心心念念向往着虞山的，好多人总是絮絮叨叨在相约着要去虞山。凡从前没听说过虞山而经过别人介绍知道了的，从此也会在心里把虞山留住了，这样的几种人，在我来说，见的遇的可多了。

作家荆歌，家住苏州城南面，就是那个叫吴江的好地方，自从他开上了车，就方便多了，兴致一来，约上几个好友，就开车出门了，驱车往北，穿过苏州城，再往北，到常熟虞山去。

到虞山去干什么呢？喝茶。

这似乎是一件比较奇怪的事情，难道他家里没有茶喝么？更何况吴江这地方，本身就是一个温润的水乡，有的是水，也有的是茶，天然就是一个喝茶的好地方，吴江城里，同里湖边，何处不留品茶客？或者再往北走一点，苏州城里，满大街，满小巷的各式茶馆遍布，挂着灯笼，飘着茶香，时时刻刻等候着你呢，又干吗非要舍近求远去到虞山，就为了喝一口茶？

正是如此，苏州人日常生活之讲究，就是这样的。吃饭也好，喝茶也好，先要对的环境，还要有对的人，环境对了，人对了，茶又是上好的虞山茶，那茶才能喝出滋味来呀。

到虞山喝茶，去就去了，喝就喝了，可喝过茶回来还总不忘津津乐道向大家诉说，到虞山喝茶去，似乎成了一件奢侈品，值得好好说一说。

这就是虞山的魅力，这就是虞山对文人的诱惑。山不在高，能诱惑人就灵。

就像生活在上海周边几十里甚至几百里范围里的时尚人物，或是老外，或是白领，为了喝一杯咖啡，为了泡一泡酒吧，非要到上海才行，那上海的咖啡才算是咖啡，那上海的酒吧才算是酒吧哟。他们要的就是那一种氛围，那一种情致，那一种特殊的让你心甘情愿舍近求远的吸引。

走很远的路，一小时，甚至几小时，到常熟虞山喝茶去，在一群文人这里，就成了这种约定俗成的时尚，因此，这事情就变得很正常，一点也不奇怪了。 有一年，全国一批文坛青年才俊汇聚苏州，由我负责接待，要在紧张的会议期间给他们一个下午的时间休闲观赏，结果就安排了虞山喝茶这个节目。 一大群人，一辆大车，前往虞山，路上堵车，司机路又不熟，差不多用了长途跋涉的努力和时间才来到虞山，到了虞山喝茶处。

这是虞山的最高峰，也就是我们知道的海拔 200 多米那点高度，在茶亭前的空场上，置放了许多藤椅，大家或四散开来，或三五成群，懒懒的坐了卜去，等着新嫩碧绿的茶泡上来，看着茶芽在水中沉沉浮浮，堵车也好，绕路也好，焦急的心境立刻舒缓开来，释放开去，人生立刻就变得那么美丽清新。

背靠虞山，面临尚湖，大家坐着，聊着，无比惬意和慵懒，看样子似乎就打算一屁股坐到底了，我赶紧告诉大家，这虞山之中，除却手中这杯茶，还有好多著名的景点，有兴福寺，有古城垣，有言子墓，有桃源涧，有虞山十八景呢。 可是大家却被虞山的这杯茶泡在了山坡上不肯动弹了，没有人听进去我的介绍，全置于耳边，丢在耳外了，也始终没有人站起来，离开这喝茶处，到别处赏景去。

记得那是一个好天气，十月初的太阳，温温地照着，真是偷得浮生半日闲，置身在布满景点的虞山上，闭上眼睛，也已经是满目秀丽、一腔学问了。

这是一座精神的高山，一座文化的富矿，在它的怀抱里，人，就有了收获，就有了心情，就有了向往，有了下次再来虞山喝茶的愿望。 就比如我自己吧，此时此刻，这种向往就特别强烈。 工作好忙，心绪好烦，没有更宽裕的时间常常到虞山去喝茶，但是只要在心里想一想，到虞山去喝茶，想一想这种情境，想一想这种状态，就已经很满足了，心里就宁静多了。

记得很多年前，在虞山脚下的一个度假村开会，晚上喝多了酒，脚步踉跄，两眼迷蒙，看到虞山影影绰绰的身影，一直在心里。

石　桥

　　在我的家乡苏州，周围乡下有许多古老的小镇，我有时候也到这些小镇上走走。 比如周庄。

　　我头一回去周庄的时候，周庄还没有挂上红灯笼，也没有开许多店，街上人比较少。

　　我走在狭窄幽暗的小街上，踩着石子或者青砖，石子和青砖泛着岁月的光泽，皮鞋跟敲打出的咯的咯的声音，在安静的小街上传出去很远。 走到老宅前，老宅默默无声，却将一幅楹联说尽了人间世事：万卷古今消永日，一窗昏晓送流年。 跨到小桥上，看看小桥拱着腰，背负着什么，是什么呢，历史的重载吗，似乎不必有小桥来背负，小桥只是拱着它的身体，让行人过河而已，桥栏杆上有对联，写着：北濒急水泉源活，西控遥山地脉灵。 又写：塘连南北占通途，市接东西庆物丰。 看看桥下的流水，流淌着，轻轻的，慢慢的，不急，急什么呢，急着奔到哪里去呢，那地方有什么等着你呢，所以，它一点也不急，慢慢地淌罢。 再看连片的古代建筑，这都是可以写进书里去的东西，古建筑青黛色，长着青苔，爬着绿色的植物，墙里边有树叶树枝探出院墙。

　　慢慢地再往前走，来到一户人家，光线很暗，破旧低矮的房子，屋内一片零乱，家具是旧的，地是旧的，墙也是旧的，家里最多的东西是灰尘，作画用的东西，摊得到处都是，老人用平平淡淡的眼光看着我，说，来啦。

我说，来了，来看看。

老人说，看吧。

我就四处看，好像要从老人的家，从老人的画里看出个什么究竟来，其实我什么也看不出来。

我也许问老人，您一个人过？

老人说，一个人过。

您的子女都在外面？

都在外面。

您自己做饭吃？

自己做饭吃。

假如有了病呢？

自己到镇卫生院看看。

下面的话不好再追问下去，比如说，如果病重了呢？

老人也不认得我，我也不认得老人，看了看，打算走了，临走的时候，突然又有了一个问题，说，您的画，画了做什么呢？

卖钱。　老人说。

卖给谁？

谁买就卖给谁。

古镇因为它的古老，引来一些发达地区和国家的参观者，他们或三五七八成群，也或者单个地来，他们沿着周庄的小街慢慢地走，像这里的河水一样，也像我一样，慢慢的，他们走来了，看到了老人的家，看到了他的画。

您的画好卖吗?

说不准,有时候一个团的人,人人要买,就现等着画起来,也有的时候,来一个团,只是看看,谁也不买。

卖多少钱呢?

也说不准,有时候几十美元,也有一点点人民币。

老人的家,看起来很穷,但是我知道老人其实很富有,当然,他的财富,和他的老乡沈万三的财富不一样,他的财富是另一回事。从前说沈万三秀上杭州,脚脚踏在自田头,说的是沈万三的富有,但是眼前这位安详地生活在古镇深处的老人,我想他别说从周庄走到杭州,就算他走遍全国,走遍世界,他的每一步又何尝不是踏在自己的土地上呢。

这就是苏州人的宁静致远。

终于是要离开老人的,继续在周庄的小街上走,好像在寻找什么,其实什么也不寻找,因为我并不知道自己来寻找什么,我甚至不知道自己到周庄来干什么。

但我却开始回味和品咂这位周庄老人的形象,这是周庄给我的印象。后来我曾经写过一篇小说,题目就叫《走过石桥》。小说中就有这样的描写:"蓬头垢面的乡下孩子从很远很远的乡下一直走过来,他们告诉他,走过有石狮子的石桥,就到了小镇。孩子终于走过了石桥。孩子跟着老人进了老人的家,孩子看到这一个家里到处都是画,没有别的什么东西。老人的目光平平静静地停留在孩子身上,老人说,你想在我这里住下,你就住下吧,多一张嘴对我也不是什么大负担。孩子说,是。老人说,我老了,你帮我烧烧饭。孩子说,是。老人说,你帮我磨磨墨。孩子说,是。孩子就留下来了。孩子想,果然,他们说,走过石桥。于是孩子开始看着老人画画，老人在作一幅小镇的全景画。有一天老人终于把画画到了小镇的尽头，老人暂时地搁下了画笔，他天天到石桥那边去，一坐就是半天，下晚老人回来，他的心里却没有一点点石桥的样子，老人问孩子，你说石桥是什么样子？孩子说，石桥就是石桥那样子。老人说，是的，可是我怎么也想不起来它是什么样子。孩子说，你天天看它你怎么不知道它是什么样子。"

我是从周庄的人走进周庄的，没有周庄的这位老人，我心里还会不会有周庄呢？我不敢判断。但事实是，我见到了这位老人，周庄也从此在我的心里定格了。

我回家去了。

远远的古老的周庄，作画的老人，每天都在过他的日子，在世界的另一块地方，我呢，每天也在过我的日子。

后来，我又多次去周庄，但是我再也没有到过那条小街，再也没有推开那扇旧陋的门，走进那间幽暗的小屋，我不知道老人是不是还住在那里，他过得好不好，但是我看到了更多的周庄人，他们在大红灯笼的照耀下，他们在万三蹄、阿婆茶的浓香里，他们在拥堵的人流中，脸上始终挂着周庄人淡淡的笑意。

我释然了。

无论今天的周庄和今后的周庄是多么的繁华热闹，或者重又归于宁静，周庄永远是平常的，周庄的人也永远在过着平常的日子，只是，这日子的平常，是伴随着时代潮流的平常，是一种独特的让世人惊叹的平常。

千百遍，读你总不厌

一直以来，总以为自己对周庄是很熟的了，熟得就像周庄是自己的家一样。周庄的街桥厅楼，像自家的院子和房间，周庄的阿婆茶万三蹄，就是自家桌上的平常日子。从周庄还深藏闺中无人知的时候，从周庄还犹抱琵琶半遮面的时候，一直到周庄的名字走遍了天下，在历史长河中这些并不算长的年头里，我曾经多次去周庄，陪着远方的朋友，或者并没有什么任务，只是自己忽然想周庄了，就那么简简单单方方便便地迈开脚步就去了。于有心无意间的这么一来两往，渐渐的，就感觉自己已经很了解周庄，以为闭着眼睛也能走通周庄的角角落落，以为驾轻就熟就能把周庄的点点滴滴渲染得淋漓尽致，对于周庄的亲近，就这样渐渐地在心底深处落了户。这种感觉让我每每觉得，无论我去不去周庄，周庄都在我的心底，因为周庄离我很近，或者说，是我离周庄很近。这个近，既是地理概念上的近，更是心理距离的近。

这一次参加"我心中的周庄"的征文活动，让我有机会看到了天南海北各地作者他们眼中、他们笔下的苏州周庄，在阅读这些文章的时候，我的心几乎被分成了两半，一半是感动，一半是惭愧。这许许多多的文章，给了我一个全新的周庄，给了我一个我所不甚了解、甚至不敢认识的周庄，一个远不是我想走就能走通的周庄。原以为闭上眼睛都能走，现在睁开眼来才明白，周庄还是那个周庄，周庄却又不是那个周庄了。

最让我震惊的那一篇《水墨周庄》，简直就是一幅用汉字织成的《双桥》，特立独行，堪称经典，没有陈词滥调，没有重复了一百遍一千遍的泛滥的感动。呈现在我们面前的，是一个既熟悉又新鲜的周庄。

还有，阳光下的周庄，夜色里的周庄，雨中的周庄，雪中的周庄，梦里的周庄，从前的周庄，船上的周庄，桥下的周庄，茶里的周庄，周庄的人，周庄的物，周庄的一切又一切……多少双眼睛在看周庄，多少颗心在感受周庄，多少情感留在了周庄，他们的真挚情感打动了我，他们的独特视角启发了我，他们的字里行间，积蓄了太多的对周庄的深深的理解……读着读着，忽然间就有了一种冲动，我要在落雪天、在夜色里，在平常和不平常的日子里再去周庄。

周庄是一本百读不厌、百看不完的书，书里的内容常看常新，又给人无限的想象，周庄是一条走不到尽头的小巷，曲径通幽，步步换景，周庄又像丝绸一样柔亮，像双面绣一样精致逼真，像昆曲一样宁静悠远，像江南一样的江南。

我相信，对每一个去过周庄的人来说，周庄从此就是挂在他家墙上的一幅不褪色的画，周庄从此就是留在他心底的一个不解开的结。

就这样，我有了这一个机会，跟着大家重新走周庄，有了全新的感受和认识，这才知道，原来我对周庄的了解，是那么的肤浅，我对周庄的认识，又是那么的单薄，看起来，我还远远没有走够周庄呢，我离周庄还远得很呢。

　　我整理着那厚厚的一叠作品，心中感叹，那么多人，走过了周庄还想念周庄，离开了周庄还忘不了周庄，他们对周庄的爱跃然纸上，情透纸背，他们从周庄获得的感悟，充实了他们的人生之旅。可见周庄的影响，可见周庄的耐读耐走耐人寻味。我想，这样一次面广量大的征文写作，大概就是一种回报，周庄给了大家心灵和精神的滋养，大家便用手中的笔写出自己的心声，回报周庄。

又到沙溪

大约三四年前，也是一个细雨朦朦的秋冬之交，我们来沙溪镇参加姚国红的小说研讨会，外面寒风凛冽，乐荫园里的会场却热气腾腾，倒不是里边的空调打得多么暖，是我们用自己的心温暖了自己。 会议结束，我们又在朦朦细雨中匆匆地离开了沙溪。 在离开沙溪的那个片刻，看到姚国红和沙溪的朋友在车窗外朝我们挥手，我脑海忽然掠过一个想法，沙溪离我生活的苏州并不遥远，但是以后还会不会有机会再来沙溪呢? 我知道我给自己回答是不肯定的，甚至可能是否定的。

但缘分就是缘分。 有了缘分，想不到的哪一天你就来了，有了缘分，你走了还会再来，有了缘分，你离得再远也会从天边赶过来。 于是，连我自己也没有想到，我又一次来到了沙溪。

仍然是姚国红在忙碌，但这一次他不是为自己的会忙碌，他在为沙溪镇忙碌，他和《青春》杂志社一起，把一些文人请来，带着大家走一走他的家乡，让我们感受一下他家乡泥土的芬芳和文化的光泽，一如他从前在自己的小说里让我们感受他对生活对人生的思考和体会。

于是，就有了这一次的转折。 让我从一个当代的热爱写作的沙溪人姚国红这里出发，走向了另一个把一生献给舞蹈的沙溪人吴晓邦。

参观吴晓邦故居这天早晨降了温，似乎冬天一下子就来了，天阴沉沉的，一出门就觉得冻人了。镇上安排我们看好几个景点，我经不起冻，冷得差一点不想下车了。车到吴晓邦故居的巷口停了下来，导游进去看了一下，回出来告诉我们，为了迎接我们的参观，里边正在加紧布置，还没弄完，让我们先到斜对面的乐荫园去。我抖抖索索地下了车，正在考虑要不要做一只有意掉队的孤燕呢，忽然就发现我们停车的街边有一家卖羽绒服的商店，赶紧去买了一件长过膝盖的羽绒衣穿上，走出店门，立刻来精神了，赶上队伍到了乐荫园。

从乐荫园出来，因为时间关系，临时又改变了参观的线路，让我们先去看一看古镇的老街旧巷，下午再来看吴晓邦的故居。其实行程怎么安排都可以，我们都不是挑剔的人，可不知为什么几个人却不约而同地提出，希望能先看吴晓邦故居。于是，行程作了又一次的改变，我们就直奔离乐荫园不远的吴晓邦故居去了。

也许，在冥冥之中，有什么力量在安排着。我们已经走到了吴晓邦故居的巷口，却又转身离去了，当我们再想过来的时候，行程的变化又阻挡了我们，差一点我们就和吴晓邦故居擦肩而过了。可是就在那一瞬间，思想，意志，或者是某一种力量，又把我们拖了回来，让我们和沙溪的一位大师相遇相知。

这是一座建于民国时期的小楼。它就在羽绒服店旁边的巷子里，反过来说，羽绒服店就在吴晓邦故居的巷口上。于是我又想到了缘分，如果没有吴晓邦故居，我们就不会来这条巷子，如果我们不来这条巷子，我就不会买这件抵御寒冷的衣服，如果没有这件衣服，我很可能就躲在车上不下来了，不下来我就不能走进吴晓邦故居了。但是一切都像是事先安排好了的，那么的顺理成章，严丝合缝。

走进故居的院子，就看到负责人陈秉钧先生张着两只手对我们说，我刚刚弄好，手还没洗呢。原来我们现在看到的故居布置，都是最新鲜的。就像这一次我们到沙溪，住太华饭店，是11月中旬开张的，店主听说我们下旬要来，在这十多天中，硬是没有接待其他客人，让我们有幸成了太华的第一批客人。

小楼给人的感觉很特别，我说不清特别在哪里，是因为它独特的建筑风格，还是因为它精致的细部装饰？是因为这是吴晓邦的故居，还是因为这座楼的位置避风挡雨？走进小楼，我只是感觉到，很温暖。我知道，这不是因为我身上多穿了衣服，我的感觉就像是回到了家。家，当然是温暖的。

在吴晓邦故居我们浏览了吴晓邦的生平，虽然因为时间关系，我们行色匆匆，来不及细细体会和感悟这位现代舞蹈大师的丰富人生，但即便是这短短的时间，我们已经被感动，被熏染，不由自主地热烈地探讨起历史、探讨起许多往事。走出吴晓邦故居的小楼，天已经不那么冷了，隐隐的，太阳也快出来了。

我忽然想，许许多多的外来者，来到沙溪，来看吴晓邦的故居，这不仅因为舞蹈大师吴晓邦的光环，更是因为沙溪的这片土地，这一座特殊的古镇。一千三百多年的历史，虽地处江南，却又是长江文化、海洋文化和江南文化的交融交汇之地，独特的文化背景，孕育了独特的文化，培育了许许多多的文化人士，自宋代至清朝乾隆初期，这里出了30位进士，48位举人，近现代更是人才辈出……这片土地，这座小镇，值得我们来，值得我们再来，更值得我们永远地记住它。

　　我们离开了沙溪，回到家已是下午。 正好有一位外地来的记者打电话给我，说要和我聊聊，我就和他约好了。 我想，见了面的第一句，我肯定会告诉他，我刚从沙溪回来。 他也许不知道沙溪，但我还是会跟他聊一些沙溪的事情。

走运河

在我的人生经历中，有一段时间常常沿着运河走，也是缘分。

运河曾经离我很远。从前我一直住在苏州城里，运河从我们的城外流过，只是我不怎么出门，一直长到十多岁，我还没见过运河。

那一年，我们全家人从苏州城里下放到江浙交界的农村，我们坐的航船，在运河的河道里走了整整一天，第一次看运河，竟让我看了个够。下晚的时候，我看到了我们的新家，一个紧靠着运河的小村，从此，我便和运河有了某种联系。

我们的家离茅盾的故乡乌镇不远。农闲时，我们沿着大运河一直走，路上需要一个多小时，我们从来没觉得这一个多小时的路途很遥远。我们在早晨出发，桑树叶上的露水还没有消，如果是有桑枣的季节，我们便钻进桑地吃一个饱，弄得满身大红大紫，然后下运河去洗净，再走一段。我哥哥就不肯太平了，他在过运河上的桥时，不走桥面，却爬上高高的桥栏，像女子体操走平衡木，还做出各种惊险动作，桥下不是软软厚厚的海绵垫子，却是湍湍运河水。或者，我们沿着运河走，我哥哥则在运河里游泳，一直游到乌镇，我们就是在大运河边，走呀走呀，走过我们的少年时代。

　　我在农村学校读了初中，考上设在另一个镇上的高中，每学期几次来来回回，我都坐运河航船，是运河的水将我送向知识的远方。

　　后来我高中毕业，又独自到另一个地方插队。说来也巧，这又是一处运河沿岸，每天我和农民一起下地劳动，收工回来，就在大运河里泡一泡，洗去一天的疲劳，我的游泳就是在运河里学会的。我们喝的水，是从运河里挑起来。我们洗菜淘米都在运河里。每天，站在运河边，看着永远流不断的运河水，当时想些什么，现在已经忘了，也许我曾经像运河一般的激动奔放，或者，我又像运河一样的平静淡泊。

　　我在农村做活把腰做坏了，家里为我在城里联系了一位推拿医生，我每隔一天就从乡下坐乡村班车赶到城里去治疗，我们的乡村班车，我们的那一段乡村公路，也是沿河而筑。医生说，你年纪轻轻，腰就这样，以后怎么办，我坐在乡村班车上，透过车窗我看到大运河的流水，时而急湍，时而舒缓，我看到一掠而过的五十三孔的运河桥——宝带桥，我数着运河上的船只，我一点也没有为自己的前途着急，运河博大的胸怀，运河从容不迫的气度，抚平了我内心的焦躁。

　　就这样，日子一天一天过去，岁月一天一天流逝，我一天一天地认识了母亲河般的苏州运河，一天一天地了解到，运河对于苏州的意义。

　　二十多年过去，我重新回到了城市，我又开始远离运河，但是我想，运河已经永远的留在了我的心里，不会离去。

乡间野趣

不知是不是因为我自己有了两次下乡的经历，还是因为现在我的父亲和我的丈夫他们都是在苏州的县里工作，离苏州农村很近，每日耳闻目睹的尽是乡下消息，所以我对于苏州的农村也始终有着浓浓的眷恋，往乡下跑的机会也大大地多于往大城市或旅游胜地去的机会，在我们苏州水乡，在一些水乡的小镇上，我常常会有一些意想不到的，可遇而不可求的趣味。

沈万三秀上杭州

沈万三秀上杭州，脚脚踏在自田头，这是苏州民间流传的一句谚语，说的是从前沈万三家财万贯，富得不知怎么形容，于是就说他从自己的家也就是苏州的昆山乡下走到杭州，步步都是走的自己家的田，那真是富雄天下的。 我到沈万三的家乡昆山周庄一游，也游出些意思来。

从前的外面的人到周庄不能坐车，也不能步行，只能乘船，这也没有什么奇怪，过去常说北人骑马，南人乘舟，周庄自是在南边，所以到周庄乘船而去也是正常，从前也恐怕不只是到周庄要坐船，到我们江南水乡的别的许多地方，大概都是要乘船的呢。 后来就慢慢地变化了，也可以说是发展了，现在在水网密布的南方城乡之间，公路已经四通八达，乡村长途汽车，披着很厚的尘土，背着沉重的包袱，在柏油的，水泥的，或者是砂石的路面上日夜奔波，给农民进城和城里人下乡带来方便。 从前南方人出门是一叶小舟，现在都改坐汽车，汽车比船要快得多，现在的人都很忙，总有做不完的事情和来不及做的事情。 虽然坐车拥挤嘈杂，少一点小船的悠然之情，但是毕竟换回了一样东西，那就是时间。 时间是什么，当然可以说时间就是一切，不过，同时也可以说时间什么都不是。

去周庄现在也是有路可寻的了，在一条曾经把周庄与外界隔离了许多年的河上终于也架起了一座桥来，于是汽车和现代化的许多东西也一起从桥上进入周庄。 从前"深藏闺中无人识"，现在也渐渐地露出半边脸来，我正是在似露非露，欲露不露，不知道是继续露下去好还是至此为止好的这样一种状况下到周庄去的。 我到周庄去做什么，不知道，没有明确的目的，去看看罢，能看到什么是什么，看不到什么也无所谓。 据说已故去的台湾女作家三毛曾经对这座桥有所想法，她当然是觉得此桥不该造。 还听说三毛曾经站在周庄的土地上潸然泪下。 不知道是周庄的什么东西触动了三毛的情感，也许三毛不仅仅是为周庄而流泪罢，但是三毛她毕竟是站在周庄的地面上哭了。 三毛是一个情绪波动比较大的作家，我见过她，虽然不敢说了解，但我能感觉出这一点。 也许优秀的作家都是这样。

我在周庄也一样是有收获，有感想的，特别是在参观了沈厅，又看了、听了关于沈万三的一些介绍后，为沈万三抱起不平来。沈万三是冤，冤就冤在他太富，他的财富太多太多，多得连皇帝也嫉妒他。其实，沈万三虽富，却也不是那种为富不仁者，在民间故事中他就是因为行善才发了财的。说沈万三年轻时很穷，有一日见一渔民捉了百余只青蛙要剐杀，他连忙用钱买下来，统统放回河中，这一夜河里蛙声不断，吵得人不能睡觉，天刚亮时，沈万三起来到河边准备去打青蛙，却看到一只瓦盆，拿回家，作洗手盆用。一日沈万三的老婆洗手时将一只银记掉入盆中，过一会却发现盆中银记已满，连忙用金银试之，才知道这是得了一只聚宝盆，从此大富，可见是行善在先的。

在沈万三富了之后，好事也不是没有做过，不说别的，就拿周庄来说，沈万三曾把这地方作为商品贸易和流通的基地，利用大运河和浏河的便利，把江浙一带的丝绸，陶瓷，粮食和手工业品等运往海外，在自己致富的同时，也带动了周庄的发展，周庄"以村落而辟为镇"，这不能不说是沈万三的功劳。明太祖定都金陵，修筑南京城，沈万三资助三分之一，也有说资助一半的，并且在筑城时，自己犒劳三军，不料适得其反。皇帝心想，犒劳三军只有我才有资格，你沈万三有了几个臭钱，就想爬到我头上了吗，认为沈万三此举是有野心，于是获罪，充军云南。其实皇帝自然是嫉妒在先，加罪名于后，原来连皇帝也和小民一般，嫉妒心很重呢。沈万三先后三次遭朱明三朝沉重的打击，最后落得满门抄斩，家破人亡，家财尽数入宫，一代富豪，富甲天下的沈万三，因富而获罪，真是冤哉枉也。

谁都知道没钱的不好，有钱的好，却想不到有钱也会出祸害来，人生真是说不清，从前有人在自己门上贴一副对联，穷穷穷，由我穷，富富富，由他富。 真是潇洒人生呢。

我们在周庄见到了一位健在的富有老人，他的财富，完全是另外一回事了。 在一条狭窄的水巷，我们推开一扇木门，看到一个破旧得不能再破旧的住房，它的主人，是一位老画家许南湖先生。许先生已经八十有六，原先在外地做事，老了后回到故乡周庄，沉浸于书画，日子过得十分平淡简朴，粗茶淡饭，几无欲望。 他把偷他画的人称之为"雅贼"，在他的旧陋的住宅中没有一件现代化的用具，也没有一件值钱的东西，有价值的是一些著名画家、书法家的字画，还有许先生自己收集的砖砚、瓦当、陶瓷碎片等，其实即使没有这些书画，没有这些收藏，我们同样也会觉得许先生是最富有的。

许先生的富有，比起沈万三来，也可以说是许先生更富有，许先生不要说从周庄走到杭州，许先生即使走遍全国，他的每一步又何尝不是踏在自己的土地上呢，这样的富有，才是真正的富有呢。

小岛一夜

有一年夏天我们几个人相约了去三山岛，三山岛是太湖中的一座小岛，与东山隔湖相望，相距大约四五公里，明朝文人归有光《吴山图记》云："太湖汪洋三万六千顷，七十二峰沉浸其中，则海内奇观也"，三山岛，当是这七十二峰中的一峰。 清朝诗人吴庄《三山》诗云："长圻龙气接三山，泽厥绵延一望间，烟水洋中分聚落，居然蓬莱在人间。"三山岛小而孤绝，山青水秀，风光旖旎，世人称之为小蓬莱也不是没有来由。 早就听许多朋友说过三山岛不可不去，究竟感觉如何，在我们出发之前，自然还都是一些未知数。

我们先到了东山，因为往三山岛去的机帆船两天才有一班，都是在下午三点左右开航，我们到东山那一天没有船往岛上去，只能先在东山住一个晚上，等到第二天下午，船终于开了。这是一条很旧的木船，我们问船老大，现在的条件要比从前好得多了，为什么还用这条旧船，船老大告诉我们，以前也曾经换过好几条船，但是都不吉利，出了几次事情，总不能太平，最后换回这条旧船，从此太平无事，对于这样的说法，我们真不知是相信还是不相信，有许多东西真是科学难以解释的呢。

船上大约有一二十人，大都是岛上的居民，像我们这样的外人不多，我看了一下，好像有两个年轻人不像是岛民，但也不像是农村干部什么的，也不像是做生意的，穿着短裤汗衫，随身什么也不带，也不和别人说话，只是坐在船头吹风，实在看不出是做什么的。

我们在船舱里听岛民们聊天，说的大多是谁家的孩子考了多少分，谁家的孩子报考什么学校，有没有希望，那正是公布高考分数的日子，大家都很激动，我们听了也有些感触，想不到一座几乎与世隔绝的小岛上的岛民们对文化却是很重视。和我们同行的老孙，和三山岛的一些人很熟，他朝船上一个姑娘看了几眼，就问她，你是王老师的女儿吧，那姑娘一笑，点点头，算是遇上熟人了，聊起来，知道姑娘的父亲是三山岛小学的老师，在岛上教了几十年书，现在这小岛上四十多岁以下的人都是她父亲的学生，其中姑娘的母亲，也是他父亲的学生。姑娘从小岛考上了外地的师范，毕业后分配在另一个乡镇教英语，学校放暑假，她就回小岛的

家去。 她告诉我们因为小岛只有小学，所以像她这样的学生，到
了初中时候就要到岛外来读书，从初中读成到高中，再考大学，真
是有好多年不在家里呆着了。 我们说那以后看来你也不会再回岛
上安你自己的小家了吧，姑娘一笑，没有回答，但看神情那是肯定
的了。 我们在和姑娘说话时，就有一位五十来岁的农民插上来和
我们一起说话，他告诉我们他的儿子今年高考也达到了分数线，语
气中很有些自豪的，这自豪理所应当。

　　船大约开了将近一小时，到了三山岛，上岸的时候，就看到有
不少人站在岸边等着什么，原来是在等当天的邮件，由船老大在东
山那边取来，各个村民组有人来取，小岛和外界的联系，都在此
一举。

　　我们根据大家的热情指点，找到了村里住宿的地方，其实也就
是岛民自己的房子，私人出租。 女主人很热情，为我们安排好住
的地方，看时间还早，就指点我们，说你们不是想来游泳吗，翻过
这道山，那边一片湖滩水好，湖底也平整，大家都到那边游泳。 她
还说，每年暑假城里有些学生和青年教师，他们就到岛上来住，每
天下太湖，过几天回家看看再来，这时我才想起船上那几位看不出
身份的年轻人很可能就是住在岛上游泳的学生。 我们按女主人指
的方向，翻山而去，一路上看到不少人都在往那边去，大概都是去
游泳的，到了湖边人却不很多，有一些岛民在筛湖沙，大概是用来
造房子的，看到我们躲躲藏藏换衣服，一点也没有什么别的想法，
大概来游泳的人多，所以也就不见怪了。 也许因为翻了一道山，
体力消耗了，肚子也有些饿，下了湖才游了一会就很疲劳，到了傍
晚，风浪渐渐地大起来，把人在湖里冲来冲去，我们就完全放开自
己，任凭风浪摆布了，也有一种自在的乐趣。

　　游过泳再往回走，已是夕阳西下之时，山村绿林中升起炊烟，袅袅冉冉，如云如雾，如果不是此时肚子越来越饿，脚下打软，还真让人以为入了仙境呢，会生出些许忘尘之感。　回到住的地方，一看桌上晚饭已经备好，典型的江南农家餐了，一盘青菜，两条小小的鲫鱼，一碗榨菜蛋汤，女主人再三道歉，说明今天时间已晚，买不到肉了，明天一定烧肉给我们吃，我们捧起饭碗。　只觉得这是有生以来吃到的最香最香的一顿饭，我和另一位女伴吃了一大碗又去添了一大碗，实在是有些不好意思的。

　　晚上老孙领我们到王老师家去，王老师家的房子真是很旧了，屋里没有什么好家具，但是却有一台彩电，还有许多王老师精心培养的花木盆景。　王老师说，别的东西我都可以不要，但是电视我是要买的，小岛闭塞，天下大事就靠它了。　王老师又带我们参观他的盆景，他对这些充满生命活力的绿色生灵的喜爱之情溢于言表，王老师说，我的生活很贫困，生活中常常有许多烦恼，但是我只要看看这些盆景，我真是什么烦恼也没有了。　这话说得真是好，后来我忍不住在一篇小说里把这话用了上去。　我们在王老师摆满盆景的家里谈到很晚。　天南海北什么都谈，到十一点钟，就停电了，小岛上至今还没有通电，用的村里的自发电，到十一点就停。　我们摸黑回到住处，那一夜我久久地没有睡着，不知是因为热，还是因为别的什么原因。

　　第二天一早我们到三山岛另一位老人家去，他姓韦，是三山岛三怪之一，从前在上海公安部门工作，后来因为右派问题下到五香豆厂，再后来就退休回家乡来了。　老韦回三山岛以后的故事真是说上几天几夜也说不完，如今他的名字已经记录在一本又一本的书上，但是老韦他仍然是一个普普通通的退休老工人，他自始至终在为保护和发展自己的家乡而尽力。老韦的故事是从八十年代初开始的，那时大规模的开山采石也采到三山岛这样一座几乎是与世隔绝的小岛上来了，老韦出于对开山采石的一些看法，一次次地跑乡里，县里，市里，跑政府，跑文管会，要求上面出面保护。文管会说，如果是文物，我们倒应该出来保护的，但是一般的石头，我们怎么保护，哪一条也轮不到我们管。老韦回去以后，就满山遍野地寻找，谁也不知道他要找什么，恐怕连他自己也不知道自己要找什么，老韦并没有学过考古，这方面的起码的知识他也都不懂，但是他凭着对家乡的爱心，就是不甘心不服输。

　　开始大家都觉得这老头子似乎有点不正常，满山遍野地乱跑乱挖，全国各地到处发信联系、呼吁，谁也不相信老韦能有什么了不起的发现，但最后的事实证明老韦成功了。那一些旧石器时代的遗物是不是老韦找到的，是不是老韦发现的这并不重要，重要的是老韦的那种精神，引来了许许多多的考古专家，他们终于发现了三山岛上的最了不起的文物，先后出土五千多件经过打制的旧石器；并且暴露了含有哺乳动物化石的裂隙堆积，采集到更新世中晚期的动物化石，计有熊、虎、黑猪、鹿、犀牛、猕猴等二十多个种类，三山天下珍类遗址及古动物化石的发现，把太湖流域人类历史推前到一万多年以前的旧石器时代，从而进一步证明，长江下游、太湖流域同黄河中游、中原地区一样，是我国古文化的发源地，苏州的历史，吴文化的序幕正是在三山岛揭开。

　　对于如此重大的意义，老韦也许都明白，也许并不是全懂，但是老韦那种执着的精神实在是令人感叹的。老韦曾经发现了古溶洞口以后，一个人挖不动，自己出钱请岛民来挖，有些上岛来看化石遗址的人，都是有相当身份相当地位的，却偷偷地把化石藏到自己口袋里，老韦毫不留情地请他交出来，并且总不忘记教训一顿，为了三山岛，老韦结的怨真不少，可是老韦并不后悔。

在三山岛，我们见到了三怪中的两怪，老韦和王老师，还有一怪没有见着，有些遗憾，那一怪是一位农业专家，1957年打成右派到小岛上来，从此在小岛安家安心，后来教岛民养长毛兔，发家致富，提起来，岛民们个个都有很多话要说的样子。

在三山岛让我们体会很深的还有岛上的民风。那纯朴那真诚那直率，真是世间难寻。岛上长满枣树，满树的大枣就像马眼一样十分诱人，我们想采些尝尝，又怕被岛民发现挨骂挨罚，站在树下直是发愣，岛民哪不知道我们的心思，他们告诉我们现在还不到吃枣子的时候，这枣子你看上去好吃，吃到嘴里是苦涩的，看我们不怎么相信，就随手摘几颗下来给我们尝，一尝，果然苦涩。于是他们就笑，说，欢迎你们过一个月再来，那时候满山的枣子尽你们吃就是，我相信这话是真的。在小街上我们看到有新鲜的枣子卖，想买一点吃，岛民们却说，这枣子生吃不行，是要煮着吃的，像你们这样的游客，买了也是浪费，送上门的生意不做，也只有在这样的小岛才能遇到这样的事情。

在离开小岛之前，我们上了小岛的顶峰，站在小岛之巅，遥望浩渺太湖，恍如隔世，愿所有和我们一样到三山岛去的客人，都带回一份深深的记忆。

古街漫步

东山位于太湖东南部，是一个以花果丛林和明清古建筑群为特色的山水风景名胜区。 我很喜欢东山，去东山的机会也多，去的次数也多，我喜欢东山的紫金庵彩塑罗汉，我喜欢东山的启园，我喜欢东山的莫厘峰，我也喜欢东山的橘子杨梅碧螺春，在东山我觉得最有味道的是东山的杨湾古街。

　　杨湾古街在东山西部，是杨湾村内的一条街，这里是集元、明、清各代建筑大成的地方，其中明朝的建筑最多也最好，所以有"明朝一条街"的美名。 踏入杨湾街，就见街面的与众不同，一律用青砖砌成"万人"字形，称之为御道，说是当年为了迎接乾隆皇帝的。 也不知乾隆是不是真的来过这里，手迹也是有的，传说也是不少，只是不知是真是假，真龙天子他真的能够七下江南八下江南，从前可不比现在，交通诸多不便，船儿逐浪，马儿颠簸，皇帝老子真能吃得来这苦，倒是叫人服帖。 就像电视剧《戏说乾隆》，那皇帝真是个好皇帝呢，不说身先士卒，以身作则什么的，又是文武双全，文则天下无双，武则天下无敌，就是用情也是那么的专一真诚，真是人见人爱的一个好皇帝呢。 且不说这《戏说乾隆》是虚是实，其实历史上真实的乾隆皇帝也算是个比较开明的皇帝罢，不管他是不是到过杨湾，只作他到过便是，反正既然乾隆他能走遍江南，一个小小的杨湾街到与不到，也无大碍。

　　在东山关于乾隆的故事可是不少，有一个说的是乾隆不服封山寺的老和尚慧丰，写了两个字让和尚说说，这两字是虫二，小小伎俩哪能难倒慧丰，慧丰说你这是风月无边的意思，概括了东山的风景呢。 回过来慧丰也出了点子让乾隆说说，和尚在那纸上点上许多墨点，皇帝被难住了，最后才知道和尚是说皇帝"无字（事）可寻"呢，皇帝也只有讪讪一笑了之。 是否真有如此大胆的和尚，也是否真有这么好说话的皇帝，这都不是我们可以说了算的。

始建于六百多年前的轩辕宫，雄居山垣，面迎太湖，气势磅礴，壮丽无比。 村前港口的演武墩，相传是吴王率兵训练的地方，站在这里怀想当年，真是让人感慨多多，杨湾街上有许多古建筑，像明善堂，熙庆堂，怀荫堂等都是明朝的建筑。 在这里穿行，我好像也走回到古代的苏州去了。

我走进怀荫堂去，据说这怀荫堂是体现了典型的明代建筑特色的，只可惜现在只剩最后一进还保留得比较完整，其余的大部分都已毁坏不存。 现在的这最后一进，有门楼三间、住宅楼和左右对称的厢屋，我对建筑艺术是一窍不通的，但是就这样站着看看，却也多少看出些味道来，长长短短说不出来，但感觉总还是有的。现在的怀荫堂是杨湾的书场，我去的时候，没有碰上演出，只有一两老人在看着门，十分的清静。 出了怀荫堂，我又进了另一座古代建筑，里面住着人家，房子已很破旧，看上去也没有维修过，一位老太太正在院子里喂鸡，我注意了一下他们家的鸡食盆，因为早就听说杨湾古街的古董很多，说一般的人家就拿古董也不当古董的，做做鸡食盆猪食槽什么的也是很多。 我看那老太太的鸡食盆倒也看不出是什么古董，当然即使它是一件昂贵的文物，我也是有眼不识的。 但是想起来，时代已经进步到现在这份上，再拿文物作鸡食盆的恐怕也不会很多，绝不是我这么随便走走就能看到的吧。

我在杨湾古街看到沿街的茶社很多，随便进一家去坐了泡上一壶茶来，那紫砂壶虽算不上什么上品，却也很招眼，细腻得很，入味得很。 喝着茶，看着小街上偶尔走过的乡人，看他们的神情那么悠然、那么自在，真是有些感触的，四周没有喧哗，没有吵闹，偶尔的蝉鸣鸡啼，真有些世外桃源的意思了。 我问茶室的老板，你们这街上怎么人这么少，老板说，人也不少，早上你来看，人还是很多的，现在都有事情做呢。原来在表面安静的背后，也有着一个忙碌的世界呢，看起来杨湾街和杨湾街上的人也都赶上了时代的脚步了。

我再看杨湾人的穿着打扮，好像也看不出什么古意了，只看到一两位老太太穿着大襟的士林布褂子；几位老公公，穿着老式大档长裤子，年轻人也都赶上了新潮一族，至于那些能代表江南水乡传统服饰的内容，恐怕也只能到民俗博物馆或者服饰博物馆去看看了。

从杨湾古街出来，面临浩浩太湖，真不知道不息的万顷太湖和平静的小小杨湾是一种反差呢还是一种和谐。

图书在版编目(CIP)数据

苏州人 / 范小青著. —南京：南京大学出版社，
2014.4(2018.8 重印)
　ISBN 978 - 7 - 305 - 10301 - 8

　Ⅰ.①苏… Ⅱ.①范… Ⅲ.①散文集-中国-当代
②随笔-作品集-中国-当代 Ⅳ.①I267

中国版本图书馆 CIP 数据核字(2014)第 035746 号

出版发行　南京大学出版社
社　　址　南京市汉口路 22 号　　邮　编　210093
网　　址　http://www.NjupCo.com
出 版 人　左　健

书　　名　苏州人
作　　者　范小青
责任编辑　戚宛珺　张婧妤

照　　排　南京紫藤制版印务中心
印　　刷　江苏凤凰扬州鑫华印刷有限公司
开　　本　880×1230　1/32　印张 11.25　字数 261 千
版　　次　2014 年 4 月第 1 版　2018 年 8 月第 2 次印刷
ISBN　978 - 7 - 305 - 10301 - 8
定　　价　36.00 元

发行热线　025 - 83685951
电子邮箱　Press@NjupCo.com
　　　　　Sales@NjupCo.com(市场部)